詩情話義

簡漢生詩文集

簡漢生 著

先父母與祖母簡游氏 (時年 92 歲) 合影。

建中讀高三時與父母及三姊攝於家中。

1975 年先父爾康公先母蕭書瑞女士赴美國探視在普渡大學留學的漢生。

1978 年先父爾康公 (後排右 1) 在巴西聖保羅主持漢生與賴淑惠女士訂婚，後排左 1 左 2 為岳父母賴金燉、賴蘇翠婉。

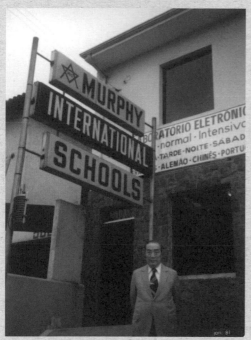

1979 年初為人父母哺育長女國珍。

1981 年先父爾康公攝於漢生在聖保羅經營的
英語學校前。

長女國珍週歲前留影。

1981 年內人淑惠攝岳父在巴拉圭的 1500 公頃大農場內之農舍。

3

1983 年陪同先父母游巴西依瓜速大瀑布時，在下塌之 Hotel Colonial do Foz Iguacu 酒店留影。

與內人，長女國珍及內人教父魏書麒伯父在巴西聖保羅魏府合影。

內人替小女國琳在巴西讀小學一年級時打
扮。

1988 年全家福於美國洛杉磯迪士尼樂園
入口。

父母親大人金婚紀念全家福照。前排左起三姐、大姐、父母親大人、二姐與內人淑惠。
後排左起大姐夫、三姐夫、長女、二姐夫、次女與漢生。

1983年父母與三姊潔（右3）在巴西聖保羅大學校園與漢生、
淑惠（左2、右1）及長女國珍（左1）合影。

先父爾康公書勉漢生墨寶。

能受天磨方鐵
漢漢兒細讀
才父爾康識
不招人忌是庸

二姐夫加拿大皇家科學院院士王家璂教授（左3）與
簡氏家族成立益客生態保護基金會（Eco Foundation）
在北京昌平區植樹綠化成果紀念碑。

全家與巴西姚善煊夫婦合影。

1991 年與內人淑惠，先父爾康公及乾媽黃武佩琴女士合。

1996 年與內人攝於義大利威尼斯。

1992 年任台北市黨部主委時赴台東參加魯凱族豐年祭，左2內人賴淑惠，右1長女簡國珍，左1次女簡國琳。

2004 年次女國琳東海大學畢業時合影。

2012 年與賴素梅 (右 1) 特助及長女國珍 (左 1) 在智利合影。

2012 年與內人賴淑惠女士攝於揚州瘦西湖。

2009 年在北京留影。

全家福在日本京都合影。

1972 年在美國科羅拉多州博德（Boulder）城的國家大氣研究中心 National Center for Atmospheric Research — NCAR 受訓。

1973 年在加勒比海研究者號（Researcher）一景。

1973 年先父爾康公赴美國邁阿密 (Miami) 探視在大西洋海洋氣象實驗室（Atlantic Oceanographic and Meteorological Laboratory，AOML）受訓的漢生。

1974 年海洋學者號參加 GATE 實驗，在大西洋上與蘇俄研究船 Prof.Ernest Krinkel 交流時登該船攝。

1974 年在大西洋上遠眺海洋學者號。

1974 年 海 洋 學 者 號（Oceanographer）全 貌，該 船 4000 餘
噸，是當時全球最先進的海洋及氣象探測研究船。OSS 代表
Ocean Survey Ship, NOAA 代表 National Oceanographic and
Atmospheric Administration 國家海洋氣象總署。

蘇聯研究船艦橋一景。

立委國代市黨部主委

1984 年第一屆立法委員就職，右起林棟、趙文藝、鄧勵豪、副院長劉闊才、院長倪文亞、張光濤、簡漢生。

1984 年第一屆立法委員宣誓就職與同宗學長簡又新委員同榜合影。

1984 年第一屆立法委員就職後與康寧祥委員（中間）合影。

1985 年立委參訪團在巴拉圭右起黃澤青、葉詠泉、張鴻學、簡又新、吳金贊、王昇大使夫人、王昇大使、團長蕭天讚、謝深山、吳勇雄、簡漢生。

立委國代市黨部主委

1985 年立委參訪團參觀瓜地馬拉國會議場，前右 2 為陸以正大使。

1985 年立法委員組團訪中南美。在瓜地馬拉國家歌劇院攝。前排左起張平沼、蕭天讚、吳勇雄、張鴻學、簡又新，後排左二起葉詠泉、簡漢生、吳金贊、林炳森。

任立委時主持華視每週一次國際瞭望時事評論節目。

立委國代市黨部主委

1989 年新任國防部長郝柏村首次至立法院備詢與漢生寒暄致意。

1989 年國民黨台北市黨部新舊任主任委員交接儀式，原任主任委員吳敦義（右）、新任主任委員簡漢生（左）、監交人中央委員會副秘書長高銘輝（中），左 2 黃大洲市長，右 2 議長陳健治。

1991 年第二屆國民大會展開第一階段修憲現場重要決策人留影。國民黨國大黨團書記長謝隆盛（中），中央組織工作會主任王述親（右）台北市黨部主委簡漢生（左）及身後組工會副主任陳璽安。

1991 年國民大會第一階段修憲時，現場密集研商。左起簡漢生、謝隆盛、陳重光。

立委國代市黨部主委

1992 年中國國民黨李主席登輝（右 2）在台北圓山飯店宴請黨籍台北市議員以及社團、民間團體的重要幹部。右為國大代表暨台北市黨部主委簡漢生、前左為台北市議會議長陳健治。

1994 年中國國民黨國大黨團主導「單一國會」案，在國大臨時會修憲審查會中遭到封殺，國民黨文工會主任簡漢生（中）將最新狀況向黨內高層報告，緊急之情，溢於言表。

1993 年國民黨台北市委員會慶祝建黨 99 週年大會，簡漢生主委（右）贈送榮譽狀給有四十年黨齡的總統府資政孫運璿（中）。

立委國代市黨部主委

1993年基隆河截彎取直工程舊宗段通水典禮，台北市長黃大洲（右3）、
中國國民黨台北市委員會主任委員簡漢生（右2）等共同主持。

1993年台北市長黃大洲夫婦（左3、4)率市府首長等到陽明山登山健行，由
左而右市議員陳俊雄夫婦（左1、2）簡漢生夫婦（右2、3）。

1991年中國國民黨李登輝主席（中），宋楚瑜
秘書長（左）視察台北市黨部時攝，右為市黨
部主委簡漢生。

1994年漢生（右）與中國國民黨許水德秘
書長（左）合影。

漢生 (右 3) 陪同先父爾康公 (左 2) 參 1976 在巴西里約舉行之第 7 屆國際財務經理人協會大會。左 3 為央行副總裁俞正。

1985 年率中華復興國劇團訪中南美拜會哥斯達黎加總統孟赫，左為簡漢生，右為駐哥大使金樹基。

1984 年漢生 (左 4) 以顧問身分代表交通部觀光局參加中南美觀光旅遊協會 (Cotal) 在哥倫比亞 Cartagena 的年會。

1985 年在巴西里約出席 16 屆世貿中心組織年會。右起時任貿協秘書長江丙坤、國大代表林資清、主辦單位負責人、左 2 時任貿協董事長張光世、左 1 簡漢生。

漢生 (左 4)1985 年晉見巴拿馬總統夫人 (右 5)，副總統夫人 (左 3)，右 1 為新聞局鄭
玉山，右 2、3 為曾憲揆大使夫婦，左 1 為僑領陳奉天。

1986 年參加在德國漢堡舉行之自由黨國際 (Liberal International) 年會。左 2 馬英九，
左 1 簡漢生，右 1 金溥聰，右 2 林基源。

漢生 (中)1988 年參加義大利比薩自由黨國際年會 左 1 為 金溥聰、右 1 為劉炳森、
右 2 李大惟。

1988 年在荷蘭參加海龍軍艦（潛艇）下水典禮。

1989 年在哥斯達黎加赴總統官邸拜訪諾貝爾和平獎得主，總統 Oscar Arias 先生。

漢生（右 2）1991 年陪同加拿大 Alberta 大學校長 Dr.Rod Fraser（左 3）拜會行政院長連戰（左 4），左 1 為加拿大皇家科學院院士王家璜教授。

漢生（右 1）1988 年立法院外交委員會召集委員任內訪華府，與駐美錢復代表夫婦（右 2、3）及民主黨眾議員 Dick Gephardt（左 1）等在代表官邸合影。

漢生（中）2009 年在泰國曼谷與經濟部長尹銘（右 2）共同主持台泰經濟合作會議。左 1 為駐泰代表烏元彥。

代表中國國民黨出席 1996 年美國共和黨全代表會後主持國際記者會。右起李先仁、王天競、簡漢生、胡志強、歐陽瑞雄。

漢生 (右 2) 參加 1996 年柯林頓總統就職典禮與胡志強夫婦 (右 1、3) 、吳伯雄夫婦 (右 4、5)、賴國洲 (左 3)、邵玉銘 (左 2)、孫震 (左 1) 合影。

漢生 (左 1)1998 年應邀參加菲律賓總統 Joseph Estrada 就職，右 1 為僑領陳文魁。

漢生 (左 1) 2008 年以國際經濟合作協會副理事長身分率團在巴西與聖保羅工業總會舉辦雙邊經貿論壇。

參加宏都拉斯總統訪台舉行之投資說明會。
右起 簡漢生、賴素梅、總統夫婦。

2009 年代表國際經濟合作協會（CIECA) 赴泰國
曼谷主持台泰雙邊合作會議。

漢生 (左 2)2010 年代表國經協會 (CIECA) 赴
智利舉辦雙邊合作會議。

2012 年代表國際經濟合作協會（CIECA) 率
團赴墨西哥及中南美舉辦雙邊合作會議。

1989 年在韓國漢城參加亞太議聯（APPU) 24 屆年會。

漢生 (前左 4) 與中國國民黨副秘書長徐立德 (左 5) 等參加 1992 年美國民主黨全代會。

岸广播事业交流

2000·10 上海

漢生(右)2000年以中國廣播公司董事長身分應大陸中央人民廣播電台總台長楊波(中)之邀參加廣播事業交流研討會。

漢生(左)2012年與中國僑聯主席林軍共同主持兩岸僑聯懇親會。

漢生2006年拜會宋慶齡基金會董事長胡啟立(右)。

漢生 (左) 2007 年與大陸全國政協副主席張克輝合影。

漢生 (左) 與大陸國僑辦主任許又聲合影。

漢生 (右 3) 陪同中國僑聯主席林軍 (左 3) 拜會親民黨主席宋楚瑜 (左 4)，右 1 為中國僑聯林佑輝秘書長。

2009 年主持華僑救國聯合總會 (中華僑聯總會) 第十四次代表大會。

漢生 2012 年應泰國中華會館理事長陳水龍 (左) 之邀擔任第十七屆中山講座主講人。

漢生 2011 年與國台辦主任陳雲林 (左) 合影。

2010 年將中華僑聯總會列入廈門海峽論壇主辦單位,與中國僑聯共同主辦兩岸僑聯和平發展論壇並做專題演講。

漢生 (右)2010 年在台北陪同中國僑聯林軍主席 (左) 拜會中國國民黨吳伯雄主席 (中)。

漢生 (右 4) 2012 年應邀赴泰國曼谷擔任中山講座主講人。

2012年慶祝中華僑聯總會成立60周年，右起葛維新、簡漢生、孫穗芳、任弘、呂元榮。

2014年率僑界百餘人赴河南固始參加根親文化節。

中華僑聯總會主辦2015年第十三屆河洛文化研討會開幕典禮。右起楊崇匯、江丙坤、簡漢生、饒穎奇、何景賢。

2004年在泰北清萊參加救總英烈紀念館落成典禮 右6簡漢生、 右7理事長張正中、右8雷雨田將軍。

台灣政治人物

漢生 1978 年與宋楚瑜（右）在巴西聖保羅大學校園合影。

漢生（右）與宋楚瑜近照。

漢生 1988 年與馬英九（左）在義大利羅馬合影。

漢生（左）與吳伯雄近照。

漢生（右）與黃大洲近照。

台灣政治人物

漢生（右）1980年歡送中國國民黨中央海外工作會主任鄭心雄（中）榮調，左1為明鎮華副主任。

漢生（左）1983年在烏拉圭首都 Montevideu 與夏功權大使留影。

漢生（右）1984年與行政院前院長俞國華合影。

漢生(左)1992年與司法院長林洋港合影。

漢生(左)與法務部廖正豪前部長(右2),海協會前副會長
唐樹備(左2)合影。

漢生(右)與中國國民黨前秘書長馬樹禮(中)僑務委員會
前委員長曾廣順(左)合影。

漢生（右）2012 年與馬英九總統合影。

漢生（右）與前副總統蕭萬長合影。

漢生（右）與老友台北市進出口公會前秘書
長黃俊國合影。（見 P.174 因影贈詩文）

漢生 (右) 參加 2100 全民開講節目與謝長廷 (右 2)，朱高正 (右 3)，辯論 左 1
為主持人李濤。

參加 2100 全民開講節目與右起李濤、簡漢生、王建瑄、洪其昌等合影。

1998 年簡漢生（右）接任中國廣播公司董事長，由中國國民黨中央委員會秘書長蔣孝嚴（中）監交，從卸任董事長王述親（左）手中接下印信。

中國廣播公司 70 週年慶祝酒會在台北圓山飯店舉行，李登輝總統（左）、副總統連戰（中）應邀參加並致詞，右為中廣董事長簡漢生。

2001 年中天集團數位平台啟用典禮，由中天電視公司董事長簡漢生〈左1〉，親民黨主席宋楚瑜（左2）、象山集團董事長江道生（左3），陸委會主委蔡英文（右1）及媒體工作者陳文茜（右2）等人共同按鈕啟用。

中華國劇團及中華女籃

漢生（中）1985 年率中華復興國劇團訪問北美及中南美，在舊金山舞台上扮關公留念，右為茅承祖總領事 ，左為復興劇校鍾幸玲老師。

1985 年中華復興國劇團在中南美演出後之謝幕。

中華國劇團及中華女籃

漢生夫婦 (後左 5、6) 1988 年中華女子籃球隊晉見宏都拉斯總統 (後左 7)，後左 10 為黃傳禮大使。

漢生夫婦 (後左 1、2) 1988 年中華女籃與多明尼加隊賽前合影。

1988 年簡漢生夫婦 (中左 3、4) 與陸以正大使 (中左 5) 在瓜地馬拉與 中華女籃隊合影。

目錄

輯一　人

輯二　事

輯三　地

輯四　悟

輯五　文

情義漢生

文／吳伯雄

　　當我看到《詩情話義》的書名時，一度以為是漢生兄用了錯別字，誤以為個性敦厚、閱歷豐富的他，莫非是想要寫下那些年輕時期「詩情畫意」的往事？但是當我看完輯一「人」篇時，他幫許多老同學、老朋友、老同事、還有家人寫的詩文時，才知道他如此重「情」，而且他的情，包括了親情、友情和愛情。在翻到輯五「文」篇，看到他論文論事的犀利文筆，就明白他所謂的「話義」，是指的忠孝節義，朋友之義，江湖之義，民族大義……。

　　書中寫到了他曾擔任立法委員、國民黨海外工作會副主任、台北市黨部主任委員、國大代表、文化工作會主任兼黨中央發言人，和國民黨中央委員會副秘書長及中國廣播公司和中天電視公司董事長等，重要黨政和媒體負責人的經歷，也喚起了我們數度在一起共事的情誼，尤其在我擔任中央委員會祕書長時，漢生兄就是我的副秘書長，主管文化、宣傳、國際關係、青年、婦女等業務，可說朝夕相處，榮辱與共。我對他學識的淵博、中、英、葡、西文俱佳的修養、待人處事的謙和、及勇於任事、盡忠職守的工作態度，都值得給予最高的肯定。

　　不過，最讓我佩服且意外的是漢生兄以理工科出身，且得到美國名校普渡大學的地球科學博士，居然有如此深厚的國學造詣。用他璀璨的文筆，透過詩詞、講稿、文章等形式，把他非常不平凡且豐富的人生經歷和各階段接觸的人、事、地、悟、文持續且忠實地記錄下來，

像是現代版的浮生六記，不僅不讓人生留白，更是給他自己留下最值得懷念的歷史寫照。是我看過那麼多部自傳或類似自傳的作品中，開風氣之先且獨具一格的創作體裁，讀之令人愛不釋手。

漢生兄重「情」好客，對家人、朋友都是。外人鮮少知道我和漢生的二姊夫，加拿大皇家科學院的院士王家璜博士，是師大附中實驗五班同班六年的同學，認識超過一甲子，至今實驗五班同學都還經常保持聯絡。也因為這樣的關係，我對漢生也多了許多工作之外的私誼，而漢生也因我和姊夫的關係，每次實驗五班在台聚會時，漢生兄都義務作東請我們這些「校友」（在師大附中比他高五屆）們盛宴聚會，所以徐小波、戴東原、俞立、洪文湘等實驗五班的同學也都成為他的好友。是一段佳話，也可證明漢生兄的重情好客。

漢生兄更重「義」。因為家教良好，知書達禮，所以他無論在中央民意代表、黨職和媒體工作的崗位上，都表現得可圈可點，我們曾數度共事，最知道他的為人，他書中特別提到他決定擔任公職入仕以來就本著三個原則為人處事。那就是（1）做官是一時的，做人是永遠的；（2）公門好修行，能助人處就盡量幫忙，不談條件，不求回報；能饒人處就盡量寬恕，不計前嫌；（3）上台時就要做好下台的準備。這三點實在深得我心，也是漢生兄二十多年從政但人緣極好的最大原因之一。尤其他離開黨職特別是黨中央發言人的崗位後，就嚴守分際，排除許多機會甚或誘惑，本著孔老夫子「不在其位，不謀其政」的古訓，從未再對國民黨的人、事、政策……再發表過任何口頭或書面的公開批評或議論，這種規範和自律正是他重「義」的最佳實踐，令人佩服。

很多人會說「政治很現實」，其實不然，尤其是對以政治為志業

的老朋友來說，凡走過必留下痕跡。漢生兄用寫詩、述文的方式，記下了他過去付出的情、拚搏的義，點滴都在這本《詩情話義》中，值得大家好好細讀字字句句間的情義。是為序。

吳伯雄

（前中國國民黨主席）

建立正確民族史觀 善盡世界大同責任

文／宋楚瑜

　　楚瑜與漢生兄相識甚早，1989 年 4 月 1 日，漢生兄獲李錫公秘書長指派，以立委身分兼任全職之中央黨部海外工作會副主任，與當時擔任中央黨部副秘書長的我，一同推動黨內改造革新。後來，楚瑜接任中國國民黨中央黨部秘書長一職後，旋即發生天安門事件，我當下也立即委請漢生兄密赴香港，廣泛與自大陸出走抵港之民運人士展開接觸，瞭解第一手情況，並在次週中常會上提出整體情勢分析報告，獲前主席李登輝先生及中常委之嘉許，顯見漢生兄工作之用心。

　　後來楚瑜又大膽推薦漢生兄擔任「毫無淵源」的台北市黨部主委，接連負起台北市議員及立委選舉的輔選重責，想必漢生兄當年私底下一定偷偷怪罪于我，何以將他「推入火坑」。實際上，楚瑜也自此與漢生兄培養出深厚情誼。

　　此次漢生兄託楚瑜為其新書寫序，深感榮幸。有關詩詞部分，相信已有其他序文評薦，在此不再贅述。但針對全書 10 篇敘事散文，不僅展現漢生兄對其生平所見所聞之描繪及評價，同時亦充分抒發深重情感，個人讀後頗有感觸，想與漢生兄交換點個人心得。

　　首先，漢生兄在中華戰略學會以《紀念辛亥革命 110 週年兼論中美之爭》為題進行專題演講時，談到中山思想不僅救中國，也是讓世界永續發展的解方。楚瑜今年九月上旬，亦受邀到中山大學參加廣東省所主辦的「第五屆海峽兩岸中山論壇」，在會中針對《中山先生發展觀與當前中國式現代化》提出個人的見解。楚瑜認為，關於中山先生的發展觀，可簡單歸納為三個不同的層次，依序為（1）追求民生

經濟發展；（2）致力基礎建設紮根；（3）善盡世界大同責任。

而所謂「中國式現代化」，就我而言，不是在追求船堅炮利，也不是追求高樓大廈，更不是追求股票飆漲，我認為不只是追求這些物質的進步及生活的便利，更重要的，是應該以「中國文明」為精神指標，建構起的「人文價值觀」。這樣的人文價值觀，至少包含五個面向：一、建構「以民為本」的政治觀；二、發展以「均富、互利互助」為目標的經濟觀；三、發揮「人盡其才」的教育觀；四、推動「天地人合一」的生態觀；五、追求族群和諧、互敬互重的人倫觀。總結來說，「中國式現代化」與「西方現代化」或許在「現代化」的物質文明追求的層次極其類似，但是在精神文明的內涵卻有本質上的區別，而讓中華文明發展出有別於其他文明的獨特性。

其次，楚瑜又拜讀漢生兄為「中華民族抗日戰爭紀念協會」所寫的《紀念廢除不平條約暨開羅宣言八十週年》專文。文中提及，1943年11月23-27日在埃及開羅，由中美英蘇四國領袖蔣介石、羅斯福、邱吉爾、史達林共同發表的開羅宣言，不僅規劃了二戰之後世界秩序，也確定台澎回歸中華民國版圖依據。事實上，開羅宣言、波茨坦公告及日本的投降書就是中華民國光復台灣澎湖最重要的法律基礎，無可置疑，也是當時世界列強對中國所做的莊嚴承諾。

漢生兄雖言簡意賅地表達出開羅宣言、波茨坦公告及日本的投降書三者的前後關係，但楚瑜認為這段歷史應更清楚陳述，方能對後世子孫留下正確的歷史觀。很多人拿《開羅宣言》各國未簽字大作文章，但《開羅宣言》並未簽字的主因，係蘇聯史達林元帥未參與該會議，為徵求其意見，故開羅會議甫結束，羅斯福總統和邱吉爾首相即刻前往德黑蘭，與史達林會晤。史達林亦表示「完全贊成宣言及其全部內容」，次日，即1943年12月1日，《開羅宣言》由美國白宮向外界

公布、正式發表。

　　而在 1945 年 7 月 26 日，在波茨坦會議中，再次以美國總統杜魯門、中華民國國民政府主席蔣介石和英國首相邱吉爾名義共同發表《波茨坦宣言》。其主要內容是：「賡續開羅會議的聲明，中、美、英三國在戰勝納粹德國後，將一起致力於戰勝日本。該宣言第十三條最後以結論的方式，再次明確要求日本政府應無條件投降。」

　　《波茨坦宣言》發表後、不到兩周，美國分別在日本廣島和長崎各投擲了一枚原子彈。日本昭和天皇裕仁於 8 月 14 日即透過瑞典及瑞士政府向中、美、英、蘇四國照會接受《波茨坦宣言》。8 月 15 日裕仁天皇發布《終戰詔書》，正式宣布日本無條件投降，同日中、美、英、蘇四國政府同時明確宣布日本接受《波茨坦宣言》，此即代表同盟國已接受日本之無條件投降。

　　因此，從《開羅宣言》、《波茨坦宣言》到《降伏文書》此三份文件有著密不可分的關連性，因為《降書》完全接受《波茨坦宣言》，而《波茨坦宣言》又是延續落實《開羅宣言》的內容而來；換言之，《降伏文書》是前二者的結晶，它與前二個文件已牢牢環扣在一起；而《降書》係為正式的國際條約，不論是對日本、美國及其他參與簽署的國家都具有法律上的約束力，吾人從其後來被收錄於《聯合國條約集》(United Nations Treaty Series) 裡可佐證其具條約之效力，也在美國正式出版的外交文件中有明文記載。

　　故友邀約為其著作寫序，不知不覺中行筆流水，實因漢生兄之文筆風采與書中精彩內容，足令楚瑜回味再三，故而心中有感，同聲相應。這實在是一本雅俗共賞的好書。

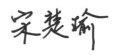

精熟國情世局 練就宏觀視野

文 / 黃大洲

　　接多年好友漢生兄來信，囑為其大作《詩情話義》寫序，實感榮幸！

　　《詩情話義》共分人、事、地、悟、文五大輯，再下分為 53 個子題，涵蓋範圍很廣，包括家庭、庭訓、就學、交友、留學、民代、黨務、僑務、外交、外貿、兩岸關係…等皆有詳細的記述；對中國近代史包括國民革命、孫文學說、三民主義、建國方略、建國大綱、對日抗戰、國共內戰…都有涉獵，內容實在非常豐富。對蒙古新疆，西北和西南的物產風光，巴西、南美的人文、地理、生態亦有許多個人親身經歷的描述，使讀者可以和作者一起神遊各地，實一樂也。在第五輯「悟」篇對現今國際現勢亦頗多著墨，特別是對中、日、美近代的國情有很深刻的分析與感悟，是很值得細讀、參閱的巨著。

　　在輯一的 16 篇中，本人有幸以「前人種樹，後人乘涼」為題被列入，至感快慰！緣起於 1990 至 1994 年，本人擔任台北市長期間，漢生兄適擔任中國國民黨台北市黨部主任委員，和我朝夕相處，合作無間，共同為推動各項市政建設而努力。

　　舉凡修建大安森林公園、基隆河截彎取直、拆除中華商場八棟舊建築、鐵路地下化、六條捷運系統同時動工、萬華 12 號公園地下街、華中河濱公園、焚化爐、垃圾掩埋場的興建等硬體建設，以及民政、財政、建設、教育、勞工…等的軟體建設，漢生兄可謂無役不與，使台北市當時黨、政、議會三位一體，團結一心地為市政建設而努力，

被視為典範，甚具成效且極獲好評。

　　當時，台北市政府的員工約 8 萬人，但漢生兄領導的台北市 12 個行政區的區黨部（區級）、440 個區分部（里級）、各小組（鄰級）的黨員也約有 4 萬人，是支持整體市政建設最重要的一股民間力量。尤其在諸多建設中，常遭遇拆遷戶或其他反對甚至別有用心人士的強烈反彈，議會和若干民間團體也常有抗爭，幸賴漢生兄和市黨部各級同仁從旁大力調解，使各項建設和市政的推展都得以順利開展。許多過去應做、未做、不好做甚至不敢做的項目都得以順利動工乃至於完成，嘉惠市民。至今三十多年後，都仍常獲台北市民及輿論的肯定與讚賞。

　　每思於此，都要特別感謝漢生兄當年在台北市黨部主委任內從中協調襄助，調和萬方的努力和成果，實在是至為感念！

　　《詩情話義》是一部頗具深度的大作，值得細讀，特此推薦！

台北市前市長黃大洲序

意在筆先 胸懷大愛

文／陳泰然

　　台大同班同學好友漢生兄將近作《詩情話義》詩文集囑我作序，我雖對詩文沒有鑽研，但讀了他的新書，不僅對我深有啟發，且同學少年的往事歷歷在目，使我們近六十年的友誼都鮮活了起來，所以不揣敝陋，勉力為文以應命。

　　初識漢生兄是在台大地理系氣象組的新生訓練中，只覺他溫文儒雅、和藹可親。待人接物，彬彬有禮，而且無論課業，德智體育群等各方面發展都非常均衡。最讓同學們印象深刻的是他長於文科，當我們還苦於英文課本的艱澀時，他居然在課堂上直接用英文和桂林教授對答如流；國文教授李純勝上課時也可以和他相互唱和，實在讓我們開了眼界；他的數理科雖不出色，但也都不落伍，大三起更是努力向學，數次贏得書券獎，所以畢業後順利申請到美國普渡大學的全額獎學金赴美深造，獲得碩士和博士。

　　大學四年同學生涯中，我也感受到漢生兄的慷慨大方；我們在空軍通校受訓時，簡伯父母常用包裹把吃用的寄給他，他一定把好吃的都拿出來和我們分享。畢業時，我們全班同學和老師都受簡伯父母的邀請，到他們家中做客，享受了正式酒席的畢業晚宴，讓同學們都感到溫馨愉快。日後，伯父也常就美國學界和氣象事業的發展和我討論，作為漢生兄就業的參考。可以看出簡老伯父對漢生兄的關心。

　　漢生兄的機遇也是非常奇特且少有，在他留美時期居然就有機會參加了由世界氣象組織和美國國家海洋氣象總署共同舉辦的多次陸上

和海上的國際實驗，足跡遍及美、非、歐三大洲。後來居然又遠赴巴西聖保羅大學任教，真可說是行萬里路讀萬卷書，閱歷比我們豐富不少。最讓我意外的是我們在台灣重逢時，他已經轉換跑道成為了立法委員。

欣慰的是他一上任後就立刻與我取得聯繫，且經常在一天忙完之後到我台大宿舍閒話家常，針貶時事，相互勉勵與扶持。而自那以後，他在台灣政壇扶搖直上，歷任黨政要職。但他待人依舊謙沖自牧，虛心求教，從不擺官架子，令我們的友誼更加牢固。

我們各自退休後，交往更加頻繁，尤其是我開始研究「南氏過敏移除療法（NAET）」後，他也常來接受一些健康的意見和療癒，前年還把他寫的兩首詩送給我做為生日禮物，讓我十分感動，我也才知道這些年來他筆耕不輟，著作等身。但他寫的文章、詩詞都並不以發表為目地，而只是要留下一些人生和我們這一代人經歷過的時代紀錄，正因他的詩詞和文章，都是隨興而作，信手拈來、沒有任何特定目的，因此反而讓人一看就自然進入狀況，沒有任何負擔，令人愛不釋手。

最近，他把大作彙整成詩文集，《詩情話義》分「人」、「事」、「地」、「悟」、「文」五大輯，準備出版問世，並囑我寫序。鑑於個人才疏學淺，實不敢當，但念及我們一甲子的友誼，所以只想藉此機會表達我對他的真誠和重情重義的人格特質略抒感想與讚美，不敢言序。

認識漢生兄的朋友都知道他重情，這個情包括親情、友情、愛情，乃至於對人類和自然的民胞物與之情，這些情在他的作品中都有很豐富的體現，我想特別提到他的情傷，因為在大學時代他和女友可說是

大家最羨慕的一對，在整個台大校園都很出名，我們都希望他們能有情人終成眷屬，但沒想到居然以女方出國戛然而止。此事對漢生兄情傷極重，我們這些老同學都覺看不下去，但又無可奈何。在他「多情最是少年時」的作品中填的那三闋「望江南」詞及七言詩，真是纏綿悱惻，令人動容，直可比陸游的「釵頭鳳」詞，將來必是傳世之作。

提到重義，我們可以看他寫的「觀北京活動」，這是對中華民族復興語重心長的惕勵，也是民族大義的最高表現，為政者都可細讀。若世界都能有「以民為本」的精神，則天下太平矣！

而讀他寫的痛惜亞馬遜大火和傷感於美國今天面臨的內外各種問題，而希望美國能放棄戰爭，走向和平，不要再被好戰且滿手血腥的軍工集團所綁架，更是祈求世界和平的靈魂呼籲，這體現出了漢生兄對人類公義的大愛，更是值得我們銘記和實現的。是為序。

（文化大學董事長，台灣大學前學術副校長）

人之相知 貴相知心

文／許啟泰

　　台人移民巴西，始於上世紀六十年代，後蔚成風潮。至 1974 年巴西與中華民國斷交，無法再取得合法居留，復因經濟劇變，治安敗壞、又官言葡語造成諸多不便，遂來者漸稀。

　　此時僑社忽轟傳有一旅美新科博士，單身貴族，應巴西首屈一指的聖保羅大學禮聘來此擔任教授。後知其人即為漢生兄，台灣郵政能為世所譽之改革創新推手，郵政總局局長簡爾康先生哲嗣。

　　兄初到巴西，任教之餘，即深入僑界，拜訪耆老，廣結善緣，相識同儕，互言爾志，所來往共識無不佩服其英年有為，學貫中西，謙和恭儉，人孚眾望。聖保羅當時第一大華人社團中華會館，立聘漢生兄為秘書長，教餘綜理僑務，溝通巴華，服務僑胞。

　　其後漢生兄又鑒於巴西華人高端資訊不足，文化傳承不易，工商管道不暢，乃與專業同好，共同創辦巴西僑社首份正式的中文報刊《美洲華報》，造福僑社。不才蒙推愛，承乏採訪主任，漢生兄則任總主筆。

　　回思當年與漢生兄在報社，筆硯同親，共馳並轡，以文字傳述中華文化，服務廣大南美僑胞，力踞愛國宣慰前鋒，真是往事依依，前塵歷歷。丁年早過古稀，青鬢已然華髮，同室共處，多蒙教誨，時有褊急，兄從未呵責，僅輕言「你這脾氣，祇有我能忍受」，閒談之際，又每勉以要有雄懷壯志，至今生涯碌碌，私心檢點，不禁自慚感佩。

　　同室共案，提筆縱橫，每多拜覽，頗不解漢生兄以一位留美理科

博士，對中文造詣卻如此精深，且古典詩文，腹笥極廣，妙筆行文，亦工書法。後經詢，方知漢生兄在初中時，其尊翁即聘專人家教，且一反世俗課目關注數理化，反而如傳統私塾，教授漢生兄古文與詩詞，遂培養出專業以外的「不讀詩，無以言，不讀禮，無以立」的書香門第世家風範。故漢生兄不論處事言談或為文述道，都充滿了文行忠信與興觀群怨的哲理與德行。

　　漢生兄如此諸般之傑出表現，雖遠必傳，國內執事者，檢點海外人才，早經風聞，不久就榮任僑選立法委員，返國宏展，聞層峰亦屢有嘉勉，弟曾笑其「簡在帝心」，勢如飛黃。其後不才遠遷外州，僻居江城，彼此甚少過從，直到近年來，老邁御肩，又拜科技之賜，能日通訊息，漸及酬唱。漢生兄特專注時事，評議大局，分析兩岸，均以國家民族為依歸，皆中肯綮，為時人所不及，間中亦有詩詞書懷，錦瑟華年，別有情衷。

　　月前漢生兄提及多年筆墨心血，時晴塊壘，大局忠見，花月情懷，即將付梓，遂命序於弟，然江淹擲筆，已無佳語，放翁漂泊，難題壞壁，此番拉雜道來，徒笑大方，叼在知交，付諸莞爾。權充序。

許雲樵

（巴西華文文壇知名作家）

流星雖短暫 燦爛即永恆 人生不留白 永懷感恩心

　　說起我對中國古典詩詞文學的興趣，就不得不感念先嚴爾康公和先慈蕭書瑞女士的諄諄教誨，因為他們從小就告誡我說中國人一定要懂得中國的歷史文化和文學，所以從女師附小上小學開始，每天都要求我寫毛筆大、小楷，臨的帖從柳公權到顏真卿，每天不寫完一張大楷和一張小楷就不能出去玩。

　　考上師大附中初中部後，國文課裡接觸到了古文，每每讓我愛不釋手，每次作文課我也都能一展身手，學校裡辦壁報、出班刊也都是我來包辦。國文老師張守仁先生對我鍾愛有加，常勉勵我在此方向多加鑽研。在建國中學讀高中時，父母更安排我拜北一女國文老師張素雲女士為師，每週六下午去補習古文，這在當年甚至今天都是絕無僅有的課外補習，因為不是為了成績，更不是為了升學考試，而是純粹為了我的興趣和人格培養而學習的教育。猶記我第一首學習的唐詩是王翰的「涼州詞：葡萄美酒夜光杯，欲飲琵琶馬上催，醉臥沙場君莫笑，古來征戰幾人回」。讓我立刻感受到邊塞及戰爭的悲涼和無奈，令人回味無窮！而第一篇學的古文是明朝劉基的〈賣柑者言〉，全文可謂極盡諷諫之能事，但讀後又讓人不禁莞爾。最重要的是我從那時起就立誓未來絕不做一個「金玉其外，敗絮其中」的人，這就是所謂的潛移默化之功吧！

　　另一位開啟我對古文詩詞興趣的人就是先祖母（奶奶）簡游觀箴女士，她老人家從小未受教育，是一位文盲。早年因先祖父病重，她一直忙於生計，將先嚴和姑姑撫養成人，備嚐苦辛；等全家遷台後生活粗定，奶奶就擔負起每天送我上小學的任務。老人家學習心強，每天送我到校上課後，她老人家就搬張小板凳坐在教室外旁聽，從小學

一年級開始，教室內弦歌不輟，她老人家也從一字不識，幾年下來從小學國語課本學起，而慢慢開始可以認字、讀報，且出口成章；尤其難得的是開始學習吟詩作對，後來還出了一本詩集。更勉勵我要把握如此優良的學習環境，認真研讀中國的國學、文化和歷史。因為老人家喜歡看京劇，受到不同劇本內容的影響，所以對忠孝節義的觀念特別重視，對我一生為人處事的影響可謂極其深遠。受到老人家以身作則，身教示範的感召，我算是不負所望，雖未能在國學領域有所成就，但能養成師法聖賢、好學上進的人生觀，以及對中國文學的愛好，可說一生都受用無窮。

台大畢業服完兵役後，我先赴美留學。在美國普渡大學修完博士，又應聘到巴西聖保羅大學天文及地球物理學院任 6 年教授後，在 1984 年返台擔任了兩屆共 6 年的立法委員，而在不經意間被徵召而踏入政壇。期間並蒙中國國民黨中央的賞識提攜，而歷任中央海外工作會副主任、台北市黨部主任委員、第二屆國民大會代表、中央文化工作會主任兼黨中央發言人、中央委員會副秘書長、中國廣播公司和中天電視公司董事長等職務。

在 20 多年的從政生涯中，我從一個名不見經傳的海外學人，攀上政壇的高峰，尤因當時國民黨根基極穩，不僅在中央完全執政，而且在社會各層面、各角落都有影響力；而台北市黨部主任委員和中央文化工作會主任又都是黨內非常重要的實權單位，尤在擔任黨中央發言人那 3 年中，幾乎每天都有我的新聞見報，而且在當時僅有的 3 個電視台：中視、台視和華視，也是每天都有我的採訪或畫面，因而變成了全台知名度最高前 10 名的政治人物，可說風光無限！

但在這過程中也讓我充分體認並親歷了政壇環境的險惡和人事、派系的複雜，最終我在 56 歲不算太老的年齡選擇急流勇退，不再與

政治有任何牽扯。而且自離開黨中央發言人的職務後，沒有再在任何報章、雜誌、電台、電視上或在任何場合，公開對外發表任何一句對政治相關的政策、人事、時局等的看法或評論！因為我認為：一則不在其位，不謀其政，既然不是發言人了，就不要再多發議論；二則是發言人要有職業道德，不應為了出名，把許多一般人不知道的政壇人、事、秘辛，甚至個人隱私，當成上通告或做節目的本錢。

所以對很多人而言，我就像是政壇上的一顆流星，劃過天際時燦爛耀眼，但一轉眼的瞬間就消失了蹤影。不少長官、長輩對我的做法倒是非常讚賞，因這與絕大多數政治人物的作風不同，而我自己也很享受這個由絢麗歸於恬淡的安寧。其實這也算是一種明哲保身的處世之道，因我自知在 20 年從政生涯中，雖嚴守先嚴教誨，知道「作官是一時的，但作人是永遠的」，總是樂於助人、與人為善，更從未恃權作惡。但仍必然得罪過一些無意間沒照顧到的人或情，甚至只是盛名之累而引發的一些嫉恨。所以反璞歸真反而是最好的歸宿。

尤其在離開了公職、黨職、媒體人的身份後，有了更多時間與自由，藉著詩詞及文章來發抒自己的情感和看法，可說是自得其樂。詩詞古文也慢慢成為我平日排憂解煩、怡情養性、陶冶身心最重要的寄託。在感時、憂國、抒情、明志、送別、傷情、思親、懷舊等情緒較易波動時，以詩詞或文章作為抒發。作品雖不成熟，但確實是在那個時空環境當下，自己最真實的心情感受。

本著不使人生軌跡留白的心情，將之彙整出書，做為一個紀念，也算是對先嚴、先慈生我、養我、育我的報答，更是做為我未忝所望的永恆感恩與懷念！！

輯

一

前言一
詩詞抒懷，情真意切

我5歲啟蒙，由先祖父亦珊公教我認字號、習造句。小學考入台北市立女子師範學校附屬小學（女師附小）。先祖母趁每日送我上學之便，即在課堂外旁聽習字，數年下來，先祖母從不認字的文盲而能閱報，日後尚能賦詩，先祖母好學向上的精神實在令人敬佩，也塑造了我主動積極的人生觀，更對我有志於國學的研讀啟發良深。

自高中考入建國中學後，先嚴先慈即延聘對國學專精的老師為我補習古文詩詞，猶憶第一位古文家教老師是任教於北一女中的國文老師張素雲女士。張老師與夫婿鐵九如先生的宿舍，恰在當時北一女中校長江學珠女士和其妹江學琇校醫宿舍隔壁，經常在周六下午上課時會遇到江校長，知道我來補習古文及國學，即曾多次溫言嘉勉，蓋以當時同學皆以補習數理或英文為尚，補習國學的簡直萬中選一，絕無僅有。

所以我自初中起即優遊於《詩經》《史記》《漢賦》唐宋八大家的詩、詞、歌、賦、古文等作品中，對我一生事業發展、為人處世及人生觀等均有極大影響，至今仍時時感念先嚴先慈為我啟蒙教育所付出的心血，使我至今尚勉能下筆為文，略知詩詞，實即當時打下的基礎，唯未能專精，難免貽笑大方，還要請方家正之。

留美軼事一
送胡家麒兄自印州普渡大學北歸密州蘭馨

　　1969 年，我通過留學考試並取得美國印第安納州 (Indiana) 普渡大學 (Purdue Univ.) 的全額獎學金赴美留學。1971 年取得科學碩士學位，並續在普渡攻讀博士。在此期間，適逢保衛釣魚台運動發生，同時中華民國於 1971 年 10 月 25 日正式退出聯合國，國際環境陷入風雨飄搖之中，台灣在美留學生於是自動自發，在全美各地展開聯繫，希能團結一致，確保台灣安全。當時我等都還是窮學生，往往為了參加一次活動或聚會，都完全自費地一口氣開十幾個小時的車趕赴紐約、華盛頓、芝加哥、聖路易等大城，與各地趕來的留學生共商國是。因為住不起旅館，都是各自帶著睡袋在中華會館、中華公所，或在支持我們的教授、朋友家中，三五成群地借宿。有時一個客廳裡，可睡下十幾個人，可謂是滿腔熱血。

　　記憶中，當時在普渡大學任教的沈君山教授，提出「革新保台」的口號最吸引人，國民黨中央第四組主任馬樹禮、副主任曾廣順、救國團駐美督導何維行、魏鏞教授、楊日旭教授等都非常支持我們的活動。當時往來最多的留美同學包括劉志同、熊光濱、趙林、趙寧、王天競、邵宗海、殷乃平、賴清揚、陳義揚、郁慕明和軍方的吳東明、胡家麒、趙振鵬、韓安東等志同道合的同學。

　　我與家麒兄是 1971 年在威斯康辛大學 (Univ. of Wisconsin, Madison) 一次留學生串連中結識。次年，家麒兄來我就讀的普渡大學參訪時，與我在校園不期而遇，我就邀請他到我宿舍長談竟夜，不知東方之既白，從此結為知交，我並恆以兄長視之，受教良多。家麒兄學識淵博，心思慎密，尤其遇事鎮定，深謀遠慮，最令我敬服，我與家麒兄的交情確是君子之交淡若水，雖平日交往不多，但任何時間、

輯一

人

任何地點只要連絡上，雙方相互了解的程度就像是每天都在一起一般。

　　家麒在美獲密西根大學 (Univ.of Michigan) 和密西根州立大學 (Michigan State Univ.) 數學及交通工程雙碩士，本可向專業領域發展，但他回台後，卻不享特權，堅持下部隊從基層幹起，歷任裝甲兵旅長、機械化師師長、裝甲兵司令、八軍團司令、陸軍官校校長，軍事情報局局長，副參謀總長，駐越南代表等要職，是國軍中享譽甚高，內外兼修的儒將。尤其在情報局長任內，對維持 1996 年台海危機的穩定，做出了極為重大的貢獻，屢蒙上級及層峰嘉獎，可謂功勳卓著。記得我在國民黨台北市黨部主委和文工會主任任內，曾兩次組團到家麒兄八軍團司令部和軍事情報局參訪，讓基層幹部能實地瞭解政府在軍事領域的建設與作為。每次均蒙家麒兄親自接待並做簡報，使大家賓至如歸。且對帶有神秘色彩的柳營有了深入的認識。

　　2000 年，家麒兄已調任駐越南大使級特任代表，我恰被邀隨經建會江丙坤主委組織的參訪團赴越訪問，與家麒兄異地重逢，倍感親切。當他得知我尚未去過越南聖景之地下龍灣，而時間又極其有限，於是就透過關係專程為我安排了一架直升機送我從河內飛到下龍灣。上午去、下午回，(河內到下龍灣陸上距離 170 公里，若坐車約需 3 至 4 小時，但直升機只需半小時就到了)。既未耽誤我參訪行程，又飽覽了舉世聞名，聯合國地質和自然双遺產——下龍灣，如海上桂林般的美景。如此盛情實令我終生難忘，也突顯了家麒兄在駐越代表任內與越南各方水乳交融的關係。

　　1972 年秋，與家麒兄在普渡大學竟夜長談後，次日他即啟程北歸密西根州 (Michigan) 州立大學所在地之東蘭馨城 (East Lansing)，當時歲屬早秋，但普渡已有初雪，我遵古禮開車相送 30 公里，與家麒兄悵然道別，因成詩一首相送以為誌。

送胡家麒兄自印州普渡大學北歸密州蘭馨

風雪重逢憶壯遊，國事蜩螗歲方秋。
挑燈陋室抒良策，剪竹西窗賦銷憂。
冰河鐵馬遙相送，長亭殘柳黯難休。
聖主恩宏同一牧，共赴時艱越舊丘。

與胡家麒將軍 (時任八軍團司令) 合影。

聯誼之緣—賀賴承儀陳南屏新婚

　　1973 年夏，美國商務部國家海洋氣象總署（NOAA-National Oceanic and Atmospheric Administration）在全美各著名大學中選出 31 名研究生參與由世界氣象組織（WMO-World Meteorological Organization）主持的 GIST 實驗計畫。GIST 實為 GATE International Sea Trail 之縮寫，而 GATE 則為 WMO 規劃的（GARP Atlantic Tropical Experiment）的縮寫，而 GARP 是 Global Atmospheric Research Program 的縮寫，故該實驗的全名應為「全球大氣研究計畫大西洋熱帶實驗國際海上測試」。我倖獲選為 31 位學員之一，在佛羅里達州（Florida）邁阿密（Miami）受訓一個月，以熟悉實驗中在研究船上使用的各種氣象及海洋測量儀器，並對實驗計畫、目標、流程等專項進行了解。

　　當時在全美各重要大學中，有大氣科學系別的研究生共有數百名，我能獲選實屬幸運。因為學員除有機會參與實驗，結識各校同學，更能隨時與世界各國頂尖的學者專家學習請益，加上有機會周遊列國，且待遇極優，真是難得的機遇。

　　記得當時我在普渡大學的獎學金，每月 350 美元，已足夠日常所需，但學員在實驗期間每月有千餘美元的薪資，比有些助理教授的起薪都高，算是留學生涯中很奇特且少有的經歷。

　　訓練結束後，我隨即奉派登上 NOAA 所屬的科學實驗船 OSS-03 Researcher（研究者號）在加勒比海及大小安第列斯群島（Greater and Lesser Antilles）海域進行了四個月的海上測量、實驗及資料分析。這是一個海洋、氣象研究者一生難得一遇的機會和學習經驗，對我亦是一個嶄新且永生難忘的海上生活及研究經歷，也為我日後參與更多海洋氣象實驗打下了良好的基礎，頗值一記。研究者號當時剛下水不久，排水量三千餘噸，是那時全世界最先進的海洋氣象實驗船之

一。

當時賴承儀兄在普渡化工系修博士學位，平時就和我時常往來。而陳南屏則就讀於伊利諾大學生化系，是該校中國同學公認的校花。伊利諾大學校園在伊州香檳丹維市（Champaign-Danville），與普渡大學隔州界相望，雖分屬伊、印兩州，但開車只有一小時半的距離，所以每年兩校中國同學均舉辦一至兩次的校際互訪，並舉辦籃球賽、文藝展覽、才藝表演、聯歡晚會與交誼舞會等活動，是兩校中國同學年度之盛事。普渡大學因以理、工、農、管理學院為主，所以是標準的和尚學校，而伊利諾大學則發展較為平均，所以女生較多，但兩校均屬美國中西部十大名校之一，排名和程度相近，且中國同學和教授都各有五、六百位，所以也自然成為普渡男同學想去尋偶的第一目標。兩位結緣就是拜兩校中國同學的校際活動之賜。

猶記 1972 年暑假，我開車偕同承儀與南屏從 65 號高速公路向南走訪肯塔基州（Kentucky）、喬治亞（Georgia）和佛羅里達（Florida）三州，在喬州的小城湯瑪士村（Thomasville）借住在當地共和黨主席家中，他的女兒是喬州的桃子皇后，的確長得明眸皓齒，非常美麗，此行也讓我們實地領會了美國南方人的好客及農村的富裕。經此一遊我們三人的友誼都更深了一層，憑良心說，南屏除了長得美麗大方，更是溫柔婉約，秀外慧中。各方面的條件都出人頭地，可說是萬中選一、難得一遇，我本很有意追求，但被承儀捷足先登，也只有奉上祝福了。至今雖承儀與南屏已離異，但我們互相仍是好友，常相聚會或以網路聯絡，算是幸事。我是時適因參與實驗在大西洋上，故只能以五言詩一首遙祝。只婉惜詩中所願未能實現也，悵甚！

輯一
人

賀賴承儀陳南屏新婚

比翼飛雙鷗，海天共遨遊。
但願長相廝，相顧儘白頭。

內人簡賴淑惠 (左 1) 及長女次女與普渡同學賴承儀，
陳南屏 (右 3，右 4) 夫婦合影。

寒泉之思—憶雙親，念慈母

父母生養撫育之恩實在是昊天罔極，無以為報。尤其對我而言，簡家到我已是三代單傳，我上有三位姊姊，所以我是獨生的么兒子，祖父母、父母和姊姊們對我的鍾愛關注可想而知。

我幼年時身體極為羸弱，上小學前，長輩甚至懷疑我是否能存活下來，蓋因我經常發燒，有時甚至燒到攝氏 40 度以上，手腳抽筋，當然人就瘦弱不堪，且了無生氣，後經醫師診斷為扁桃腺太過敏感，所以只要外界環境（氣溫或濕度）有何風吹草動的變化，扁桃腺就開始發炎而發燒，到了小學四年級，醫生建議將扁桃腺割除，父母問我敢不敢動手術，我答曰「只要能不再發燒，什麼手術都可接受。」那時小孩動手術最怕的是不配合、不聽話。但我在手術全程中，嘴巴張大近一小時不能閉合，完全配合醫生的指示，贏得醫生高度的讚賞，還把割下的兩顆小肉球放在福馬林的小瓶中送我做為留念。所幸 4 年級後，我快速發育，且身體日益強壯，沒有再讓父母為我的健康擔心。

身體強壯後，求學課業亦頗順利，初中考入師大附中，高中考入建國中學，大學考入台大，畢業後留美。但如今回想，與父母相處時間不過就是在大學畢業前的 22 年，自出國留學，在國外就業後就再未有機會侍奉父母。1984 年，我當選立法委員，且已辭去巴西聖保羅大學教授之職，準備舉家遷回台灣便可陪伴雙親。

但當時先慈不幸被台灣庸醫誤診，而轉往加拿大二姐巧男和二姐夫王家璜教授任教的亞伯他大學（Univ. of Alberta）附設醫院診治，不僅又錯失與父母相聚的機會，且使照顧雙親的責任與擔子完全壓在家璜和巧男身上，此恩此德，真是令我慚愧汗顏至今，而無以為報。雙親在二姐和二姐夫全心全力的照料下，享受到最好的醫療待遇及他們無微不至的孝心。先慈不幸於 1991 年 9 月 15 日在加拿大亞伯他大

學醫院仙逝，享年79歲。先嚴在先慈仙逝後，悲痛逾恆，雖偶爾往返於加、台之間，但總覺形單影孤，未能釋懷，1993年11月忽動念返台，但不幸於11月23日晨，因腦溢血病逝於新竹醫院。

2000年12月24日聖誕夜，我於凌晨3點由夢中驚醒，蓋因在夢中與先嚴先慈餐敘，相談極歡，雙親頻頻關注我的生活起居，事業發展及健康，容色和藹，笑語不斷，令我留下極深刻的印象。餐畢，雙親說時候不早要回去了，我即刻喚蔡凱淳先生欲以車相送，但千般苦思卻無址可送，因而驚醒，淚已濕襟，悲從衷來，不能自己，因成七言詩一首以記之：

憶雙親

聲華依舊拜慈容，叮囑寄語萬言通。
猶欲追詢何處去，淚盡幽明魂夢中。

2004年3月31日晨3點10分夢見夜陪姆媽和二姐看電影罷，二姐說，姆媽臉色不佳，恐係血糖不穩，急召護士注射胰島素，但仍覺媽在我手中身體逐漸軟溜下去，我大駭驚醒後不復成寐，成七言詩一首。

念慈母

三更夢醒不復眠，猶欲奉親養天年。
驚覺方悟南柯境，音容依舊憶慈顏。

摯友慶生─賀劉熊倫兄花甲大壽

　　好友熊倫兄，粵桂世家出身，少年得志，縱橫商場，雖事業有成，唯常以無子為憾。1990 年幾經辛苦終於獲麟兒少川，熊倫兄與鳳珠嫂欣喜逾恆，鍾愛異常，熊倫兄每親下庖廚，細調羹湯，呵護備至，所謂有子萬事足，信有徵也。我亦常沾少川世兄之光而享熊倫兄之廚藝。2005 年元旦，適逢熊倫兄六十華誕，我無以為祝，填水調歌頭詞一闕聊表賀忱。

賀劉熊倫兄花甲大壽

元月元日慶，劉公壽無疆，

兩廣擎天世冑，年少即剛強。

風流倜儻名世，商場縱橫飄香。

千金承一諾，仗義比關張，輸財賽孟嘗。

悔輕狂，福靈至，鳳呈祥。

嬌妻如玉，點慧雙修命綿長。

花甲含飴弄子，呵哄庖廚不避。

治事若烹湯。

功業六十始，飛熊自兆翔。

兩代情寄厚望——
賀馬英九兄榮任中華民國第12任總統

　　我與英九兄為兩代交情，先嚴爾康公與馬鶴凌伯父係革命實踐研究院黨政軍聯合作戰研究班同期同學，我在台大就讀時又與英九兄大姐馬以南學姊共同參加學生代表聯合會（代聯會）而熟識，英九兄小我四歲，故原並不相識。我在美留學時，熱心參與留學生活動，並與劉志同、陳義揚、賴清揚、黃開基、魏鏞、李曉媽、趙寧等好友共同組織了「愛盟」。

　　1976年，我在美國普渡大學（Purdue Univ.）獲博士學位畢業前，方聽說美東地區有一位馬英九同學，熱心參與愛盟活動，學養俱佳，並擔任當時台灣留學生愛看的美國《波士頓通訊》主編，因而十分欽仰，惜仍無緣一識。1984年2月我就任立法委員，在兩屆6年任期內，長期擔任外交委員會的召集委員，經常參與或配合院內及外交部、經濟部、外貿協會及國民黨中央等單位的多項涉外工作及活動，並因外語（英、葡、西語）能力頗佳，亦常受各政府單位之托，出席參與多項國際會議或參訪團活動，係當時立法院涉外活動中公認的代表性人物之一。英九兄則於1984年被任命為中國國民黨中央委員會副秘書長，負責開展國際政黨聯繫事務，並在秘書處新成立國際關係室，由英九兄親自招考東海大學教授林昭燦，及金溥聰、康炳政兩位新人進入黨部服務。

　　由於許多內閣制國家的政黨主要領導人均具國會議員身份，故英九兄特別邀請我及另兩位立法委員洪昭男及林基源，共同參與中國國民黨對外關係拓展及各種國際活動事宜，當時最重要的聯繫對象為國際民主聯盟（IDU-International Democratic Union），這是各國保守政黨組成的國際政黨組織，美國共和黨、中國國民黨均是成員。自由

黨國際（LI-Liberal International），這是各國自由派政黨組成的國際政黨組織，美國民主黨及台灣的民進黨均是成員。另亦與社會黨國際（SI-Socialist International）偶有聯繫。這段時間內我與英九兄經常為參與國際政黨活動有公務的往來，並連袂出國多次，朝夕相處，方才真正比較熟識起來。對於英九兄的才華及任事負責的精神有了深刻了解。英九兄對我在國際事務上的能力亦頗為肯定。

1991 年英九兄與我同時當選為第二屆國民大會代表，在修憲過程中，國民黨中央在政策上是由李副總統元簇為最高決策人，行政院副院長施啟揚和研考會主委馬英九為輔，但在執行層面則由國大秘書長陳金讓、國大黨團書記長謝隆盛及三位地方黨部首長即台灣省黨部主委王述親、台北市黨部主委簡漢生、高雄市黨部主委黃鏡峰共同負責動員、協調和與民眾溝通等事務。在近一年的修憲準備期間，中央修憲小組的十幾位成員幾乎每週均由李副總統主持一到兩次會議，我與英九兄因而每週都在中央黨部 2 樓小會議室中開了幾十次的黨內高層會議，大家變得更為熟識。1993 年年底，北高兩市市長開放直接民選（後實際選舉延至 1994 年 3 月舉行），我是時正在台北市黨部主委任內，最重要的任務就是要順利找到能有把握勝選的候選人，經多

代表中華語文研習所同學（台語學員）致詞。

次民調測試，先後測出有馬英九、簡又新、蕭萬長等人出線，且以英九兄不論對任何人都最能勝出。我乃先後 5 次與英九兄協商，但均遭英九兄以甫接任法務部長（1993 年 2 月上任）不便轉換跑道而婉拒。最後國民黨推出原無意願參選的黃大洲與新黨趙少康及民進黨陳水扁競選，不幸以 26%、30% 及 44% 之得票率敗給陳水扁。

1996 年英九兄因白曉燕案，辭去法務部長，我坦白正告英九兄說，如欲真正參選從政，則必須學習閩南語以利與選民溝通，蒙首肯後，由我延請何景賢兄創辦的台北語言學院（Taipei Language Institue）閩南語教學專家方南強老師任教，每週五上午 7 點半至 9 點在方老師家中為我二人授課，展開了我與英九兄長達 12 年，一位老師兩位學生的同窗生涯。直至 2008 年英九兄當選總統，方對我說一則太忙，二則侍衛隨行，諸多不便，故與我商議中止上課，我本即係「陪公子讀書」，當表同意。雖有此同窗之誼，但我謹守分際，英九兄當選後，我從不敢以俗事相擾，除非總統主動諮詢，我印象中只到府中因民間團體之公務去拜望過他一次而已。

今英九兄已卸任，當可以閒雲野鶴之身與我再敘同窗之誼唏？爰記之並將 2008 年英九兄當選中華民國第 12 任總統時我的祝賀詩錄之存念。

賀馬英九兄榮任中華民國第 12 任總統

龍馬飛騰跨濁溪，一掃妖頑振疲靡。
溫良恭儉安天下，謙誠和穆化群黎。
尚廉除弊路猶險，崇法興利歲方急。
中興須納百川水，正道滄桑萬世遺。

寫於 2009 年 8 月 10 日

輯一
人

詠長聯結知己──
贈大陸全國政協民族和宗教委員會楊小波主任

　　2010 年大陸全國政協港澳台僑委員會應台灣兩岸民意代表聯誼會饒穎奇理事長和張平沼副理事長之邀，由港澳台僑委員會副主任、原中國國家質檢總局局長李長江率全國政協委員及工作人員 33 人組團訪台，我應邀參加雙方之座談會等相關活動，交流熱烈，知無不言，言無不盡，收穫良多，成果豐碩。

　　臨別之夜，我們在知名台菜欣葉餐廳設宴餞行，賓主盡歡且離情依依。杯觥交錯之餘，雙方團員並登台表演，或高歌一曲，或笑話娛眾；時任全國政協辦公廳秘書局局長（現任全國政協民族和宗教委員會副主任）的楊小波先生上台默誦康熙年間雲南名士孫髯翁（1694 年至 1775 年）所撰膾炙人口的昆明「大觀樓長聯」。[1]

　　大觀樓位於昆明西山區，南臨滇池，康熙年間（1696 年）所建，孫翁長聯即掛於樓前。該聯共 180 字，對仗工整，豪情萬丈，且抒情、寫景、詠史、感懷無一不備，被譽為「中國第一長聯」。小波先生在台上獨誦，適我因祖籍雲南昆明，平日耳濡目染。亦可默誦該聯，遂亦上台與小波先生合口對誦，被賓主雙方傳為一時之佳話，亦使大陸朋友了解中華文化在台並未失傳也！

【註 1】孫髯翁·昆明滇池·大觀樓長聯
上聯：五百里滇池，奔來眼底，披襟岸幘，喜茫茫空闊無邊。看東驤神駿，西翥靈儀，北走蜿蜒，南翔縞素。高人韻士何妨選勝登臨。趁蟹嶼螺洲，梳裹就風鬟霧鬢；更蘋天葦地，點綴些翠羽丹霞，莫辜負四圍香稻，萬頃晴沙，九夏芙蓉，三春楊柳。
下聯：數千年往事，注到心頭，把酒凌虛，嘆滾滾英雄誰在？想漢習樓船，唐標鐵柱，宋揮玉斧，元跨革囊。偉烈豐功費盡移山心力。儘珠簾畫棟，捲不及暮雨朝雲；便斷碣殘碑，都付與蒼煙落照。只贏得幾杵疏鐘，半江漁火，兩行秋雁，一枕清霜。

我與小波先生亦因此聯而結為知己。因成七言詩一首以贈小波先生。

孫翁名聯滇池懸，每憶杯觥誦長篇。
兩岸知己如兄弟，樂待一統太平年。

寫於 2010 年 12 月 5 日

2005 年漢生 (右 1) 與雲南耆宿丁懋時夫婦 (右 3 與 4) 及蔣孝嚴夫婦 (左 3 與 4) 訪雲南合影

樂成滇台交流—贈雲南省委秦光榮書記

雲南與台灣雖相距萬里，且本籍雲南在台灣的鄉親在大陸各省市中亦是少數，但自開放赴大陸觀光旅遊後，台灣同胞前往雲南旅遊的人次，恆居前往大陸各省市旅遊人次之前列，足證雲南氣候宜人、風景秀麗、民族多元、風俗及美食又極具特色，所以能長期吸引台灣同胞前往觀光攬勝。

由於雙方往來密切，雲南省各級黨政領導也經常率各單位同仁及民間人士組團訪台，我和先嚴爾康公均曾擔任台北市雲南省同鄉會理事長多年，記憶中三十餘年來，先嚴與我先後累計接待過雲南鄉親來台參訪團至少有百團以上，充分感受到台灣同胞人情的溫暖。2013 年9 月中秋，更由雲南省時任省委書記的秦光榮先生率雲南省黨政及重要工商企業界人士百餘人來台參訪，並與在台鄉親共渡中秋佳節。

這是雲台兩地歷史上空前的一次最大規模、最高層級的交流。在桃園市雲南同鄉會的安排下，在桃園龍潭擺下十里長街宴，全台千餘雲南鄉親代表及地方人士參與，可謂盛況空前。席間蒙秦光榮書記代表雲南省委省政府，贈我桂竹狼毫名貴毛筆一組，感謝我多年為雲台兩地交流所作之貢獻及努力。我卻之不恭，除回贈台灣土產外，並成五言詩一首以為記，並祈滇台交流更啟澎湃新篇，為兩岸和平發展，民族復興作出貢獻。

贈雲南省委秦光榮書記

桂竹瀚墨香，書記情義長。
滇台結同心，共譜新華章。

寫於 2013 年 9 月中秋

敬重女中豪傑─寄洪前主席秀柱

　　中國國民黨前主席洪秀柱，出身台北縣基層黨部及救國團，當選立委後，立場堅定，負責盡職，服務選民，熱心週到，在基層民眾及國民黨中央均有極佳之口碑，故能連任 8 屆立法委員，並於 2012 年當選為立法院副院長。

　　2015 年，在國民黨內無人表態參選 2016 年總統情況下，洪秀柱自告奮勇登記參選。在通過重重關卡後，終在 2015 年 7 月 19 日獲國民黨全國代表大會通過正式提名。但隨後國民黨中央又因若干中常委及若干立委提名人，結合黨內若干前任大老反水倒戈，於 2015 年 10 月 17 日，召開了臨時全代會撤銷了對洪的提名，改由時任黨主席的朱立倫自己代表國民黨參加 2016 年的總統大選，結果當然是狂輸慘敗。

　　雖被撤銷了總統提名，但 2016 年，洪秀柱又在黨員直選中正式當選為補選的國民黨黨主席，後在 2017 年 4 月 7 日爭取連任時敗給了吳敦義而落選。

　　2019 年，國民黨正進行次年立委選舉提名作業，在最艱困的選區台南市第 6 選區竟無人報名參選，洪秀柱又自願請纓，奮勇上陣，奮鬥精神值得我們的肯定與敬佩。

　　綜觀洪秀柱從政經歷，每每仗義直言，勇往直前，但也往往因而令高層有所顧忌。2015 年被撤銷總統提名，雖說可能與洪團隊不接基層地氣有關，但實係黨內大陸政策路線之爭的結果。陣前換將，乃兵家大忌，何況至今黨中央對如此出爾反爾，自打耳光的作為，也給不出個正式和正當的理由；開此惡例後，中央威信掃地，至今猶未能振衰起敝，實在令人浩嘆。國民黨高層成天高喊大家要團結，但實際上最不團結，鬥得最兇的就是一批高層及已經下台的大老、中老、小

老，令基層非常失望，甚至不齒。我與洪前主席在立法院時即是同事，2001 年我任國民黨與象山集團合作的中天電視公司董事長時，洪委員因關心文化社教，故對中天頗為關心，特在此再致謝忱。

2019 年聞洪秀柱主席決定參選次年台南市最艱困選區立委。如春雷乍響，令人耳目一新，成詩一首以表敬意，用壯行色，並預祝成功。

預祝洪秀柱主席奏凱

天將征南振國威，群醜能無愧鬚眉。
一「柱」擎天驚海宇，定斬長鯨奏凱歸。

寫於 2019 年 8 月 10 日

因文結緣—盼許啟泰兄早歸

　　至友許啟泰兄旅居巴西近 50 年，足跡遍及巴西南北，閱歷極豐，雖身居海外，對中華傳統文化的鑽研、關愛、保存均極用心，更由於本身對中國文學的造詣、歷史典故的熟諳等，在我輩中鮮能有出其右者！抒文如行雲流水，詩詞可信手捻來，論述更是大筆如椽，被尊為巴西僑社文壇祭酒。

　　昔我旅居巴西時因忝為《美洲華報》創始人之一並兼任總主筆，而與啟泰兄因文結緣，至今已匆匆四十餘年矣。我自公職退休後，閒暇時多沈浸於中國古文學之中，雖有「古調雖自愛，今人多不彈」之憾，但亦自得其樂。尤其難得的與啟泰兄雖遠隔萬里，卻可藉現代網路之便，常可詩文唱和並求教，實有跨越「千金易得，知音難覓」的喜悅。誠一樂也！

　　近年來，啟泰兄年事亦漸高，時有思鄉之作，曾目睹巴西亦有九重葛而思台灣花開之勝景。且每年秋風起時即囑人贈我特大之釋迦果一大箱以快我朵頤。因思吾輩年華漸老，聚日無多，啖果思人，難免悵然也！因成詩一首，盼老友早歸。

遙寄許啟泰張繁青兄嫂

秋風落葉雁南飛，故人羈旅不得歸。

九重葛圓思鄉夢，釋迦熟時盼君回。

啟泰兄接我詩後，覆詩如下：

博士騷人妙筆傳，波濤兩岸一帆難。
風雷九域無龍起，萬馬齊暗立雨寒。

寫於 2019 年 1 月 29 日

2021 年 10 月 20 日，啟泰兄又傳來更有思鄉情懷之詩一首，謹錄之如下：

荒葦孤樹遠山微，紅日斜陽雁秋飛。
半生出走天涯路，鄉音自與夢獨歸。

寫於 2021 年 10 月 20 日

我接詩後，深感啟泰兄思鄉之情日殷，且目前巴西苦於總統之倒行逆施，疫情慘重經濟蕭條，當地百姓幾民不聊生。華僑雖一般經濟情況均尚可，但「危邦不入，亂邦不居」古有明訓，故覆詩一首，再盼啟泰繁青兄嫂早早返台。

九重葛引故園思，秋風起兮雁歸時。
年年佛果寄君意，何如相聚莫嘆遲。

寫於 2021 年 10 月 31 日

輯一
人

11 月 12 日，我有感於台北近週秋雨淒淒，復讀許啟泰兄荒葦獨歸詩，感慨係之，再成詩一首寄啟泰：

　　　　秋雨秋風草木哀，異鄉羈旅自徘徊。
　　　　半生客寓應思返，孤鴻何事不歸來[1]。

　　　　　　　　　　　　　　　　寫於 2021 年 11 月 12 日

美國加州州務卿余江月桂（右8）訪問巴西聖保羅《美洲華報》與社長袁方（左7）、簡漢生（右5）、許啟泰（右3）合影。

【註 1】李商隱《瑤池詩》：瑤池阿母綺窗開，黃竹歌聲動地哀。八駿日行三萬里，穆王何事不重來。

輯一
人

前人種樹後人乘涼—懷台北市黃大洲前市長

　　台北市黃前市長大洲兄出版回憶錄《感恩的憶述》，記述 30 多年前在台北市推動市政建設的經歷，我是時正擔任中國國民黨台北市黨部主任委員，從陪同黃市長 1990 年到任時，逐一登門拜會全體市議員徵求同意開始，4 年間輔佐黃市長推動各項建設，在公務上舉凡民政、財政、社會、教育、環保、勞工、建設、捷運、工務等各方面，及在與各種各級民間團體、社群、協會、教派等活動聯繫上幾乎都形影不離，無役不與；且協調市議會陳健治議長及各位議員合作無間，會同中國國民黨台北市黨部直屬及 12 個行政區的區黨部、區分部（里）等有給職專職幹部三百餘人及義務幹部約四萬人共同推動市政建設，當時被譽為府、會、黨市政鐵三角。應可算是台北市市政發展最壯闊、最輝煌的時期之一。

　　當時，我與黃市長約定在每週三上午 7 點半到 8 點 45 分，國民黨中央常會開會前，在來來飯店 17 樓共進早餐，針對一週內台北市府、會、黨及社團等各方面的事務，包括人事、財務、各局處重要施政、輿情反應……等。先做規劃或檢討，以取得一致的意見與對策，4 年中此一早餐會從未間斷，且因早餐時只有我們 2 人，連機要秘書都不參加，雙方都可知無不言，言無不盡，所以極具溝通效果。黃市長年長我 10 歲，在公務上我們互相理解，但私下我恆敬他為大哥，而他對我這同是台大校友的小老弟也頗為尊重照顧，所以當時台北市府不少局處首長遇有困難或委屈，也時常請我疏通，但我亦恪守本分，從未逾越分寸，故黃市長亦一直對我充分信任並合作無間，誠乃快事也。蓋因過去黨政首長不和之先例，所在多有，是影響發展的重大因素之一。

　　有感於黃市長當年任勞、任怨、任謗，不計外界毀譽，勇往直前，

終能使台北市主要基礎建設舉凡：基隆河截彎取直、中華商場拆遷改建、捷運6條線同時動工、鐵路地下化、興建垃圾掩埋場、焚化爐、大安森林公園、林森北路公園……之建設等，次第開工乃至完成，至今市民均感德便，也總算還黃市長一個公道。在諸多硬體建設中，我投注較多心力者為捷運工程、中華商場拆遷、大安森林公園建設、垃圾掩埋場等，在後記中會略做說明。

大洲兄不作秀、說實話，雖容易得罪人，但做事均本「腳踏實地，少說多做，不計近利，但求遠功」的原則。這些說來很簡單的話，今之各級為政者，豈能不深思以為民謀福乎！

「前人種樹，後人乘涼」應是對黃市長當年推動市政建設最貼切的寫照，我有幸參與其中，因填水調歌頭詞一闋以存念，並以贈黃市長大洲兄。

前人種樹，後人乘涼－贈黃前市長大洲兄

三十年歲月，彈指一揮間，

也曾呼風喚雨，快意每揚鞭。

輔佐大洲健治，府會黨政協作，市政展新篇。

為民謀福祉，功業不等閒。

整基河、開捷運、建公園，

不畏譏讒，市長擘劃占機先。

當年忍辱受謗，如今稱德懷澤。

公道豈無言？

回首揮汗處，明鏡正高懸！

寫於 2020 年 11 月 27 日

後記

一、台北市捷運工程局係於 1987 年正式成立，首任局長是齊寶錚，齊局長是工程界大老，原為榮工處副處長，經行政院王章清秘書長的推薦創設了台北市捷運工程局，而成為台灣捷運之父，在 5 年局長任內完成台北市捷運系統的整體規劃，且將捷運局建成為一個非常現代化的工程及管理平台，全盛時期領導約 1 萬 5 千餘員工為北市交通建設打下了不可磨滅的功績，令人敬佩。

捷運（地下鐵）當時還算是新鮮事，絕大部分的人都沒有坐地鐵的經驗，甚至連看都沒看過，所以早期推動時也曾遭遇土地徵收不順，擔心工程危險，謠言滿天飛等不少困難。當時社會輿論多主張先選一條線施工，再觀後效。

但黃市長與我均覺捷運對北市交通發展既然已屬必需，則捷運施工期間造成交通不便，商業受損等負面影響的時間一定要集中且減至最短，長痛不如短痛。故毅然決定 6 條線一起動工，黃市長也知道等 6 條線完工時，他早已不可能是市長，但仍努力為未來台北市的發展而寧擔負起當時的罵名，後來各線完工收割時，又有多少人記得當時黃市長和我們執政黨承受的壓力呢？其實這就是做事的公僕與做官的政客最大的不同，說來令人唏噓，並要為大洲兄鳴不平。

捷運木柵線當時與法國馬特拉公司爆發訴訟，我曾數度代表黃市長會同當時捷運局長廖慶隆及總工程師陳椿亮兩先生與馬特拉的代表 Maurice Savart 先生等協商多次惜均未果，但也算是盡力所能得最好的結果了。

二、中華商場拆遷引爆的當晚，我就在黃市長官邸和他一起坐鎮，令工務局長曹友萍親自檢查三遍，但引爆前第一次檢查說已完全淨空，可是第二次檢查居然在某棟三層發現還有一人躲藏，所以才有第三次檢查之事，因為黃市長和我都深知所有這些建設，只要死了一

個人就都前功盡棄矣！所以不得不千小心，萬小心。直到確認再沒有人在樓內才下令引爆9棟樓，我凌晨兩多點確知引爆過程一切順利後才回家。

三、大安公園拆建過程中，我曾和兩千多戶居民逐批溝通說明，動員里鄰長和市議員開了幾十次協調會後才順利動工，人的問題都解決了，最後卻為了一座觀音像的搬遷又開了四次協調會才能動工。搬遷觀音像事，警方原不想讓步，但僧尼和信眾都誓死不准搬遷，我想到越南僧尼自焚演變成群眾暴亂，立即建議再協商，方免事態可能之惡化也！

四、為了垃圾掩埋場和內湖焚化爐的興建及運行，環保局長吳義雄多次請我與相關市議員及地方人士溝通，最後均順利解決問題，至今仍運作正常。許啟泰兄收我信後回函曰：「依弟淺見，兄在台北市參與之事，至少有兩件可稱百年大業。一為中華商場拆除，二為基隆河之截彎取直。此二事如非有前瞻之遠見，與斷然之公權力及軟硬恩威兩手之操作，必不能行且反引火燒身，兄事後思之能不涼氣倒抽乎！」

1993年與台北市長黃大洲合唱留影。

當民主變民粹—憶經國先生

故總統經國先生於 1988 年 1 月 13 日病逝於台北七海寓所，享年 78 歲。

經國先生對台灣各方建設貢獻可說是有目共睹，舉凡早期在經濟方面的十大建設，以及後來的政治民主開放，都在世界上創造了典範。至今我們都還在享受他遺留下來的餘蔭，而在歷屆民調中。他恆居國府遷台後歷任總統受民眾肯定度的第一名，且一人的肯定度往往比其他所有總統加起來都高，可見經國先生受台灣同胞愛戴的程度。

當年經國先生採行了民主開放路線，默認了反對黨的地位，推動了台灣民主政治的發展，可惜民主發展到今天已演變成民粹，病入膏肓，民主的品質和政府的效率和能力都已不堪聞問，令人嘆息。因成詩一首以為記

憶經國先生

哲人日已遠，典型在夙昔。

豺狼今當道，恨不能盡殛。

寫於 2021 年 1 月 13 日

道範長昭—敬懷行政院 孫前院長運璿伯父母及諸長輩

2021 年 5 月 12 日，許啟泰兄寄來下詩：

> 夕陽獨樹舊江樓，塵世無因去尚留。
> 一曲天涯真無奈，輕歌如夢總心頭。

　　適我在網上觀紀錄影片，略以前行政院長孫運璿伯父母不收受禮物或贈品，一日某受過孫院長恩惠者攜老母雞至孫府致謝，孫夫人再三推卸不果，爭議中老母雞居然下了蛋，於是孫夫人收了一枚雞蛋，退回了老母雞，而皆大歡喜。故事雖小，但對今人仍有太多的啟發。

　　孫院長歷任台電總經理、交通部長、經濟部長等要職，皆能圓滿完成任務，對國家做出了卓越貢獻，最終被經國先生賞識而出任行政院長。在其院長任內，充分與經國先生配合，勇於任事，盡忠負責，是台灣各方面建設得最好最快的時期，為台灣的發展奠下了最堅實的基礎，至今吾輩可說仍在享受他們留下的老本及餘蔭，令人永遠懷念感佩不已！

　　孫院長在交通部長任內是先嚴爾康公（時任交通部郵政總局局長）的直屬長官，每週部務會議都同桌開會，對先嚴提攜照顧有加，孫伯母與先慈每週四在婦聯會一起做義工縫軍服。我當選立委後，先慈帶我到孫府拜謁，蒙院長和夫人溫言嘉許，但所攜巴西土產仍被拒收。可印證影片中收蛋不收雞的故事。

　　我當選立委後第一次院會總質詢 9 點開議，一直等到 9 點 40 分都不見孫院長蒞會報告，後由倪文亞院長宣佈孫院長病假，由邱副院長創煥代做報告。當時大家並不知道孫院長腦溢血狀況那麼嚴重，且因此而告別了政壇，實在是國家最大的損失！

緬懷多位長輩之高風亮節，忠義開濟[1]，為台灣做出過永垂不朽的貢獻，卻被今之政客視為「外國人」，天下之無稽無恥者，莫甚於此輩蛇鼠牲畜也！

2021年5月13日夜裡，我思及孫院長孫伯母及先嚴先慈以及個人從政20年之往事，中夜不寐，成七言詩一首和許啟泰兄原韻：

> 濁水滔滔獨登樓，宦海歸真任去留。
> 哲人典型隨波去，興亡能不上心頭？

思今台灣政壇，奸佞之輩各居大位，認賊作父，數典忘祖，恬不知羞恥為何物，至今仍在啃食一再被侮辱醜化之兩蔣及嚴家淦、尹仲容、俞國華、孫運璿、李國鼎、蔣彥士等重臣所遺之老本，台灣未來發展何在？尚未可知！先賢已逝，值此民族復興之際，能不令人憂心？因成此詩，就教方家，並寄許啟泰兄。

啟泰兄接我詩作後，又覆詩一首如下：

> 臣壯何嘗不若人，失途蹭蹬效靈均[2]。
> 潛從憂患知艱困，夜洗征袍淚與塵。

2021年5月15日再贈漢生

【註1】杜甫《蜀相》詩：三顧頻煩天下計，兩朝開濟老臣心。
【註2】靈均是屈原字。

我於 2021 年 5 月 16 日覆啓泰兄曰：謝指教，「夜洗征袍淚與塵」，知我者啓泰兄也！2021 年 5 月 21 日啓泰兄再傳來一詩，對我謬獎有加，我愧不敢當，但亦覺一切均已逝去，猶如昨日黃花矣！

為漢生我兄惜才

如今時事輕先輩，不覺前賢畏後生。
裘馬輕肥爭笑語，闌珊燈火嘆歸程。

國士之風—永懷外交部歐鴻鍊部長

　　8月下旬我訂購了一批改良品種的土芭樂，香甜軟糯，令人驚艷，所以想送一箱給歐部長鴻鍊兄嫂品嚐。

　　聯絡後，結果歐夫人之媛嫂告訴我他們人在高雄，8月31日他們已北返抵家，我立刻想再安排時間，並知悉鴻鍊兄在高雄動了胸部的小手術，過程順利，且已出院返家，我也就未以為意；不料到9月中再聯絡時，歐夫人就告知鴻鍊兄因不明發燒又住進醫院，且在加護病房，不便探視，所以只能為他馨香祝禱；之後又聯絡數次，情況並未改善，10月30日和歐夫人再次通話，原想對他受謗與謝某訴案獲勝報喜，卻得知鴻鍊兄病情惡化，她正要趕赴醫院，我心中就有不祥之兆，30日晚上9點21分，他終蒙主寵召，安祥離世。我為他能安享天國之福祝禱，但也難掩失去一位知心的良師益友而深感傷痛。

　　我與鴻鍊兄訂交自他擔任外交部中南美司副司長時，四十餘年來交往不斷，他給我的印象永遠都是謙沖自牧、負責盡職、誠以待人、忠以任事，是一位真正守正不阿、有為有守的外交官，這樣的特質使他無論在部內或駐外崗位，都有最完美的表現，不僅贏得長官的信任，同仁的愛戴、尊敬，甚至每每獲得駐在國最高層的信任與推崇。

　　在外交生涯中他保持了幾項紀錄，一是擔任過自蔣公中正，嚴前總統家淦和經國先生三位總統的西班牙文翻譯、二是第一位客家同胞及三是第一位以主管中南美業務、西班牙語系外交官出任外交部長，相信必可名垂青史！

　　鴻鍊兄在駐節中南美各國時，偶爾也會來巴西參訪，一次我倆同遊聖保羅共和廣場，想選購一些當地的手工藝術品，頭一天晚上我還特別提醒他當地扒手和搶匪特多，千萬別帶貴重的物品出門，不想仍遭扒手聯合搶劫，讓他蒙受損失，且被搶匪絆倒受傷，讓我至今引以

為憾。而他任駐阿根廷代表和駐瓜地馬拉特命全權大使任內，我數次到訪，也都蒙他們賢伉儷每次都熱忱接待，至今令我銘感五內。

1995年鴻鍊兄自駐瓜地馬拉大使任內調部接任外交部常務次長，我時任中國國民黨中央文化工作會主任，主管業務之一即是國際文宣，所以鴻鍊兄來訪時，我們除了談如何加強合作外，我很誠懇地告訴他說，國民黨當時主流非主流的鬥爭仍烈，外交官本就應對政黨持中立立場，更不宜捲入政黨內部的紛爭，所以我建議他正好以此為理由，不要被任何一派系所拉攏而被戴上標籤。多年後，他很感激我當時給他的意見，因為他駐外多年，對那時國民黨內黨爭的種種可謂一無所知，有了我的提醒，讓他對此深具戒心和分寸，因而免除了許多不必要的困擾。

鴻鍊兄榮任外交部長後，我正在擔任國際經濟合作協會的副理事長，為了推動科技外交，原有很好的合作計畫，鴻鍊兄也召集了外交部相關司處首長和其他單位負責人和我們共同會商，希在原有與中南美數位計畫的基礎下加強合作，可惜因主事方臨時變卦而未能實現，實在令人扼腕，但對鴻鍊兄勇於任事的精神，我仍感念至今！

退休後，與鴻鍊兄過從更密，除了常共同參加活動與聚會之外，2014年9月，鴻鍊兄嫂加入我組的參訪團一起赴新疆訪問十天，朝夕相處，無所不談；同時他又接任中美經濟合作策進會理事長，希在民間促進中美關係；我也倖被選為副理事長，一起合作6年，受益良多。

2019年11月我蒙鴻鍊兄推薦，擔任由馬來西亞僑領、中山先生忠實信徒李金友先生在吉隆坡舉辦「28歲的孫中山上書李鴻章──紀念中山先生誕辰153周年大會」的主講人。鴻鍊兄告訴我，金友先生原希望他做主講人，但他向金友先生推薦我主講，這在馬來西亞僑社是一項很高的榮譽，我衷心感謝他的知遇與愛護。當天我和亞拉曼大學校長尤芳達博士及新紀元大學校長莫宗順博士共同擔任主講人，到場聽眾數百人，我的講演反應熱烈，算是不辱使命，也讓我和金友先

輯一

人

生結為好友。

　　此行又與鴻鍊兄嫂在吉隆坡朝夕相處，如沐春風；而他海外的人脈，在我們共同參加的不少海外活動如在澳門每年一次的世界華商經貿論壇等都展現無遺，令人敬羨，但他一貫低調，平常從不宣揚，讓人感受到他在寧靜中所發揮的力量。之後他期滿卸任中美經濟合作策進會理事長，並蒙他不棄，安排我接任理事長。對我的提攜、照顧之恩，實令我沒齒難忘！

　　鴻鍊兄的人格特質就是，雖然職位愈升愈高，但與嫂夫人劉之媛女士恆以忠厚、謙和、誠懇、踏實的態度待人處事，不失赤子之心而令人心悅誠服。不似某些外交高官或飛揚跋扈、目無餘子；或哼哈卸責、滑如泥鰍；或口蜜腹劍、言不由衷，都令人敬而遠之！我覺得鴻鍊兄的特質正像是土芭樂，外在雖不起眼，但內在飽滿，且芬芳雋永，讓人回味無窮。

　　最後必須一提的是，他在部長任內為當時外交部政務次長夏立言兄扛起政治責任，犯顏抗命而辭官，更是有古國士之風矣！實屬難能可貴，近代官場已不復多見，立言兄能得長官若此，真是何其有幸；但我亦傷感於當時國民黨最高層整日憂讒畏譏，只想獨善其身討好反

漢生（右3）1989年與外交部歐鴻鍊前部長（右2）及歐夫人（左3）在阿根廷小敘。

對黨，因此畏首畏尾而無所作為，難怪 4 年後政權不保，分崩離析，其早有徵兆耶？！

寫於 2020 年 8 月 8 日

為表對鴻鍊兄嫂之敬意，草成七言詩一首，做為對鴻鍊兄永遠的懷念。

永懷歐鴻鍊部長

宦海生涯貴率真，持節衝折任浮沉。
抗顏直諫心無愧，國士丹心耀乾坤。

寫於 2021 年 11 月 2 日

科技醫道行天下——
贈陳泰然學長兼憶台大同系同學

　　1964年我自建國中學畢業後，考入國立台灣大學理學院地理系氣象組。憑良心說，這完全是當時考試制度按成績及填志願先後而分發的結果。我對氣象學並無特殊興趣，更無了解，尤因當時氣象是非常冷門的系組，但既已分發，也就隨遇而安了。

　　那時一起考入氣象組的同學有陳泰然、謝信良、林民生、林政宏、姚茂松、張利雄、游明煜、周成城、商文義、張雲美、黃榮壽及大二由外系轉來的張光正共13位同班同學。這是氣象組有史以來招到最多學生的一屆，因為過去多屆常是一組只有2至3個學生，從我們這屆開始不知為何，氣象組學生就漸多了起來，後來終於獨立出來成立了大氣科學系，而氣象學、氣候學、也漸成大家非常關注的學科，近年來，氣候變遷、全球暖化、永續發展等議題更成為全球注目的焦點，大氣科學成為當代顯學，真是十年河東，十年河西，風水輪流轉，令人感慨。

　　本系早期校友雖人數不多，但有成就的不少。包括美國海軍研究所教授，學術研究有成且國際知名的學者張智北博士；歷任氣象局長、民航局長、國科會副主委、行政院政務員的蔡清彥博士；歷任立法委員、外交部長、總統府秘書長的陳唐山博士；曾任氣象局長的謝信良教授；現任中原大學校長與董事長的張光正博士；曾任台大教務長、副校長，現任文化大學董事長（前校長）的陳泰然博士等，他們都各有成就，在不同領域對社會都做出了很大的貢獻。這其中陳唐山學長和我的一段往事頗值一記。唐山學長在台大時是高我兩屆的學長，雖相識但並不很熟，他比我先兩年到美國奧克拉荷馬大學（Univ of Oklaoma）留學，後來我在普渡大學修博士時唐山兄居然也轉學到普

渡，我們又變同學。我們對台灣前途的看法分歧頗大，但都能相互珍惜這份同學的情誼。後來我們不約而同，都成為立法委員，在外交委員會為台灣的福祉一起打拚，並分別在國民黨和民進黨內有所發展。唐山兄並兩屆當選台南縣縣長，政績亮眼，在民間有極高的聲望。

2000 年宋楚瑜先生卸任台灣省省長後參加總統大選，自始就聲勢奪人，頗有勝算；一天他和我談起副總統人選一直未定，請我推薦人選，我當即推薦唐山學長。因為我認為一則兩位都有民意基礎，和地方基層經驗，且都政聲斐然，而地域一北一南平衡，省籍外省本省平衡，實在可以說是絕配。

宋先生聽我建議後也立刻同意，並請我盡快和唐山兄聯繫，於是我次日即銜命至台南與唐山兄商談此事。他知我來意後，一則感到意外，一則也感到宋省長的知遇和榮幸，因此和我商定一週內給我答覆；幾天後，他和我在台北見面，回覆說不知為何走漏風聲，所以民進黨中央給了他極大的壓力，讓他沒有任何迴旋的空間，此事必得作罷，並請我向宋先生復命並致歉；宋先生也甚為遺憾，以致此事無疾而終。事後回想倘若當時真能促成「宋陳配」，則台灣這三十年的歷史可能改寫！造化弄人實在令人悵然。

而在諸多同學中最讓我尊敬嘆服的就是同班學長陳泰然博士。泰然學長出身南投望族，身高近 190 公分，可謂虎背熊腰，被我們尊稱為「老大」。在台大時，起初尚未見他有何特殊表現，但成績一直十分優良，到了大三修天氣學時，他對氣象學的興趣和專注才被充分的導引出來，也成為天氣學王崇岳教授最得意的弟子。說實話，當時系中師資是很缺乏的，讓我們印象較深的是動力氣象學林紹豪教授、數值天氣預報學彭立教授、和王崇岳教授。

當時班上成績最好的就是陳泰然、商文義，讀書最認真的是張雲美、謝信良。泰然兄除了本系的課程外還主動加選外系較深的數理課程，讓我們都甚感佩服。除了課業，在體育上他也嶄露頭角，以他的

身高和彈性，籃球、排球都非常適合他發展。他選擇了排球，並擔任了台大排球隊的隊長，屢建嘉績；同時他又投入了田徑運動，且成為台大十項全能運動的冠軍，可謂四肢發達，頭腦更不簡單！值得一提的是他大四時就和南投同鄉張秀莘小姐完婚，這在當時是很稀有的，至今仍夫唱婦隨，鶼鰈情深，而大嫂也身高 175 公分，且爽朗大方，不拘小節，個性與老大十分契合，真是天造地設的一對。

台大畢業後，泰然兄順利取得美國紐約州立大學阿爾巴尼（Albany）分校氣象系的獎學金，拜名氣象學者博雜（Dr. Lance Bozart）教授為師，順利取得氣象學博士學位後，回台大任教。由於教學認真，研究有成，且經常在國內外重要大氣科學期刊上發表學術論文，使泰然兄在國際氣象學界聲譽鵲起，而被推為台大大氣科學系系主任，同時積極延攬人才，充實設備，使大氣系漸成一流系所。

1987 年在泰然兄及當時中央氣象局局長吳宗堯的共同主導下，與美國、日本及大陸共同動員了千餘位國內外氣象學者專家、技術人員、政府氣象單位及軍方等進行了一次大規模的氣象實驗：「台灣地區中尺度天氣系統實驗（TAIMEX）」，使台灣在國際氣象界地位大幅提升，氣象預報的準確度也大大提高。而泰然兄也在台大及台灣的科技和教育界地位愈來愈高，在台大先後出任教務長、副校長等要職，並受聘擔任多個國家級教育和科學相關的職務，也被教育部特聘為終生講座教授！廣受社會肯定。門生桃李滿天下，台灣軍民兩方氣象從業人員，鮮有不出於他門下的。以上這些成就已經是洋洋灑灑，令人敬羨。

但最讓我敬佩泰然兄的是他在台大退休後，居然立刻邁入了與氣象完全不相關的醫療領域，鑽研「南氏消除過敏原治療法（NAET）」。經多年的獨立研究，他對人體構造、解剖學、生理機制，多種器官臟腑的功能和相互的關係，各種疾病的病理、肇因及症狀的原因、療癒等都有全盤的了解，並以此非傳統療法，本著「不打針、不吃藥、不

侵入、不收費」的原則為求診者醫病，每週數次就在他台大宿舍的客廳中，為求診者解惑治病，疫情發生前，一個上午就有上百人受診，至今已累計有萬餘病例，極多中西醫治療無效，甚至被放棄的病人經泰然兄的理療後，都得到意想不到的效果，許多人的痼疾，群醫束手的怪病都被治癒，仁心仁術，大愛無疆，實在令人敬佩讚賞！

　　泰然兄嫂另一為大家所津津樂道的，就是他們開朗正面的人生觀和豁達大度的個性。無論面對任何問題或挫折，他們都勇於面對挑戰，解決問題。對朋友更是以誠待人，古道熱腸，熱心助人，不求回報，因此他們朋友知交遍天下。「坐上客常滿，樽中酒不空」是陳府家中和飯店席上的常態，所以人際關係特別良好。

　　泰然兄除了專業書刊看得多外，也涉獵許多非本科的雜籍，因此博學多聞，知識宏富。對社會的脈動和基層的風向也有很深刻的了解。最重要的是他們都極具正義感，凡事都盡量站在公理正義和正確邏輯的方向來評量，因此泰然的話非常有份量，且容易讓人信服。政治上，他沒有參加任何政黨，但各黨各派的朋友都很多，正因他立場超然，因此言行反而都不會受到任何束縛，對政治議題就事論事，且以事實和百姓利害為依歸，該褒則褒，該貶則貶，所以他雖非政治人物，但見識往往高於絕大多數的政客。

為老同學陳泰然教授（左1）慶生、簡漢生（左2），大女兒簡國珍（左3），陳夫人張秀莩（右1），簡賴淑惠（右2）。

記得 1983 年，我甫當選立法委員，但朔自 1969 年出國，匆匆已在海外度過了 14 年。那段期間正是台灣經濟快速起飛，各方面變化最大最快的時期。但我卻都不在台灣，所以當我一進立法院後，就立刻充分感受到對台灣社會力發展的了解和知識極為不足，所以經常晚上去拜訪泰然兄以了解並向他請教台灣社會各階層的想法、看法和發展。而就是在他家中結識了當時的許多所謂「黨外」人士，如康寧祥、江鵬堅、張德銘、黃煌雄等人，且都變成了好朋友，對我來說是一段嶄新的交友經驗。而他們也都認為我雖是國民黨，但很客觀公正，很能從不同角度和立場考慮問題。因而樂於與我交往。

　　日後，當我正式參政後，常和許多當時在泰然兄家中建立了友誼，而後來成為民進黨高層重要骨幹的朋友打交道，引起國民黨高層的側目，摸不透我這個剛從海外回台，從小在國民黨環境中長大的人怎麼會有那麼多民進黨高層的朋友？實則他們不知我的背後有「高人」老大的指點哩！這一段，連老大自己恐怕都不知道，在此要特別向泰然兄嫂致謝。

　　為表對泰然兄嫂的敬佩，成詩兩首以為贈

一、

頂天立地菩薩心，仁術濟世不收銀。
科技醫道行天下，滿身正氣萬人欽。

二、

豁達大度情商高，高朋四海酒量豪。
人生過隙莫虛度[1]，救人淑世不辭勞。

寫於 2021 年 12 月 15 日

【註 1】《莊子》知北遊：「人生天地之間，若白駒之過隙，忽然而已」。
《漢書》卷 33，魏豹傳：「人生一世間，如白駒過隙」。

文武兼備—贈馮世寬學長

行政院退除役官兵輔導委員會主任委員馮世寬上將一生可謂多采多姿，文武兼備。最近華視陳雅琳女士在《人生滋味館》專訪節目中，對世寬兄做了很詳盡的專訪，讓大家對這位具有傳奇色彩的將軍部長、主委有更全面的瞭解，我觀賞後感觸良多，亦勾起許多回憶。

我與世寬兄建交始於 1984 年夏。當時我任教於巴西聖保羅大學天文及地球物理學院教授兼巴西國家太空中心研究員，暑假回台前原安排好到中國國民黨革命實踐研究院研究班受訓。返台後方被告知研究班因經國先生身體不適故暫時停辦。我失望之餘，晉見黨中央秘書長蔣彥士伯父求教。承彥公愛護，嘉許我雖遠在國外已任教職，仍願回台參加黨內的教育訓練，因此立刻拿起電話打給了革實院教育長崔德禮伯父詢問有無其他班別可讓我參加，崔教育長回答說馬上有一班講習班第 25 期即將開課，但調訓對象均為政府各部會，黨部本身及重要涉外民間團隊之駐外人員參訓，包括外交部（駐外參事、一、二秘）、國防部（武官）、教育部（文化參事）、經濟部（經濟參事）、新聞局（新聞參事）、國安局、僑委會、中央海外工作會、外貿協會等單位。

但調訓對象均係現職人員，且名額已滿。但蔣秘書長一再推薦，革實院也就報請吳俊才主任破格收錄我這最後一名學員，且是唯一一位不具任何公職，黨職或民間團體現職支薪的學員。在此要特別感謝蔣秘書長劍及履及的作風以及吳俊才主任與崔德禮教務長的配合，使我能與 65 位各單位的駐外人員有同窗學習的機會，對我日後事業發展助益良多。而我與世寬兄就是在當年的同班同學。

世寬兄當時任駐沙地阿拉伯王國空軍少校武官，是真正英姿颯爽，玉樹臨風的美男子，同學期間大家朝夕相處，一起用餐、一起上

課、一起運動，且袒裎相見（同學每天都一起脫光了泡硫磺溫泉澡），因而都建立了相當的友誼。所以結業後，雖大家都回到原單位，但同學相互在業務和私下往來均甚頻繁。世寬兄自駐沙武官又調任駐美武官，返台後奉調出任空軍443戰鬥機聯隊少將聯隊長、空總情報署長、國防部中將參謀次長，空軍作戰司令，副總司令、國防部參謀本部二級上將副參謀總長、漢翔航空工業公司董事長、國防部長、總統府國策顧問與退輔會主委等要職至今。

我與世寬兄雖在事業發展上沒有交集，但自革實院同學時即對世寬兄勇於任事，邏輯清晰，精通外文，國際觀強等各種優點，印象深刻，因而斷定他在未來軍旅生涯中必會有一番作為。果不其然，他在軍中一路攀升且極獲好評，猶記他在台南基地任聯隊長時，有一次我恰陪同李總統登輝先生和許水德秘書長乘專機至南部視察，路上就在台南基地降落休息，一下飛機就見世寬兄在機門口迎接，我喜出望外，因與世寬兄已許久未見，隨後即在基地由世寬兄陪同我們3人坐著小板凳一起吃了午餐，我和世寬兄都非常興奮，因又有機會共聚一堂。

事後，李總統很好奇地問我怎會和軍方一線指揮官有如此深厚交情，我將當年一起參加黨內訓練一事告知，他極感興趣，且對世寬兄印象極佳，認為軍中的新一代將領程度、水準都有長足之進步。在其空軍情報署長和作戰司令任內更是表現優異，極獲上級肯定。作戰司令可說是空軍最重要的第一線接敵指揮官（空軍作戰司令傳統上是升任總司令的必須且必備歷練），我們亦常有聯繫。原期待他自副參謀總長後接任總司令，但陰錯陽差未能如眾所願。而退役後接任漢翔公司董事長。我時任中廣公司董事長，有一次自強活動到漢翔參觀，亦蒙世寬兄以董事長之尊親自接待全團，在此要再向世寬兄致謝。

近年來世寬兄出任國防部長，在立院答詢不亢不卑有為有守，身處惡劣的政治環境之中，仍能堅持立場，不失國軍將領應有之骨氣與

風範，實在令人敬佩，也為他贏得了很多尊敬。政府改組後，他又被調任為退輔會主委，擔負起照顧榮民的重責，就任後即走遍各地榮家，為廣大榮民謀福，可說是無論在哪一個崗位，他都負責盡職，不辱使命，不愧為一員虎將。

綜觀世寬兄一生，可說是少懷壯志，自考入空軍幼校、官校起，即自號大鵬，壯志凌雲，希充分發揮空軍筧橋精神，一心報國，尤其文武雙全，有為有守，我以有這樣的知交至友為榮。因成詩一首，敬致世寬兄：

贈馮世寬學長

少懷壯志凌雲霄，大鵬展翅耀筧橋。
允文允武節常在，不容逆豎任逍遙。

2012 年馮世寬主委（左）與漢生（中）及簡賴淑惠（右）參觀經貿展時合影。

輯二

事

參加國建會憶往―濟濟多士共聚一堂

1949 年國民政府遷台後，撐過了初期的風雨飄搖，也熬過了 1958 年台海八二三炮戰及國共海空軍在台海的激烈鬥爭後，算是站穩腳步。政府勵精圖治，全力發展經貿、基礎建設、農業、教育……等建設。慢慢開創了台灣變成亞洲四小龍的繁榮局面。但到 1971 年退出聯合國後，國府在外交上遭遇重大挫折，也打擊了台灣內部百姓的信心。

所幸在經國先生的領導下，全面進行改革，尤其重視年輕人的訴求，大力招攬海外學有專精的人才回台服務，掀起一陣「革新保台」的社會風潮。「海外學人國家建設研究會（國建會）」應運而生，於 1972 年舉辦第一屆之後，每年都舉辦一次；每次邀請約 150 位世界各地的海外學人，專業人士及有特殊成就的海外人士參加，每次會議會期約 10 天，旅費及在台食宿費用都由政府負擔，且受到高規模的禮遇和接待。

會議期間與台灣各相關領域的學者、專家、政府官員等當面磋商，互通有無，建立聯繫管道。對促進台灣各方面的進步，發揮了極大的效果；每次會議大體分政治、財政、經濟、社會、文化、教育、科技、交通八大門類展開，但也不排除因應當年特殊人才領域的需要，如醫學、農業、太空而特別安排該領域的討論。每一類別都至少有一次會議由各該類別的政府負責人（部會首長），與學者展開面對面而且即問即答的溝通與辯論，可說是開了當時的風氣之先，且因相互腦力激盪，收效甚宏，但同時也考驗了各級政府官員的專業水準，學識、資訊掌握、溝通和應變能力等，所以官員們都不敢大意，因為確有幾位政府官員或因專業知識不足、或因答非所問，甚至不知所云而飽受輿論批評，不久後即不得不下台。而學員們對當時政府中表現較好的官員如俞國華、李煥、李國鼎、趙耀東、孫運璿、蔣彥士、林洋港、邱

創煥、徐賢修、吳伯雄、陳履安、蕭萬長、江丙坤、錢復、連戰、宋楚瑜、邵學錕等也都印象深刻，信心十足。

國建會到 1995 年，才在時代變遷且因已無實際需要和功能而停辦，但 24 年間，共有約 4000 位不分黨派的海外學者、專家參與其中建言獻策，對台灣的發展及現代化具有一定的貢獻，值得一記。

我是 1977 年在巴西聖保羅大學天文暨地球物理學院任教授時，應邀參加第六屆國建會，與百餘位世界各地的學者、專家共聚一堂，且有機會目睹台灣各方面建設的進步及政府官員的努力，頗感振奮。在參觀東西橫貫公路時，填水調歌頭詞一闋，謹錄之存念。

水調歌頭 題東西橫貫公路

層巒聳霄翠，飛瀑瀉無窮。
左右清泉映帶，雲山第幾重？
騁目天藍水碧，入耳濤韻松風，
世外桃源中。
名山添勝景，寶島貫長虹。
穿幽谷，緣絕壁，嘆神功。
雲蒸霞蔚，風光不與四時同。
豈有人間仙境，漁樵琴書佳侶。
隨遇自情鍾！
明日辭山岳，風雨又迷濛。

偶成於梨山至台中途中，1977 年 8 月 6 日參加「六十六年國家建設研究會」，濟濟多士共聚一堂，尤以梨山一遊神朗氣清，無以為記，草填此章敬乞國建會諸君子雅賞。

輯二 事

觀北京活動—振興民族重光華夏

　　2009 年 10 月 1 日我應中國僑聯主席林軍先生之邀，赴北京參加中華人民共和國建國 60 周年慶典。行前，中國僑聯林秘書長佑輝先生電詢我是否方便參加，蓋因我在台灣曾任中國國民黨台北市黨部主任委員（市委書記）、中央文化工作會主任（中宣部長）兼黨中央發言人、中央委員會副秘書長及立法委員、國大代表、中國廣播公司董事長與中天電視公司董事長等黨政及重要媒體負責人等職務；經一周之思考後，我回覆已有心裡準備，願意參加十‧一相關之活動，並願回應可能之質疑。

　　孰料，我在 9 月 28 日抵北京後，仍因身份較為敏感特殊，被告知係應中國國民黨中央之要求，而不便邀請我上觀禮台，幾經波折，幸賴林軍主席親向中共中央統戰部杜青林部長，國台辦王毅主任等多方斡旋，方克參加十‧一天安門之相關活動，心中感慨萬千，蓋以兩岸雖已交往頻繁，但尚未能面對政治現實，跨越歷史鴻溝，時常將歷史停格於 1949 年；而政治上若干爭論的重點，不僅不是兩岸百姓關注的切身利害問題，反而是選舉，甚或是被台灣政客私心操弄的議題，實令我浩嘆！

　　因思以中華民族偉大復興為制高點，將塊壘發之為文，草填水調歌頭詞一闋勉國、共兩黨，並祈林軍主席方家正之：

觀北京十‧一活動有感兼勉國共兩黨

甲子建國慶，斯民樂堯天。

歷盡滄桑變幻，民本著先鞭[1]，

掙脫列強束縛[2]，國共劫波渡盡[3]，為民釋前嫌[4]。

民族興亡事，大節豈能閑。

情所繫，權所用，利所牽[5]。

改革開放，中山理想大實踐[6]，

成功不必在我[7]，功成不必為我[8]，

攜手共比肩[9]，兩岸同心幹，中華興萬年[10]。

【註1與註2】中華人民共和國 1949 年 10 月 1 日建國，國民政府退守台灣，對中國國民黨來說，「十‧一」確實是一個傷痛的烙印，但歷史的腳步不會因為國府遷台而停頓，吾人亦實在不必也不應在一年 364 天裡都熱絡的交流，只有在「十‧一」那一天才又勾起歷史的記憶而加以迴避。正確而健康的兩岸關係中，很重要的一環就是回歸歷史的真相與原貌，但也要認清政治及國際已存在的現實，以此二端為出發點，才能平心靜氣，好好思考什麼是對兩岸人民最有利益、最能創造福祉的作為，也才能為中華民族整體的復興做出貢獻。

中共建國以來，歷經多次思想風潮及政治運動之衝擊，社會成本及代價極高，百姓幾已疲於奔命，直至近卅年來，鄧小平主席領導中國共產黨，勵行改革開放的政策，「以民為本」的思想及行動，充分在各種政治、社會、經濟、文化建設中表現出來，成就斐然，也得到海內外華人一致的認同與肯定。

中山先生當年即是有感於中國有被列強瓜分的危險，因而發動國民革命，直至國民政府對日抗戰勝利，方能廢除一切自滿清時代遺留下來與列強簽訂之各種不平等條約，中華人民共和國成立後，對中國國際地位及全世界所有華人華僑權益的維護與提昇更是不遺餘力，使華人華僑能在世界上揚眉吐氣，一掃陰霾。即以今日局勢而言，兩岸關係的和緩，表面上固然頗得列強的贊同，但兩岸在政治上走向完全和解，列強卻均為了自身利益的考量而持相當保留的態

度，尤以美、日、英、歐為甚。換言之，兩岸的和平發展乃至於未來的和平統一，都只能靠兩岸同胞自己的努力，而且要擺脫列強為自身既得或潛在利益而製造的各種干擾。國共和解只是一個開端，未來的路仍然漫長，有待我們繼續努力。

【註3與註4】國共之爭有其歷史的必然及偶然，誰掌握了當時的時代脈動及民心向背，誰就是最後的勝利者，但無論是國或共，當初創黨時的理想應都是希望中國的現代化及人民福祉的提昇，國共鬥爭已成歷史，以數視之固可，但不宜也不須以成王敗寇論之，較能回歸歷史真相，並相互引為殷鑑，共策未來。2005年中國國民黨主席連戰先生應中國共產黨總書記胡錦濤先生的邀請訪問北京，跨越了兩岸五十多年相互隔絕的鴻溝，展開了歷史性的會談，使兩岸關係逐漸解凍，走向了和平發展的坦途，究其根源，想必是國共兩黨為了造福兩岸百姓及促成中華民族的復興而盡釋前嫌，所謂「渡盡劫波兄弟在，相逢一笑泯恩仇」，在中國歷史上這絕對會是一段值得大書特書的篇章。

【註5】：中山先生倡導三民主義，即民族主義、民權主義、民生主義，其精義在於提昇民族地位，恢復民族自信；尊重人民權力，實施民主政治；提高生活水平，利益全民共享。與西方政治理想的民有、民治、民享觀念極為類似。胡總書記錦濤先生於2002年在西柏坡闡述共產黨的中心思想時亦有「情為民所繫，權為民所用，利為民所謀」的名言，究其根本，其實都是中國政治哲學以及儒家思想「以民為本」的具體實踐。

【註6】：中共改革開放後，不僅政治理想確定黨「以民為本」的路線，與中山思想可謂不謀而合，甚至許多基本建設與重大工程，諸如全國鐵路網、公路網、東方大港、南方大港、青藏鐵路等亦均與中山先生百年前列入「建國方略」、「建國大綱」、「實業計劃」等之內容完全相同或相當類似，可說中山先生的政治理念及建設國家的構想，都已在中國共產黨的規劃與建設中，獲得相當程度具體的實現。

【註7與8】：中共近卅年來改革開放後，中國各方面的建設、發展和進步可謂突飛猛進，一日千里，福國利民，成就非凡。如前所述，許多建設是當年中國國民黨創黨總理孫中山先生所規劃，如今許多理想都由中國共產黨加以完成實現。中國國民黨應有寬闊的胸襟，不吝於給中國共產黨熱烈的掌聲，因為雖然是當年國民黨的理想，但由共產黨實現了，仍然造福了中國老百姓，其終極目標其實是一致的。同樣的，中國國民黨在台、澎、金、馬地區過去60年來努力建設，以沒有任何豐富天然資源的彈丸之地，居然能發展成亞洲四小龍之一，成為世界經濟、貿易及科技的重鎮，人民平均年所得近2萬美元，其成

就亦甚可觀，中國共產黨亦應不吝於肯定國民黨建設台、澎、金、馬的成就。畢竟這種建設的成果是使兩岸的同胞百姓獲得了實惠，也是兩黨當初創黨時共同的理想與目標，此所謂「成功不必在我」。另一方面，兩黨都須體認，進行建設的目的絕非為了一黨之私，而是要為了全體的群眾百姓，政黨必須要瞭解一切建設的成果都是為了人民的需要，才能行諸久遠，此所謂「功成不必為我（黨）」，而是要為了百姓的福祉。兩黨亦均應有民族利益高於「國家」利益，國家利益高於黨派利益的認知，共同為中華民族復興的偉業而努力。

【註9】：國共兩黨由60年前的內戰兵戎相見，歷經數十年的軍事對峙，到今天終於走上了理智的往來、對話，乃至於尋求共同的理想與目標的康莊大道，這種成果得來不易，倍值我們珍惜。希望今後在許多方面能與時共進，求同存異，擱置爭議，共創雙贏。在過程中難免仍有爭議，但基本上希望是攜手比肩的良性競爭，互補、互助、互利、互惠，則善莫大焉！

【註10】：中華民族百年積弱，清末幾被列強瓜分而亡國滅種，如今歷經60年的風雲變幻，好不容易期盼到了我中華民族復興的契機，凡我中華兒女無論在海峽兩岸或在全球各地，都應以中山先生揭櫫的「振興民族」或說是「中華民族的偉大復興」為共同奮鬥的目標；同心同德，使中華民族屹立於世界而不搖，千秋萬世，永垂無疆之休！

追本溯源祖根流芳——
記中原民族遷徙兼懷開漳聖王陳元光大將軍

　　2009 年 10 月我率中華僑聯總會海內外僑界人士百餘人，應中國僑聯之邀組團至河南省固始縣參加第一屆根親文化節之活動。在此之前，我對河南固始最多只在一些墓碑或祠堂的銘刻中看過「光州固始」（今屬河南省信陽市）這個牌位或名詞，但鮮少對固始在唐代及之後的歲月裡，對中華民族南遷過程中所居的重要地位有所了解。據正史記載，歷史上有四次自光州固始向閩、粵、台、蘇、浙、贛等地較大規模的「移民潮」：

　　一是兩晉永嘉之亂。五胡亂華期間。中原士族及百姓南逃，從眾多史籍和族譜均可看出當時林、黃、陳、鄭、詹、邱、何、胡，八姓士族入閩者眾。二是武裝綏靖之移民潮，唐總章二年（西元 669 年）閩粵的泉州、潮州發生嘯亂，唐高宗令陳政大將軍率將士及府兵四千餘人入閩平亂，後又由子陳元光增兵率 84 姓將士入閩。鳳儀（武則天時代）二年（西元 677 年），陳元光平嘯亂，奏置漳州、開墾教化，後被尊稱為「開漳聖王」。三是唐末黃巢之亂。王潮、王審邽、王審知三兄弟率光州固始五十姓軍民五千餘人入閩統治，王審知並被後世尊為「閩王」。四是北宋南渡，固始兩度被金兵攻陷，吏民舉家南逃，入閩者不可勝數。

　　另外，自固始南遷的中原各士族人也與中原歷代因戰亂，朝代更迭而不斷南遷到閩、粵、台、贛地區的中原漢人融合而形成了贛南、閩南、粵北的客家族群。但客家人和閩南人同一姓氏都有共同的祖先、堂號和郡望，都在族譜中有記載隨陳元光或王審知入閩的內容。自固始入閩入粵的萬餘將士和眷屬經幾十代的繁衍，漸成閩粵人的主體，並擴散到台灣和東南亞。至明清時期，鄭成功、施琅先後復台，又將

東南沿海約五萬餘當年光州固始移民的後裔遷台，因此光州固始亦是眾多台灣同胞的祖根地。

而開漳聖王的信眾不僅在台灣有約 3 百餘座廟宇，信眾約 300 萬人，在東南亞多地及全球信眾共有約 8000 萬之眾。而自唐代南遷之移民和文化都是源自「河洛地區」即黃河與洛水交會地區的「河洛文化」，所以在中華文化各不同的支系中如齊魯文化、巴蜀文化、湖湘文化、荊楚文化，人數最多，分佈最廣，影響最深的恐非「河洛文化」莫屬。

有此基本認識，故我在中華僑聯總會理事長 8 年任內（2008 至 2016 年）致力於推動河洛文化之發揚及對開漳聖王信仰歷史的傳播，及與中原文化傳衍紐帶的加固。故於 2011 年及 2015 年兩次分別應中國河洛文化研究會會長、國台辦主任陳雲林及全國政協港澳台僑委員會主任楊崇匯之委託，由中華僑聯總會與中國河洛文化研究會共同主辦了第十屆及第十三屆河洛文化學術研討會，兩次共有海內外學者專家共約 700 人參加，發表論文百餘篇，獲得一致之好評。

另亦廣泛與台灣開漳聖王在台各區的廟團聯誼會及發展協會密切聯繫，希能承先啟後，發揚開漳聖王的開拓精神，擴大影響，並於 2011 年舉辦「開漳聖王回老家」系列活動，將在台灣的開漳聖王聖像請回河南固始陳集鎮老家「陳氏將軍祠」歸位坐堂，象徵著陳元光大將軍自唐朝高宗時期入閩平亂，開府漳州，稱王成聖後第一次聖駕回到老家安座，藉以表達我們後人對聖王最誠摯的敬意。希望豫、閩、浙、粵、台、贛等地同胞及海外華人華僑能加強與河洛文化相關的研究與活動，進而在文化上追本溯源，尋根認祖，消弭分離意識，以慰先聖先賢開疆闢土，繁衍民族，傳揚文化的苦心孤詣。

2013 年 9 月我再次率團參加河南省信陽市固始縣根親文化節，信陽地接豫皖鄂三省，為黃淮荊楚文化之交會區，尤為中原河洛文化及中原士族南遷之主要轉運站，其歷史地位及文化傳承意義極為重

輯二 事

要，我應市委市政府之邀參觀信陽市博物館，成七言詩一首以為記。

祖根流芳

淮上家園毛尖香[1]，豫風楚韻源流長。
千古傳揚今勝昔，落葉歸根念鄉幫。

2013 年 9 月，我率團赴河南省固始縣陳集鎮開漳聖王陳元光大
將軍祖祠，向大將軍上香致祭，遙想將軍當年率 84 姓府兵入閩平亂，
開中華民族及中原文化南遷之先河，緬懷先賢先烈開創之艱辛，不禁
悠然神往，因成七言詩以為記。

懷開漳聖王

大將南征入霞漳[2]，闢土開疆稱聖王。
中原教化傳天下，繁衍民族振炎黃。

為紀念 2011 年 11 月，開漳聖王聖駕回河南固始陳集老家，我撰
對聯一幅及橫幅以誌慶。

橫幅：恩澤兩岸
上聯：入閩開漳繁農牧　福被萬民　懷德宣威尊聖駕
下聯：拓疆闢土昌教化　功垂千古　繼往開來贊中興

輯二事

【註 1】信陽毛尖是中國名茶之一，近年來信陽紅茶「信陽紅」亦漸享盛譽。
【註 2】漳州城南有古剎南山寺，位於丹霞峰上，山體土赤，猶如丹霞，而使
漳州雅名變為霞漳。

鐘鳴鼎食 情誼永續—
記祈禱早餐會 15 週年及 20 週年有感

　　宗親學長簡又新兄與我在台北建國中學、台灣大學均同屆同學，1984 年同時當選立法委員，抽籤排座位時又抽為鄰座，立委任後亦曾同朝參政，實有緣也。又新兄學養豐富，任事積極進取，創設環保署並任首屆署長，又歷任交通部長、駐英代表、總統府副祕書長、外交部長等要職，政聲卓然，實乃犖犖大才也。退休後，致力於環保公益及企業永續經營，並召集祈禱早餐會，每兩周聚會一次，匆匆 15 年於茲。謹將大部分餐友名嵌入，戲成詩以茲留念。

記祈禱早餐會 15 週年誌慶—2015 年元旦

　　　曉鐘鼎食十五冬，群賢畢至壯心同，
　　　又新雄才兼中外，志尚百科一貫通，
　　　安平財經安天下，啟林稅賦精用宏，
　　　正然資網隨心用，明仁電腦大眾寵，
　　　火生心繫勞福利，餘子崢嶸各有功，
　　　融融洽洽如兄弟，祈天庇佑更御風。

記祈禱早餐會 20 週年誌慶—2020 年 2 月 24 日

　　　歲月滄桑不饒人[1]，君品[2]流觴[3]二十春。
　　　老當益勵青雲志[4]，樂夫天命[5]貴率真[6]。

輯二
事

早餐會第 5 百次聚會有感

濟濟多士聚一堂，談天說地樂未央。
縱論古今中外事，口德正道是滄桑。

寫於 2020 年 10 月 21 日於君品飯店 5 樓笛卡爾餐廳

2020 年祈禱早餐會成立 20 週年，簡又新會長徵求每位會員 20 年前照片，匯整後在 2020 年 12 月 17 日慶祝晚宴上請大家共同觀賞、回憶，並各自抒發感想，因而有感成詩一首紀念之！相信諸會友亦會感同身受。

祈禱早餐會成立 20 週年感慨

也曾年少任輕狂，笑憶青春好時光。
廿年歲壽大家添，非獨嘆髮蒼視茫。

寫於 2020 年 12 月 17 日於君品飯店 20 週年晚宴

願以此詩祝各位會友常年歡愉，事業發達，平安喜樂，家庭美滿。讓我們一起再共聚廿年！

【註 1】在簡又新會長的卓越領導、感召下，祈禱早餐會從未間斷，於 2020 年邁入第 20 年（2000 年聖誕節第一次聚會），對任何一個團體來說，都是一個值得紀念與珍惜的里程碑。而原始成員均仍健在，不少至今仍按時參加活動，實在是上蒼的恩典。

【註2】以個人而言，參會時尚是54歲之壯年，今已74歲高齡矣，20年間可說物換星移，經歷了許多人、事滄海桑田的變化，也多領悟了不少人生的真諦。這期間早餐會的會友更提供了許多寶貴的訊息、經驗、歷練、想法和意見，是我不斷學習和成長的重要啟發，實感受益良多，所以要特別感謝會友的博學多聞，不吝賜教。年華老去雖難免滄桑之嘆，但所幸在精神上我們所有會友都還是年輕的！

【註3】早餐會20年中，聚會場所變了很多次，從圓山飯店到福華飯店再到晶華酒店；自2010年安平兄的君品酒店開幕後，就都在君品17樓舉行，時間最長，受到的禮遇也最高，每次聚會都蒙安平兄以最高規格的中、西、日式早餐由主廚親自烹飪來接待，甚至不吝饗以安平兄府上的私房佳餚，會友常稱此為台北市最高級的6星級早餐，對安平兄的慷慨和盛情，相信全體會友均願敬表謝忱！李白在〈春夜宴桃李園序〉記載當時與會群賢「開瓊筵以坐花，飛羽觴而醉月」，詩酒留連而傳為千古佳話。吾等早餐會雖無芳園坐花，亦未傳觴罰令，然會友探討人生、針砭時事、相互切磋、互敬互重。「廣納各家而成其大，各抒己見而不定尊」漸成早餐會的優良傳統。最可貴的是會友都有憂時憂民之心，和以天下為己任的氣度與抱負，希望能為世界和平繁榮和普世蒼生福祉盡心盡力。善心善念，比之「如詩不成，罰依金谷酒數」似乎意境更高一層也！

【註4】20年轉瞬而過，青壯已變白頭，但各會友均仍努力不懈，希能對社會續作貢獻，退休與否只是一個形式，並不能也不會限制會友對社會奉獻的熱忱。王勃「滕王閣序」寫到「君子安貧，達人知命。老當益壯，寧移白首之心；窮且益堅，不墜青雲之志」，正應是吾輩的榜樣！

【註5】陶淵明〈歸去來兮辭〉寫到「聊乘化以歸盡，樂夫天命復奚疑！」確實年華漸老，對許多事一定要看開、要認命。是非成敗固是轉頭空，其實人生一世，無論成就了多少事功，累積了多少財富，造就了多少人才或機遇，到頭來也都是一場空。王羲之在〈蘭亭集序〉說，「況修短隨化，終期於盡。古人云『死生亦大矣。』豈不痛哉！」是要有這樣的認知方能釋懷。但不到終點前，都應「只問耕耘，不問收穫」，保持最積極的人生態度，方能永保心態的青春！

【註6】人生70，也算看盡了人間百態，認識了各色人等，回想起來不禁百感雜陳。看得多了，對誰真誰假？誰誠誰偽？什麼是機會？什麼是陷阱？大概也都有了些瞭解，但歸根究底可以確認〈唐太宗百字箴〉中提到的：「常存克己仁心善念，確保赤子率真之心」，才是為人處事最美、最可貴、最重要的品德。願與諸會友共勉之！

輯二
事

心如辛棄疾—新政府成立有感

　　520 將近，眼見新屆政府即將成立，站在中華民族大義的立場觀之，可謂奸佞當道，群魔亂舞，令人感慨萬千，我已老去，只能效辛棄疾聊將心境示兒曹矣！

520 將近有感

豈容群醜競彈冠，欺瞞貪腐懲民殘。
老夫只管竹山水[1]，早盼義師入海關。

寫於 2020 年 5 月 15 日

【註 1】辛棄疾〈西江月〉：萬事雲煙忽過，百年蒲柳先衰。而今何事最相宜，宜醉、宜遊、宜睡。早趁催科了納，更量出入收支。乃翁依舊管些兒，管竹、管山、管水。

山水合璧——
記黃公望《富春山居圖》分合佚事

　　《富春山居圖》是元代畫家黃公望（元四大家黃公望、吳鎮、倪瓚、王蒙之首）晚年（80歲以後）於1347年至1350年代間，以浙江富春江為背景所畫的山水畫長卷。畫中山水配置疏密有致，墨色濃淡並用，極富變化，氣度不凡。後世對其有「畫中蘭亭」，「山水畫第一神品」美譽。是黃公望的代表作，也是中國十大傳世名畫之一。橫軸總長690公分，是黃公望沿江考查，隨身帶著筆墨及畫作，隨性添加修改，共畫了3年才完成的鉅作，因非一氣呵成，故其前段與後段的風格不盡相同。

　　全圖原為明末董其昌收藏，後賣給了吳正志，順治年間吳正志將畫傳給兒子吳洪裕，1650年吳洪裕死前因太愛此畫，竟然決定把富春山居圖和智永的千字文墨寶當陪葬品火化，所幸書畫丟到火爐時，姪子吳貞度從火堆中將富春山居圖搶救出來，但畫已被燒成兩段，經修補後，原卷首小段橫長51.4公分，高31.8公分，占原畫1/14，被稱為《剩山圖》。後段橫長636.9公分，高313公分，占原畫12/14，被稱為《無用師卷》。

　　《無用師卷》名稱是因題跋說明畫是送給「無用師」的。無用師本姓鄭，號無用，是個道士，且是黃公望的師弟。後於1746年，轉輾由收藏家安儀周死後，經家人變賣而由清宮收藏。《剩山圖》有1669年王廷賓題跋說明吳洪裕火燒《富春山居圖》的故事，民初曾由上海名士吳湖帆收藏。

　　2011年6月3日分別由大陸浙江省博物館收藏的《剩山圖》與台北故宮博物院所藏的《無用師卷》山水合璧在台北故宮共同展出。這是《富春山居圖》的兩部分在分割了361年後，第一次合體展出，

是兩岸文化藝術交流的一大盛事。此事早在數年前，即有當時浙江省台辦主任後任浙江省文化廳廳長楊建新先生數次向我提及並請託，希望共同努力推動合展的實現，我亦曾略盡綿薄之力，也算是了卻一樁心願。

　　附帶一提的是乾隆皇當年也收藏了被臨摹的仿本《子明卷》，且乾隆一直以為收藏的《子明卷》就是真品，而「子明卷」也一起被展出可供比對參考。

　　蒙故宮周功鑫院長在合作展出開幕前，邀余觀賞該次展覽之預展，備感榮幸。方文山先生在現場以現代詞作〈山水合璧〉一文記其盛，文字精美，令人敬佩。余就其原文略改寫成「富春滄桑」七言詩一首以為留念，並聊記其盛。方文山先生原文敬附於後[1]。

富春滄桑

落筆從容起山巒，百轉峰迴卻委婉。
富春結廬隱山嵐，炊煙竟也悵闌珊。
六百年來分合事，江山多嬌運多舛。
畫猶如此人何堪，滄桑歷盡歸泰然。

【註1】山水合璧（作詞：方文山，作曲：林邁可）：落筆從容起山巒，我不由輕嘆初秋微涼。富春山居隱山嵐，你魚舟輕晃垂釣愁悵，六百個春秋數迭宕，而今朝分開添遺憾。風在紙上迴盪過江，你以畫代對談。畫境蒼茫，歷史在紙上迴盪。傳世畫如此多舛，你歸隱不與誰為難，這滿紙的秋意江南。你用墨不張狂處事泰然，潑墨人生獨自憶過往，歷史在紙上迴盪，我看山水合璧歷歷滄桑，故事輪迴了幾場，聽小橋流水又一彎。
你淺絳色引峰迴百百轉，景蕭蕭卻委婉。山坳處結廬人家盡遮半，炊煙竟也闌珊，又豈能毫髮無傷，我目光眷戀卷軸上，連枯枝落葉都不尋常。我看山水合璧歷歷滄桑，然試問人何以堪，屢屢以筆鋒醞釀。

世紀病毒—新冠肺炎流行有感

　　新冠肺炎自 2019 年 12 月 31 日在武漢爆發後，美國和西方各國莫不拍手叫好，不僅不對中國表示人道關懷和協助，反而一味地幸災樂禍，冷嘲熱諷，甚至明指中國公共衛生水準太差，公衛系統指揮雜亂無章，沒有效率，人民生活習慣（尤其是飲食習慣）太不衛生，醫療設備和醫護水平不夠格，社會關懷及福利太差等理由，把中國說的一無是處。言下之意就是新冠一定會把中國全國整得死去活來，而且以西方一切上述批評中國的各方面都比中國先進太多的水準，是絕不會受到新冠影響的！

　　中國在當時因 3 個月左右就累積了 8 萬多名確診病人的狀況下，確實令人擔憂，但在 2020 年 1 月 24 日湖北宣布封省，武漢等市亦均已封城，以對病毒作徹底的隔離。同時在 1 月 24 日農曆除夕宣布將於 7 天內興建「火神山方艙醫院」，有序又有效地收容病患，並於 2 月 2 日交付使用，隨後又只用 10 天建了「雷神山方艙醫院」，並調集全國各省市及各醫療體系的數萬醫護人員趕赴湖北參與抗疫救援工作。由於指揮有效，全國一心，一方有難，八方支援的處置得當，使疫情迅速得到控制，直到今天全國確診人數就定格在 9 萬餘人，各城市陸續解封，且經濟迅速恢復，不必贅言。

　　反觀美國，自 2019 年底就接獲有關新冠病毒的資訊，2020 年 1 月 21 日發現第一個確診病例（事實上可能早在 2019 年 9 月就已經有病例，只是美方並未確認通報），川普政府卻漫不經心，毫無作為，只知誣指中國遲報了疫情，等到疫情爆發後，聯邦政府和州政府又相互推責諉過，敷衍搪塞，全世界也才發現號稱全球公衛排名位居前茅的美國居然沒有口罩，防護服遠遠不夠用，呼吸器奇缺等令人匪夷所思的落後狀況，各州各自為政，防疫處於完全無政府狀態；顢頇無能

到令全世界都瞠目結舌的地步。醫護人員固然很辛苦也很努力，但「將帥無能，累死三軍」，最後只能眼睜睜看著許多患者在眼前死去也無計可施，算是讓人大開眼界，原來美國的公共衛生體系竟是如此地沒有效率，脆弱到不堪一擊，尤其令人髮指的是在這種時候，美國的國家醫療政策仍是以「錢」為本，不是以「救人」為最高原則，實在對美國和西方成天高喊的人權聽來像在放屁！甚至也有不少美國人自己都承認這是一次對貧、老、病、有色人種有計劃的滅殺行動。

歐洲情況也好不到那裡，從一開始就一再指責中國用強制隔離是妨礙個人自由，不人道，不講人權，沒有人性，甚至造謠說方艙醫院就像是納粹集中營，誣蔑抹黑已到了喪盡天良的地步；但到最後德、法、義、西等國也都相繼強制隔離並封城，當時批評中國的眾無恥歐洲政府和媒體，就只能把自己原來對中國的批評當作是狗屎一樣讓自己生吞回去了！實在是下賤到了極點。尤有甚者，英國和北歐原來還想用所謂「群體免疫」的政策，就是任由大家都被感染，到總感染人數達總人口四分之三以上時就可以達到群體免疫的效果，是最省事省錢的「防疫」作為，但最後都被迫改弦易轍，開始採用中國經驗，帶口罩、保持距離、禁止大型集會、封城、蓋方艙（或類似）醫院來積極防疫。

我常想如果一開始是中國倡議用「群體免疫」的理論，則又不知會被這批西方政客和無恥媒體罵到如何不人道、沒人性的地步了？到如今（2021 年 11 月 28 日）全球已有 26 億人確診，520 萬人死亡，而美國一國就有近 5 千萬人確診，近 80 萬人死亡，雙居全球第一，確實做到川普一再強調的「美國第一」！而歐洲亦約有 5 百萬人確診，約 60 萬人死亡，而最新的歐麥克朗（Omicron）是否會引起另一波感染高潮尚待觀察，實在令人觸目驚心。

在 2020 年 10 月份美國有 800 萬人確診，22 萬死於新冠時，我有感於川普政府瀆職推責，草菅人命，違反人權（最基本的生存權），

不講人性而成詩一首以討伐之！

新冠肺炎流行有感

昏君當道萬民殃，老殘貧弱枉斷腸。
獨夫橫霸菅人命，天道豈容不淪亡。

時代的結束—美國總統大選有感

　　2016年共和黨的川普（Donald Trump）以306張選舉人票勝過了民主黨希拉蕊（Hillary Clinton）的232張選舉人票而當選了美國第58屆總統，但實際全國公民投票總票數反而是希拉蕊以6581萬4611票（48.06%），勝過川普的6297萬9636票（45.97%）。因為美國總統選舉制度規定，在各州選舉人票的分配上，絕大部分的州是採「贏者全拿」的制度，而不是按各州選民投票的比例來分配各該州的選舉人票，所以只要在選舉人票多的人口大州能獲勝，使總選舉人票超過270票即可當選，雖然在全民投票中可能是少數，這是非常不合理的選制，但幾百年來也無法改變。

　　川普上任後，對內廣用私人親信及家族成員，一切政策以賺錢為目的，對一眾官員頤指氣使，順昌逆亡，一付市儈暴發戶的嘴臉，致令小人當道，奸佞橫行；同時製造誤會矛盾，撕裂族群，致種族問題日益嚴重，白人與非洲裔、亞裔、拉美裔的隔閡甚至仇恨與日俱增，貧富差距也愈來愈大，社會問題叢生。疫情發生後，更是瀆職卸責，草菅人命，致使疫情一發不可收拾，至其卸任時已有二千餘萬人確診，四十餘萬人死亡，雙居全球第一。對外則得罪盟友，退出多個國際組織，撕毀國際協議，引發國際矛盾，把美國最後的一絲大國尊嚴都被踐踏得支離破碎。2020年，川普與民主黨的拜登（Joseph Biden）爭奪美國第59屆總統，選舉過程中只見兩個候選老頭（拜登78歲，川普74歲）互做人身攻擊，不見什麼政見攻防，只有黨派利益和負面文宣。拜登從政擔任聯邦參議員40年，又任歐巴馬的副總統8年，是標準的老狐狸政客，說好聽是老謀深算，說難聽就是老奸巨猾。

　　說川普是真小人，拜登是偽君子，還真是非常貼切傳神的形象比喻。而當時已80歲的美國眾議院議長裴洛西（Nancy Pelosi）與夫婿

炒作資本市場，靠內線情報獲利頗豐，久被美國輿論所垢病，至今仍掌大權，是美國依憲法排名的第三號人物，僅次於正副總統，與川普是多年死對頭，她甚至公開在眾議院主席台上把川普正在國會報告的國情諮文當眾撕毀，這是美國歷史上少見（也許是首例），對一位總統不能再嚴重的公然侮辱！一直想用多種方法把川普繩之於法。

美國民主的發展竟演變成 3 位近 80 歲的老人家在總統選舉中做惡性殊死的鬥爭，真不知美國民眾做何感想？2020 年的選舉最終是拜登獲勝，但川普一直不肯認輸，甚至一度揚言要死守白宮，絕不退讓，且在 2021 年 1 月 6 日鼓動支持群眾一路打砸，衝進國會，強占議事廳及議長和議員辦公室，造成多人死傷的流血事件，是美國歷史上極少見也是最嚴重的國會動亂，也使美國號稱世界民主政治典範的樣本，完完全全地破產、蒙羞，說來令人感慨嘘唏不已。

猶記過去每逢美國總統大選年，美國國務院都會主動邀請世界各國重要人士到美國參觀選舉過程，用以宣傳美國選舉制度的完善和民主政治是如何的成熟。1984 年我任立法院外交委員會召集委員時，亦曾應美國在台協會（AIT）代表美國國務院邀請參觀當年美國總統大選，到華盛頓、費城、波士頓等城市，拜望民主、共和兩黨全國總部，與美國學術界及新聞界人士座談，並到各投開票所及地方黨部考察參訪，令人印象深刻。不想當時的典範，已淪為今日的笑柄，真令人感到似乎是一個時代將要結束的尾聲。令人慨嘆！因成詩一首以誌之。

美國總統大選有感

望八兩老爭大權，偽君子勝真愛錢。
湊上八十老太太，美式民主真可憐。

寫於 2020 年 11 月 20 日

輯二 事

115

憶苦思甜—記改良種土芭樂

　　金風送爽，桂子飄香，早秋時節台灣改良種的土芭樂已上市，果實甜糯，郁香醉人。勸君多品鑑，此物最懷思！

　　猶憶童時，鄰居大院內靠牆種有土芭樂樹數株，高枝上碩果都垂向牆外，吾等眾童用家中曬衣服用的長竹竿一頭劈開，夾入一短木片，即可攀繞結有果實之細枝將芭樂扭下，眾童分享，其樂融融，鄰居主人亦以高枝既已「紅杏出牆」，不以為「偷」，欣然讓娃娃們高興，是兒時美好記憶之一。但媽媽常抱怨怎麼曬衣服的竹竿會不見了？！唯當時的土芭樂果小味澀，甜度不高，豈能與現在改良品種相比。

　　憶苦思甜，一定要感謝台灣農政單位品種改良成功，農友們辛勤勞作，宜蘭頭城等農會努力推廣，讓我們能有此口福，並保台灣水果王國之美譽，因成詩一首以為誌。

記改良種土芭樂

翠皮粉瓤果中嬌，軟玉溫香舌間繞。
老來樂憶童時趣，曾效孫猴摘仙桃。

寫於 2021 年 9 月 15 日

2021 年 10 月許啟泰兄覆我〈記改良種土芭樂〉詩作：

髫齡憶往趣橫生，鄰果攀枝蟬雀聲。
永念舊居今夢影，可堪垂老又童情。

寫於 2021 年 10 月

輯
二

池

憶年少輕狂—南海學園青春歲月

1958年自女師附小小學畢業後，考入台灣師範大學附屬中學（師大附中）就讀初中，當時在台北最有名且最難考上的就是所謂「三省中」，即三所省立中學：建國中學、師大附中、成功中學。這三所學校不僅經費充足、設備完善、師資一流，升學率高，且各自發展出獨特的校風和傳統。我在師大附中編入初中第93班，值得一提的是附中的班級編號是有連續性的，比方說我那一屆的同學都編在89到95班，再低一屆的同學就是96到103班，依此類推。所以附中人只要報出班號，就可以大體推算出「輩份」，這個傳統保持至今，且已傳承到了1650班左右，是有趣且優良的傳統。個人對師大附中最懷念的有下列幾點：

1、校風開放，管教人性化：

我就學時，附中適逢黃澂校長治校時期，在「人道、健康、科學、民主、愛國」校訓的薰陶下，使我們都有了人生明確的目標和遵循的方向。在此大原則下，師生相互愛護尊重。同學的思想不受任何壓制，因而都非常活潑開朗，老師的管教也都本著愛的教育，對同學不做過於嚴厲的管教或處分，且都會給同學們申辯改過的機會，所以師生關係非常融洽。且黃校長無論對老師或同學都用「無為而治」的原則，管得不多，但老師同學反而都因自發自律而有最大的發揮空間，附中同學都受此感召而一生受用，黃澂校長真是一位偉大的教育家。

2、重視體育與群育，培養同學開闊的胸襟和團隊合作的精神：

當時一般中學為了升學，常擅自把體育課隨意更改成補習數理化英的時段；只有附中的體育課，上的是一板一眼，由於體育主任吳貴壽老師和師大體育系畢業的專才林承謨、傅英傑等老師按表授課，且嚴格考核要求，所以附中同學對各項體育知識和技能，無論是籃、足、排、棒、壘等球類及各項體操、田徑等運動，都有涉獵及操練，

絕不馬虎。而學校得天獨厚的有前後兩個大操場，尤其後操場有一周徑 400 公尺的寬大田徑跑道及足球場，可讓同學盡情地跑、跳或舉行各種田徑、足球等須大場地才可進行的體育活動；另有十幾個籃球場供同學全天候使用，所以各運動場上都不斷有同學組隊鬥牛、比賽，真是一派朝氣蓬勃、欣欣向榮的景象。有此寬廣的環境，使附中同學自然而然都有較開闊的胸襟和開朗的個性，更因學校經常舉辦各項班際比賽或競技，而培養出同學們堅強的團隊合作精神，變成附中同學最突出的特點，也使同學們終生受用無窮。

在師大附中的三年初中生活整體是非常愉快的，最懷念的老師就是一直鼓勵我向文學領域發展的國文老師張守仁先生和英文老師伍幼瑩女士。唯一令我遺憾的是因那時常常溜課到校外呼朋引伴，在野地生火烤田裡撿的地瓜、打彈子或看電影，還因為在上課時間打彈子，被少年組魯俊組長抓到警察局去強制上紀律訓練課，而學校也因此累積記了我二大過、一小過；當時的規定是如果累記了二大過二小過，就會被列為留校察看，二大過一小過會被列為條件入學；滿三大過就會被開除學籍。所以初三時每天都過得提心吊膽，深怕一不小心就被開除。

至今我最不能接受也不願原諒的，就是對當時訓導主任張彤龢（張桐）先生的不滿。因為此人善於製造矛盾和對立，比方同學們被責罰要打板子，他居然要同學們互打，而由他來監督看互相打得夠不夠重？或是鼓動同學們互相窩裏反，用告發一起犯錯同學的名字和行為，來換取自己的寬恕，一派搞情報特務的作風，令人不恥。我有一個大過就是為了講義氣，堅決不肯出賣同學而被記下的！最不像話的是居然在我填考高中志願時，不准我填師大附中，以致我只有建國中學和成功中學兩個志願，現在想起來仍覺他是完全沒有資格做老師的。雖已時過六十餘年，我仍然要對這樣一個惡師口誅筆伐，以做為人師表者的警誡。

還算幸運，也算爭氣的是我順利以非常高分考取第一志願建國中學高中部，而被分發到高中部六班。建中給我的感受與附中很不一樣；一是同學們都程度很高，不乏有天才型的同學在班上，課業競爭比附中激烈。二是同學們的個人表現突出，但較少有團體或班際的活動或競爭。 三是同學們專注於學業，但較少參與課外或體育活動。四是建中同學一般較木訥寡言且獨來獨往，但非常實在。附中同學則較活潑開朗，能言善道且喜呼朋引伴。但有時流於浮誇。這是我個人感受到兩校學風和環境的綜合表現，可說是各有千秋。

　　建中的校訓是「勤、樸、誠、勇」，確實是很多建中同學的寫照。當時的校長是賀翊新先生，他也是一位令人尊敬的老教育家。辦學認真、吃苦耐勞、且勤儉持家（建中），尊重老師、愛護學生。建中在他治校的十幾年中，奠定了一直到今天仍位居全台第一名高中的地位，賀校長實在功不可沒！

　　建中的師資都是一時之選，不少甚至是來兼課的大學教授，教過我的名師有教化學的盧世棽，教數學的汪煥廷與季于天，教物理的許澄泉與任家勤；也有不少位是各大補習班最賣座的名師。說來我們是最幸運的一群學生，因為在建中每天免費就可以聽到在補習班一堂要數百元台幣的課，真是天之驕子。

　　最值得回憶的是，我們高二六班的調皮搗蛋是全校出名，而我就是班長。我和另外七位同班同學自號「八仙」，取八仙過海各顯神通之意，（但並沒有一位女的何仙姑）。他們分別是朱鵬飛、童元良、李達伯、郭人武、傅允光、施明華、霍謙。我們經常作弄老師，不好好上課，甚至聚眾起哄，讓老師下不了台。我也常常帶著全班同學違紀外出，有一次打著建中名號帶著全班同學到北一女去參加他們的校慶（記得是 12 月 12 日）也順便探望我小學的同班同學王恩芳，一時傳為美談。但動靜搞得太大，沒有老師願意再擔任我們高二六班的導師，因此校方決定派訓導主任趙毅先生親自擔任我們班導，才讓我們稍微

安份。趙主任雖然身材瘦小，但為人講江湖義氣，很能讓我們服氣，所以約有半年期間大家相安無事。但最終校方為絕後患，還是把我們六班拆散，所有同學被隨機打散編到其他各班。所以我高三就被編到九班就讀，這是就讀建中時一段荒唐而有趣的插曲。但我要強調當年只是年少輕狂，用調皮搗蛋來發洩心中的叛逆情緒，但絕沒有壞心眼，更沒有任何犯罪意圖或行為。

讀建中時，我們家已從杭州南路先搬到北門郵局宿舍再搬到延平南路小南門旁，所以我每天上下學經常都是步行穿過植物園，約 15 至 20 分鐘就可到校。建中與植物園中間隔著的就是南海學園。南海學園是 1960 年代政府興建的重要文教園區，內有台灣科學館、台灣藝術館、中央圖書館、歷史博物館、中央廣播電臺等重要文教機構。對建中同學來說真是得天獨厚，因為所有的設施等於就是專屬於建中同學一般，我們一有空就可到中央圖書館自習或看各種書報雜誌，也可隨時去科學館和史博館看各種展覽，偶而我也會陪先慈到藝術館欣賞京戲或其他表演，是我中學時代記憶裡很重要的一部分。那些建築都有紅牆琉璃瓦，古色古香，而一進植物園內就是一個大荷花池，春夏時節荷花盛開，紅白蓮花或含苞待放、或盛麗迎人；徜徉其中，荷香四溢、曲徑通幽，是建中學子獨享的人文環境與氣息，至今仍令人懷念不已，爰成七言詩一首以為記，並誌不忘！

南海學園書卷香，曲徑春波荷風漾。
曾是驚鴻照影處，老來猶記少年狂。

探訪祖籍地—歌雲南納西族文化

　　我祖籍雲南昆明，但據先嚴告之其實簡氏在清朝中葉即因考取京官，而舉家遷往北平，所以包括先祖父、先嚴等都是北平出生，且先祖母、先慈也都是北平人，所以家中平日生活習慣，尤其是吃食都是以北方口味為主，個性上我更以燕趙男兒之慷慨激昂、豁然大度為尚，但對祖籍地雲南仍有一份特殊的情感。

　　2000年我自中國國民黨中央委員會副秘書長任內奉調轉任中國廣播公司董事長，算是自第一線工作轉至第二線，國府方核准我可至大陸參加活動或參訪，而大陸亦才允我入境（原在第一線時連香港都不准入境），當年即蒙大陸中央人民廣播電台總台長楊波先生邀訪，也讓我有機會第一次到昆明，圓了我自幼即希能回祖根地參訪的願望。

　　雲南省面積309.4萬平方公里，人口約4800萬人，共有16個地級行政區，與川、黔、桂、藏4省區相鄰。且與緬甸、寮國和越南3國接壤，國境邊界線長達4060公里，是西南地區與中南半島互連的重要通道。全境地處雲貴高原及青康藏高原南延部分。自西北部迪慶最高的梅里雪山，海拔6740公尺到東南部的紅河谷，海拔僅706公尺，可說自熱帶雨林氣候、亞熱帶氣候，季風氣候到高山高原氣候應有盡有。但整體來說，氣候溫和，四季如春。

　　境內高山大河縱貫，高黎貢山、怒山、雲嶺、哀牢山、無量山、梅里雪山、玉龍雪山、蒼山等均是南北走向。而全省河流達180多條，其中獨龍江（伊洛瓦底江上游）、怒江（薩爾溫江上游）、瀾滄江（湄公河上游）、金沙江（長江上游）、元江（紅河上游）、南盤江（珠江上游）最為有名。且各河流水量豐沛，落差可觀，是水力資源極為豐富的省份。

雲南由於地形特殊，氣候帶涵蓋寒帶、溫帶至熱帶，因此植被品種極多，而各種動物更是交匯出現，脊椎動物有 1700 多種，其中獸類有 300 種，鳥類有 793 種，爬行類 143 種，兩棲類 102 種，淡水魚類 366 種；昆蟲一萬多種，被稱為動植物王國，而各類礦產有 150 多種，也被稱為有色金屬王國。正因氣候溫和，物產豐富，山川壯麗，民族和文化多元，人民和善，故為最馳名的觀光旅遊大省，且各地區均有特色，如昆大麗（昆明、大里、麗江）、保騰瑞（保山、騰衝、瑞麗）、香格里拉、西雙版納、紅河州等，都各具其特色，引人入勝。

　　2005 年，我應雲南省委省政府的邀請，組團至雲南正式參訪，且不只到昆明，亦前往麗江和大理，該二地方分別為雲南納西族和白族同胞的聚居地。風土、人情、食衣住行均各有特色，值得一提的是雲南共有 52 個民族，是大陸少數民族數量最多的省份，全國共 56 個民族中，只有 4 個是雲南沒有的。4720 萬總人口中，漢族占 3157 萬，少數民族中，百萬人口以上的有 6 個，分別為彝族、哈尼族、白族、傣族、苗族和壯族，少數民族人口超過 5 千人以上的民族共有 26 個。各民族都分別有自己的語言、文化、風俗、習慣與信仰，且都能和睦相處，歷史上亦幾無任何民族間的械鬥或重大糾紛或仇恨，可說是一方樂土。各民族都有自己較集中的聚居地，但也都散居於雲南各地，而麗江的納西族和大理的白族等更都有自己的文字和歷史記載。納西族在千餘年前就自創了可用來記事和溝通的象形文字，至今尚遺存有用象形文字書寫的兩萬餘冊《東巴》經籍，記載了古代納西社會生產和生活的歷史，使「東巴文化」成為研究文字學和文化史的重要依據和載體。

　　納西文化帶有很濃厚的母系社會色彩，雖然不是像瀘沽湖的摩梭人那樣走婚制的女兒國，但納西族男士平日不需勞作，連粗重的農活都是以女性勞作為主，男士則需吃的白胖，且能縱情於琴棋詩酒，

方能得到女士的青睞和社會的尊重。我等參訪當地古城時，土產店內的金花（姑娘）能說善道，舌粲蓮花，令人印象深刻；並戲對我調侃道「先生長得白白胖胖，看來是領導。又知書（我曾應邀題字），應非常適合留在麗江做納西金花的姑爺也」，我有感而戲成詩一首以為記。

歌雲南納西族文化

女兒文化胖哥暇，琴棋書畫詩酒茶。
人間仍有歡樂土，納西千載冠物華。

寫於 2005 年

輯三

地

巴西生態之旅—亞馬遜晚春

2009 年 1 月 25 日，我應巴西外交部 (Itamaraty) 及亞馬遜州 (Amazonas) 政府之邀，出席在州首府瑪瑙市 (Manaus) 舉辦之第 2 屆亞馬遜國際博覽會 (Feira International de Amazonas- FIAM)。亞馬遜河全長 7612 公里，水域流經哥倫比亞、秘魯、厄瓜多、玻利維亞、委內瑞拉、巴西等國，流域面積共達 750 萬平方公里，流量更高達每秒 212 萬立方米，支流超過 15000 條，是當之無愧的世界第一大淡水河。沿途絕大部分地區均為人跡罕至的熱帶雨林，甚至仍有與外界從無接觸的土著部落，是當今世界最後、最大的一塊天然氧氣供應地，乃地球之肺，也是國際生態保育最重要的一環。博覽會內容包括流域地理、生態、動植物及水產、特殊藥用動植物、土特產、原住民、目前開發狀況、未來發展計畫等，各種展覽和論壇及參訪。

亞馬遜河流域植被覆蓋率幾達百分之百，水系以外，所有的陸地均有植被，植物品種約 5 萬種，動物亦種類繁多，魚種至少 2000 種以上，最大的魚長可超過 4 米，重達數百公斤，鳥類有 5000 種以上，昆蟲種類多到不計其數，估計約有 250 萬種。螞蟻就有 5000 種，且體型都很碩大，黑蟻可長達 4 公分，蜘蛛可長達 40 公分……。

在會議之前，主辦單位特別安排巴西海軍專艦送我們遊河，並至河中小島上領略熱帶雨林的風光，午餐就食用現場撈上來的大魚 (約一人高) 做的魚排，又至土特產市場參觀，的確大部分的土特產尤其是各種草藥和香料都是過去從沒見過的品種。另亦參訪了舉世聞名於 1896 年底就落成的亞馬遜歌劇院，當時因橡膠事業發展，經濟鼎盛而有錢興建。目前仍是世界排名第五的歌劇院，每年舉辦一次亞馬遜歌劇節，是文藝復興建築，頗值一

輯
三
地

觀。國際與會者都被安排住在瑪瑙市最負盛名、依亞馬遜河邊所建庭園式之熱帶酒店（Hotel Tropical），設備完善，風景絕佳，飲食服務均屬一流。房間面臨波濤壯闊的亞馬遜河，每日臨窗俯視，可觀賞夕陽西下，但覺朝輝夕陰，氣象萬千，值得銘記，因成七言詩一首以為記。

亞馬遜晚春

長憶南國小窗軒，莽莽巨河貫眼前。
春光猶勝晚霞色，情繫煙波穴脈間。

寫於 2009 年 11 月 25 日

中國縮影—我眼中的北京

　　我祖籍是雲南昆明，但家中十幾代前就到北京入仕，所以爺、奶、爸、媽都是北京出生。爸從小在北京讀北京師範附屬小學、鏡湖中學、北京師範學校。鬼子來了，爸才從中國大學二年級輟學偷偷跑到南方考進黃埔13期，投筆從戎，參加抗戰。但是爺、奶仍在北京，直到抗戰勝利，爸才又回北平把他們接到南方團聚。

　　我則是1946年對日抗戰勝利後在漢口出生，3歲就跟著爸媽搬到了台灣，北平長得什麼樣我壓根兒不知道。但從小在家中聽的、說的就是「京片子」，吃的是麵食、北方菜；爺奶穿的是長袍、坎肩、夾襖，連鞋都是穿奶奶親手做的打梆子布鞋。我們家可說是從衣、食、說話、生活習慣都是標準的「北京人」。印象尤其深刻的是爺爺和媽媽都是京劇的票友，家中常聽到爺爺和媽媽的清唱，我也常纏著爺爺把逛廠甸、天橋把式、京韻大鼓、說書、說相聲等的事對我一說再說，更常陪著他到「真北平」去吃炒肝、爆肚、炸醬麵與喝豆汁。可說我雖沒到過北京，但卻生活在「京味」異常濃厚的環境中。這是我在讀中學前，眼中具有濃郁親情、鄉親和草根氣息的北京——雖然我是住在海峽對岸的台北！

　　中學後，我對歷史、地理等的課程特別有興趣，也知道了北京自元、明、清、民國以來的種種滄桑。對明成祖遷都北京以及他派鄭和七下西洋，宣揚國威的雄才偉略感到悠然神往。從課本、書報雜誌上也看到了北京歷史文化古蹟的照片和說明，更從稗官野史以及武俠小說中知道了許多和北京相關的歷史、文化故事，因此，紫禁城、頤和園、天壇、故宮、長城與煤山，以及崇禎帝、獨臂神尼、吳三桂、李自成、袁崇煥，乃至於大玉兒、多爾袞、順治、康熙、雍正、乾隆、鰲拜、和珅、劉墉等的形象都鮮活地在腦海中躍然出現，從元建大都、

到明成祖定都，直到康乾盛世，北京都充滿了中華民族武功、文治輝煌的一頁，這是我懂事後眼中具有燦爛歷史、文化底蘊的北京。

可惜自鴉片戰爭開始，百餘年的中國近代史是讓每一個稍有血性的中國人都不能忍受的民族屈辱史。英、法、俄、日、德、義乃至於美國鯨吞蠶食，用各種不平等條約占地、搶錢，要使中國亡國滅種。每次看到圓明園內的殘垣斷瓦，歐美各大博物館中陳列從中國搶去的古物，遙想清末王朝的愚昧腐敗，西太后、李蓮英之流的昏庸誤國，及八國聯軍的殘暴不仁，讓北京慘遭兵劫，都讓我有椎心刻骨之痛。

1911 年革命成功，民國肇建，但可惜北京政府與國民政府南北分裂，隨後軍閥割據，北京被直系、皖系、奉系等先後控制，蔣介石 1928 年雖然完成北伐，但對北京實質的掌控力仍屬有限，而日本帝國主義對中國的侵凌可說無日無之，到 1937 年終因盧溝橋事件吹起了中國人全面抗戰的號角，1942 年國民政府廢除了所有與列強簽訂的不平等條約，讓中華民族擺脫了不平等條約的束縛，直到 1945 年抗戰勝利北京重回祖國懷抱，盧溝橋變成了對日抗戰的精神堡壘。但隨後國共內戰又起，生靈塗炭，所幸北京因為傅作義明智的決定才免於兵燹之毀，1949 年 10 月 1 日毛澤東在天安門宣布中華人民共和國成立，隨後從 1949 年到 1989 年北京的歷史，對在台灣長大的我來說，就變成了一片空白，這是我眼中兵荒馬亂，政權迅速更替，而後又突然一切都對外斷了訊的北京。

1972 年 2 月，尼克森總統在季辛吉的秘密安排下，突然造訪北京，當時我正在美國留學，看到電視上播出北京的畫面，只見街上一片穿藍灰色衣服騎著自行車的人潮，除了天安門的紅磚以外，幾乎只有黑、藍與灰三種顏色，有著濃厚的肅殺之氣和蕭條的涼意，但那已經是我們看過對北京最開放的報導，也讓我眼中留下了暮氣沉沉，閉關自守印象的北京。

2001 年，我自國民黨中央委員會副秘書長及中宣部長職務轉任

中國廣播公司董事長，承當時中央人民廣播電台總台長楊波先生的邀請與安排，讓我首次到北京參訪，這是我自三歲隨先父爾康公遷台後第一次回大陸，親眼看到了長城的雄偉，紫禁城故宮的文化，天安門廣場的壯闊。真讓我激動得老淚縱橫，在隨後的年份裏，幾乎每年都要來北京幾次，親自體會到了大陸自改革開放後所釋放出的活力，尤其 2008 年奧林匹克世運會的舉辦，更讓北京的整體建設和國際形象向上邁了好幾個台階，這不僅是北京的驕傲，也是所有中國人的驕傲。作為人口超過千萬的大城，北京的問題當然不少，交通堵塞、空氣汙染、房價高漲、供水緊張等，所有大城市有的問題北京都有，但我更多看到的是希望，諸如各項基礎建設的進步，對文化建設的投資不遺餘力，志願者的熱心參與，出租車駕駛的政論水平，教育事業的發達，國際化水準的提升，讓我眼中看到了代表國家建設成果欣欣向榮和民族復興希望所在的北京。

北京、北京，妳是中國的縮影，百餘年來妳看盡了中國的興衰變幻，道盡了中國的辛酸滄桑。現在，妳正凝聚著全世界中國人的民族復興夢及世界關注的焦點。中國百年積弱，好不容易看到民族復興的一線希望，我們一定要共同努力，讓妳在我們眼中再次發亮發光，照耀世界。文成後，草擬七言詩一首以為記：

北京・北京

帝都興衰歷滄桑，列強侵凌逞豪強。
百年積弱悲國步，萬里哀鴻弔民殤。
同室操戈終須盡，中華一統致和祥。
炎黃兒女齊奮起，共譜民族復興章。

輯三
地

詩成後，蒙大陸全國政協委員，書法名家盧中南先生和原韻並崁入我名字之詩一首，僅錄於下以誌敬意：

漢家奕代事農桑，生養綿延逐日強。
蕩蕩黃河肥沃土，巍巍岱嶽祭民殤。
常求自立追新夢，每盼相親祝永祥。
天海融融開口笑，和風伴我寫鴻章。

發表於 2013 年 11 月 19 日《人民日報》海外版第 5 版

書法名家盧中南先生墨寶。

天塹變通途——一帶一路 歐亞聯璧

2014 月 9 月上旬，我應全國政協港澳台僑委員會之邀，組團赴新疆訪問，全團均係第一次入疆，故充滿了興奮與懷古之幽情。至今仍令人難忘。

新疆維吾爾自治區面積達 166.5 萬平方公里，占中國總面積的 1/6，以一區而與蒙古、俄羅斯、哈薩克斯坦、塔吉克斯坦、阿富汗、巴基斯坦、印度 8 國接壤，是中國與外國接壤最多的地區（中國總共與 14 國接壤）。可見其地理位置之重要與複雜。新疆人口共約 2855 萬人，其中漢族 1092 萬人（占 38.2%），少數民族 1493 萬人，其中維吾爾族 1162 萬人（占 41%），其他少數民族為哈薩克、回、柯爾克孜、蒙古、錫伯、塔吉克、東鄉等族。據統計，近十年來新疆人口共增 403 萬，其中漢族增 217 萬，維族增約 162 萬人。

地理上，天山山脈橫貫中央，天山以北為北疆。北疆以準噶爾盆地為中心，盆地總面積約 38 萬平方公里，盆地內地形地貌複雜，有黃土塬、平原、綠洲、丘陵、沙漠（古爾班通古特沙漠位於盆地中央，面積達 27 萬平方公里）在沙漠周邊共有烏魯木齊市、昌吉回族自治區、克拉瑪依市、石河子市、塔城地區、博爾塔拉蒙古族自治州、阿勒泰地區等 7 個地、州、市；下轄 24 個縣市及生產建設兵團所轄的七十多個農場或牧場。北疆民族以漢、回、哈薩克族為主。平原地區農產豐富，盛產小麥、玉米、水稻、水果、棉花、甜菜等作物。其中克拉瑪依有大油田，阿爾泰地區產金。

天山以南為南疆，南疆以塔里木盆地為中心，內含中國最大的塔克拉瑪干沙漠（33 萬平方公里），盆地總面積達 53 萬平方公里。沙漠邊緣是山麓、戈壁和綠洲。沙漠中有豐富的油氣資源，塔里木油田 2020 年已建成 300 億立方米的大天然氣區，南疆居民基本上都已享受

到天然氣的供應。而已探明的塔克拉瑪干油田中，油氣總量有 168 億噸，已發現大型油氣田 30 多個，但總探明率僅達 14.6%，未來發現新油田、氣田的潛力極大。另在羅布泊有 2.5 億噸的鉀鹽。由於日照充足，風向恆定且風速強，故太陽能、風能亦正在逐漸發展為重要的再生能源供給區。2015 年並發現盆地之下其實蘊藏巨量的地下水資源，可能超過 8 萬億立方米，未來發展極有前景。主要城市有阿克蘇、和田、喀什、阿圖什市（柯爾克孜自治州首府、又稱無花果之鄉）、庫爾勒市（巴音郭楞蒙古自治州首府，又稱梨城）。

值得一提的是塔里木河，全長 2327 公里，發源於喀喇崑崙山，沿塔克拉瑪干沙漠北緣注入羅布泊，流域面積廣達 102 萬平方公里，是中國最長的內陸河流，也是新疆最重要的水資源河。由於歷史上對新疆的開發及移民是以北疆為主，所以無論開發的程度、資金的投入、建設的成果，北疆都比南疆進步，加以北疆漢人較多，南疆則絕大多數是維族，以致於南疆不僅經濟較落後，教育不發達，甚至全國通用的漢語在南疆都無法普及。

長期累積下來的結果使南疆遠較北疆貧困，而語言、民俗、宗教的隔閡更使南疆變成「化外之地」，因而使得宗教極端主義得到滋生的溫床，家長甚至強迫學齡兒童或青少年輟學，而去加入宗教極端主義掌控下的組織，接受伊斯蘭極端思想的教育，以追求自殺式聖戰恐怖行為做為救贖和解脫，也是一種抗議和反叛。而貧困者或被壓迫者又把所有的希望寄託在宗教信仰上，因而在貧窮落後教育不發達的地區，宗教信仰往往成了人民精神生活中的唯一寄託，而其極端或恐怖主義思想的毒害，就像鴉片一樣。

此一現象累積到了上世紀末，南疆維族中的極端份子與境外西方野心勢力（以美、英、土為主）結合，在南疆發動了多起恐怖襲擊事件，造成至少數百名公安人員及民眾的死傷，使反恐維穩變成當地治理的一大重點和目標。其實由上所述，恐怖主義釀成的原因，歸根究

底，是來自於百姓的貧窮、無知，及希望在精神上有所依靠，因而將生活完全寄託在極端主義救贖的思想之上。所以真正要糾正恐怖主義的思想和行為一是要脫貧，二是要普及教育。

有鑑於此，近十年來大陸政府一方面盡量給予南疆多種經濟、財、稅、等各方面優惠的政策，使百姓生活能得到改善，而多種資源的開發也使當地民眾能享受到發展的實惠。另一方面開始廣設「新疆職業技能教育培訓中心」，使維族同胞接受語言、文化、職業技能、專業培訓等各方面的教育，增加他們謀職、就業和生活的能力，十年來可謂成果斐然，維族青少年和百姓接受到了正規教育，可找到正當固定職業，生活得到大幅改善，所以恐怖主義、極端思想都漸被消弭，近十年來，恐怖活動在南疆幾已絕跡。各民族和睦相處。

政府更令北疆各城市、各組織到南疆選擇對象結親家，以實現互助互惠，加強感情和經濟、文化、等各方面的合作與交流，以實踐「多元一體」的民族觀。這一個從根本上著手來消弭極端主義恐佈行為的作法，不僅十分有效，且非常人性化，比起美國以暴力反恐，結果愈反愈恐，更製造出許多新的仇恨與隔閡，不知要高明且有效多少倍。但這恰恰就是以美國為首的西方帝國殖民主義者，因為心中、眼中只有武裝和暴力，而永遠找不到問題徵結的主因。這本應是西方應虛心檢討的，但西方卻看不得中國任何的成功，反而把職訓中心形容成壓制人權、喪失人性的集中營，從而衍生出這些職訓中心就是像納粹集中營屠殺猶太人一樣「種族滅絕」基地的說法。這種世紀大謊言，其荒謬無恥，睜眼說瞎話的程度已喪失了人性與道德的底線，根本不值一駁。

美國及西方帝國主義之所以要極力醜化新疆，其實有不可告人的地緣政治及要搞亂新疆的野心。據美國前參謀首長聯席會主席及國務卿包威爾（Colin Powell）的辦公室主任威克森上校（Col. Lawrence Wilkerson）在公開的講演中就提到；美國為了

維持它的霸權地位，對下述三種國家或地區一定希望能去之而後快，或將之征服納入美國的控制之下以保萬全。第一類就是有希望或意欲挑戰美國霸權地位的、第二類就是地緣政治上戰略地位特別重要的、第三類就是天然資源特別豐富的。而新疆雖然只是一個地區，但卻符合所有上述三類條件。新疆對中國的重要性是不言可喻的，如果能使新疆發生動亂，一則使中國西部門戶大開，二則使中國一帶一路的大戰略立刻受到極大阻礙，三則如漢、維發生民族衝突，則不僅動亂難以平復，甚至可能有延伸效應，使西藏亦受波及，如此則中國西部的半壁江山都會陷入不安之中。這也就是美國和西方處心積慮一定要醜化新疆，抵制新疆，非要把新疆搞亂為止，因為這對美國和西方是花費最少，戰略意義最大，最容易把中國從內部搞亂的戰術方向，其用心之狠毒可謂狼子野心，令人髮指。所幸中國立場堅定，按照既定方向從根做起，一步一步使新疆局勢歸於穩定，美國的野心也至今未能得逞！

　　2014 年 9 月我等入疆參訪 8 天，均在北疆及東疆，主要到訪地區包括烏魯木齊（原迪化），吐魯番葡萄溝、交河故城、坎兒井。並乘國內航班飛往西疆博爾塔拉蒙古族自治州首府博樂，並至阿拉山口口岸及賽里木湖。隨後又至伊犁州首府伊寧市並參訪霍爾果斯口岸，飛回烏魯木齊前又參訪了那拉提大草原，最後參訪了石河子市新疆生產建築兵團的軍墾博物館，結束了旅程。

　　整體來說新疆已逐步邁入現代化，烏魯木齊已是一派國際大都會的氣象，而新疆整體給人的印象就是山川壯麗，物產豐隆，可說不到新疆就不知中國的地大物博，也不知中國的河山錦繡。

　　行程中參訪了霍爾果斯口岸，霍爾果斯是我國西北地區綜合運量最大的陸路口岸，集公路、鐵路、航空（伊寧機場）、油氣管道四位一體，據統計 2013 年進出口貨運達 4000 萬噸，貿易額已達 1500 億人民幣以上。阿拉山口口岸亦是四位一體。東起連雲港西至荷蘭鹿特

丹 10800 公里的鐵路經此二口岸出境，貫穿中、哈、俄、烏、波、德、荷七國，已是一帶一路中歐貨運最重要的門戶。也是中歐班列火車的重要轉運站。遙想古絲綢之路上，駱駝商隊響著駝鈴，一路橫貫沙漠荒野，如無意外往往也要走上一年才能從蘭州走到歐洲。如今中歐班列卻只需 14 天即可從連雲港到達荷蘭鹿特丹。不禁讓人興起滄海桑田，物換星移的感嘆，但也是今天中國提出一帶一路的戰略方向，配合了中國高鐵的發展，而使歐亞非三大洲之間，天塹變通途，讓亞歐非三大陸地板塊直接連在一起，徹底顛覆了美國海上霸權的威脅。也是中國自立自強天助人助的徵兆。而新疆在此一新的國際大戰略格局中的重要性，更是風起雲湧，萬方矚目，故樂為之記！

2014 年 9 月 6 日，我等遊至北疆博爾塔拉蒙古自治州賽里木湖，登成吉思汗廿萬大軍西征時之點將台，遙想當年，大汗西征，軍威盛極一時，但在歷史上卻評價不高；反觀習近平主席最近倡導「絲綢之路經濟帶」卻極獲中亞乃至世界各國讚許與共鳴，撫今追昔，因成七言詩一首以為記。

一帶一路 歐亞聯璧

大汗揮師入亞西，賽里木湖點將旗。
東風西漸今非昔，文治服人勝鐵騎。

同行的全國政協港澳台僑委員會台灣處處長楊小強先生，年富力強，負責盡職，更難得的是學識淵博，才思敏捷，於遊疆旅次，成西疆寄情七言詩兩首，僅錄於下以誌念。

西疆寄情

1

一夜秋風月華濃，燕山天山景不同。

且將此情留明日，未忘中華待統一。

2

猶聞將臺鼙鼓隆，大汗飲馬天山東。

西塞胡柳年年綠，英雄自古築夢同。

寫於 2014 年 9 月 7 日中秋

輯三

地

塞外風光—歌頌寧夏

2016 年 8 月，我以中華產經文教科技交流協會理事長身份，應全國政協港澳台僑委員會之邀，率團赴寧夏回族自治區參訪一週，留下不可磨滅的美好回憶。

寧夏回族自治區面積 6.64 萬平方公里，現有銀川、石嘴山、吳忠、固原、中衛 5 個地級市，下轄 9 個市轄區，兩個縣級市，11 個縣。人口 700 萬，其中漢族占 66%，回族占 34%，全國約 1200 萬回族同胞中，有 20% 都居於寧夏。寧夏歷史悠久，西元前 300 年秦始皇統一六國即在此設北地郡，派兵屯墾、興修水利，引黃河水灌溉；西元 1038 年，黨項族首領李元昊在此建立大夏國，元代以後史稱西夏，定都於興慶府（今銀川市），形成當時宋、遼、金、西夏四足鼎立的局面長達 189 年；元滅西夏後，設寧夏路，始有寧夏之稱；明設寧夏衛，清設寧夏府。民國後 1929 年寧夏設省，1954 年併入甘肅，1958 年成立寧夏回族自治區至今。寧夏地形分 3 大板塊，北部引黃河水灌溉區（寧夏平原），中部乾旱帶，南部山區。

寧夏平原是黃河上游最大平原，屬河套平原一部分，開發於秦朝，以 43% 的面積集中了的全區 60% 的人口，80% 的城鎮和 90% 以上的 GDP 及財政收入。中部乾旱帶和南部山區則不適人居，經濟落後。寧夏面積雖小，但有農業、能源和旅遊 3 方面的優勢，前景可期。農業方面，現有耕地 1650 萬畝，是全國 12 個商品糧食生產基地之一，草場 3665 萬畝，是全國十大牧區之一。能源方面，年可利用黃河水量達 40 億立方米，煤儲 469 億噸，居全國第 6 位。賀蘭山區的太西煤品質極優，國際稱之為「煤中之王」。另煤化工、煤制石油發達，太陽能、風能裝機居全國第三。天然氣等資源豐富，也是西電、西氣

東輸的主要樞紐。旅遊方面，從黃河文明、西夏歷史、回鄉風情、大漠風光都極具吸引力，具體來說，包括了兩山一河（賀蘭山、六盤山、黃河）、兩沙一陵（沙湖、沙坡頭、西夏王陵）、兩堡一城（將台堡、鎮北堡、古長城）、兩文一景（西夏文化、伊斯蘭文化、塞上江南奇景）。

必須一提的是自春秋戰國時期，秦惠王占領寧夏後，即開始修築長城，至秦始皇時寧夏全境納入中原，屬北地郡，漢屬北地郡及安全郡，北周屬靈州、原州，隋屬靈武郡，唐屬朔方節度使，西夏屬興慶府、西平府，元屬中興省；所以寧夏有自戰國、秦、漢、隋、明等所有朝代修築的大量長城、城堡和關隘，全長達 1057.9 公里，故寧夏被稱為「長城博物館」。在在都體現出深厚的歷史文化底蘊和獨特的自然景觀，近年來已吸引了大量國內外的觀光客，且都留下極深的好印象。

本團行程遍及銀川、固原、中衛等地，訪問了固原須彌山佛教博物館、中衛市黃河治沙工程、石嘴山濕地農場、賀蘭山岩畫博物館、西夏王朝遺址、靈武舊石器人類文化遺產與回族文化園區等地，對寧夏的文化底蘊深厚，氣候宜人，物產豐隆，旅遊資源豐富多樣，各類地形地貌的壯闊多變，以及漢回民族融洽相處，人民樸實善良等，都留下令人嘆為觀止的良好印象。最令人印象深刻的景觀或風情有下列諸項：

（1）寧夏雖已在塞外，但在寧夏平原引黃河灌溉區，不僅水源豐富、芳草鮮美，且河道縱橫，景觀與江南水鄉幾無區別，農產豐富，亦與江南相似，塞外江南的美譽，果真名不虛傳，在石嘴山濕地可充分領略。

（2）在中衛沙坡頭國家 5A 級自然景觀保護區中，一可感受騰格里沙漠「大漠孤煙直，長河落日圓」的壯闊，又可在沙漠邊緣坐上羊皮筏子，在滾滾黃河水中逐波破浪，這種沙漠與大河緊密結合的景觀

及感受，世界少有。

（3）寧夏多種古文化在此交織生輝，如靈武市舊石器時代古人類文化遺址和賀蘭山巖畫都凸顯寧夏在遠古時代就是人類活動的中心之一。另如固原須彌山是佛教、印度教、耆那教共同信奉的聖山，宗教地位極高。而李元昊的西夏王朝更是在中國歷史上有相當地位的邊疆文化。以一邊陲地區而能有如此豐厚的文化遺產亦極少見。

（4）回族文化特徵明顯，但漢回兩大民族在此相處和睦，互相尊重，肅穆宏偉的清真寺隨處可見，充分顯示伊斯蘭宗教的力量。有此基礎，本區做為與伊斯蘭世界交流的中心，可說是自然交融，水到渠成，地位必會日趨重要。

（5）本區的物產丰饒讓人印象深刻，從中衛市沿黃河岸邊堆滿的香甜大西瓜，到鮮美且連平常不敢吃羊肉者都可大快朵頤的「灘羊」肉及全國品質最好、渾身是寶的枸杞，以及賀蘭山下近年來興起，品質越來越有國際水準的紅葡萄酒都令人回味無窮。

本團咸認未來寧夏在旅遊、文化、休閒、醫療保健、軟件設計及伊斯蘭信仰、阿拉伯世界聯繫橋樑等方面，配合一帶一路的發展，前景將無可限量，因成七言詩一首以為記。

歌頌寧夏

塞外江南風光好，秦漢隋唐經營早。
萬里黃河富一套，瓜甜稻香美羊羔。
張騫班超志高豪，暢通絲路萬國朝。
一帶一路今勝昔，亞歐連璧無敵島。

寫於 2016 年

輯三
地

古絲綢之路—參訪甘肅有感

　　2018 年 9 月上旬，我應全國政協港澳台僑委員會之邀，率團赴甘肅訪問。甘肅自古即為自中原地區通往西域最重要的交通孔道。面積 425000 平方公里，人口約 2800 萬，其中少數民族約占 270 萬，主要是回族（126 萬），東鄉族（55 萬）、藏族（49 萬），另有土族、保安族、滿族、裕固族、蒙古族、哈薩克族等，但人口均在 4 萬以下。現轄 12 個市，2 個少數民族自治州（臨夏回族、甘南藏族），及 86 個縣、市、區。

　　甘肅位處中國地理位置的中心，自西北向東南延伸，橫貫約 1650 公里，位於蒙新、青藏、黃土三大高原交匯處，海拔各在 1500 至 3000 公尺間，屬大陸性溫帶季風氣候，乾旱少雨，降雨量 40 至 750 毫米，但蒸發量卻達 2600 毫米。地形地貌複雜多樣，有高山、平原、沙漠、戈壁、冰川、濕地、草原以及丹霞、喀斯特、雅丹等地貌，多變且極具特色。著名的河西走廊自烏鞘嶺以西分別由南北兩山對峙而形成，南山為高達 3、4 千公尺的祁連山脈，北山為較矮的龍首山，合黎山。

　　域內河川為內陸水系，由南向北流，有疏勒河及弱水等。弱水流域面積最大，水源主要來自祁連山的雪水，山麓的沖積平原，是甘肅的糧倉。東部為六盤山脈（古稱隴山）的一部分，是連接寧夏河套平原與陝西關中平原的主要山脈，也是古代農耕文明與游牧文明的重要分界線之一。六盤山以西植被稀少，以東則降水豐富，植被繁茂，隴南平原扼陝、甘、川三省要衝，素有秦隴鎖鑰、巴蜀咽喉之稱，又因屬長江水系，並有亞熱帶氣候，亦有「隴上江南」之稱，是出名的三國時期諸葛亮「六出祁山」伐魏，多次蜀魏爭奪戰的發生地。

　　甘肅是中華民族的發祥地和中華文化的起源地，中華民族的人文

始祖伏羲、女媧和黃帝相傳都誕生在甘肅。境內文物古迹星羅棋布，擁有敦煌莫高窟等七處世界文化遺產。秦安大地灣遺址把華夏文明追溯至 8000 年以前。舉世聞名的敦煌是古代中華文明、古希臘文明、古印度文明和古伊斯蘭文明僅存的匯集地。武威白塔寺是西藏納入中國版圖的歷史見證。「絲綢之路八千里，華夏文明八千年」既是對甘肅厚重歷史文化的真實寫照，也是對甘肅歷史文化特色的最好詮釋。

甘肅資源能源富集，礦產、能源、農業、旅遊、中藥材等資源豐富，是聞名的「有色金屬之鄉」和「千年藥鄉」。現已發現各類礦產 180 種，查明資源儲量的有 114 種，其中，列全國第一位的礦產有 10 種。煤炭、石油、天然氣、黃金儲量豐富，風能、太陽能資源均名列前茅。中藥材種植量、加工量、出口量均位居全國第一位，發展潛力巨大。甘肅地處古絲綢之路咽喉位置，是聯繫中亞、西亞的交通樞紐，也是承東啟西、連南通北的戰略通道和物流集散地。2017 年以來，致力於建設蘭州新區、綠色循環經濟示範區、華夏文明傳承創新區、絲綢之路（敦煌）國際文化博覽會、國家生態安全屏障綜合試驗區及蘭州白銀國家自主創新示範區、國家中醫藥產業發展綜合試驗區、蘭州西寧城市群、關中天水國家及森林城市群等建設。

本團行程遍及蘭州、武威、張掖、嘉峪關[1]、敦煌等歷史名城。蘭州是甘肅省會，始建於西元前 806 年，兩漢設縣，隋朝改稱蘭州，是甘肅政經、文化、科教中心，人口 365 萬，是西北第 2 大城，黃河穿城而過，風景優美，歷史文化底蘊豐厚。武威市亦係歷史名城，是漢武帝於西元 121 年命驃騎大將軍霍去病遠征河西大破匈奴，彰其「武功軍威」而命名，歷代王朝均曾在此設郡置府，是古絲路上要衝之地。張掖市亦是霍去病大勝匈奴後，在此設張掖郡，取「斷匈奴之臂，張中國之腋（掖）」之意而得名。

張騫、班超、法顯、玄奘等歷史名人，均曾經此前往西域，西元 609 年，隋煬帝曾召集西域 27 國在此召開「萬國博覽會」，馬可波羅

曾在此居留長達一年。因有黑河（弱水）灌溉，物產豐饒，更有七彩奇幻的丹霞地貌，景色壯麗，令人驚艷。嘉峪關市是明長城西端起點，素有「天下第一雄關」之稱，近年已漸發展成工商中心及交通樞紐。敦煌市位於河西走廊最西端，位處甘、新、青三省交匯帶。周圍群山環繞，乾旱少雨，日照充足，晝夜溫差大。世界第一露天立體畫廊雕宮「莫高窟」即位於此，是佛教藝術的寶庫，世界最知名的文化遺產之一，每年吸引 50 餘萬中外觀光客前來觀光攬勝，莫不為敦煌悠久燦爛的歷史、博大精深的壁畫藝術和雄壯悲涼的大漠風光所震撼。

唯敦煌石窟壁畫和雕塑國寶，不幸早已遭西方帝國主義者掠奪、盜拓而損壞不少。有朝一日，必令大英博物館、羅浮宮等西方當年搶掠之中華文物都回歸祖國懷抱，方可一雪民族之恥也！

回想自秦漢以來，甘肅就是歷朝戍邊要地。詩人墨客亦常以詩詞吟詠西北的浩瀚，和當年漢家將士衛國守邊的辛苦，如唐，王昌齡的〈從軍行〉：「青海長雲暗雪山，孤城遙望玉門關。黃沙百戰穿金甲，不破樓蘭終不還。」及唐，岑參的〈走馬川行奉送封大夫出師西征〉「馬毛帶雪汗氣蒸，五花連錢旋作冰，幕中草檄硯水凝」天寒地凍的邊塞風光，令人悲涼傷感，但亦令人悠然神往。

一帶一路計畫推動後，甘肅地位益形重要，中歐班列火車各線路開通後，河西走廊更成為亞歐兩大洲間貨物交流的重要通道。遙想當年漢武帝在河西走廊設武威、張掖、酒泉、敦煌等四郡，從此暢通了經營西北的孔道，與清初左宗棠經甘肅征西，收復新疆的盛事，可謂先後輝映！充分彰顯了先賢為中華民族開疆闢土所立的豐功偉業，令人神往。亦益增我懷古之幽情及民族復興之壯志，因成七言詩兩首以為誌。

【註 1】嘉峪關自古即被稱為天下第一「雄關」。弱水即黑河，貫穿張掖市，注入居延海。張掖古稱甘州，酒泉古稱肅州，武威古稱涼州。

河西四郡今夕

河西四郡揚漢威，左公收疆固邊陲。
中歐班列興華夏，貨暢其流立豐碑。

歌河西走廊勝景

雄關大漠野鷹揚，弱水丹霞好牧場。
敦煌國寶古今爍，鎮我西北甘肅涼。

寫於 2018 年 9 月 5 日

痛惜—2019 記亞馬遜森林大火

　　亞馬遜雨林是全世界最大最原始的一片熱帶雨林，橫跨南美洲北部包括巴西、哥倫比亞、秘魯、厄瓜多爾、玻利維亞、委內瑞拉、圭亞那、蘇利南，法屬圭亞那九個國家或地區，流域面積達 670 萬平方公里，是全世界最重要的氧氣供給地，被稱為地球之肺，也是人類最後一塊未受開發及污染的原始森林，流域中許多地區至今都是人類尚未涉足的處女地，絕大部分地區也沒有公路鐵路，只能靠內河水運，或開闢簡單的機場供小型飛機或直升機起降。上世紀七十年代美國富商盧德威（Daniel Ludwig）曾與巴西政府正式簽約合作，投資 30 億美元開發一塊面積與荷蘭相當的雨林區，在區內修築公路、鐵路、機場、河港、村莊等基礎設施，以開採森林、鋁土、金、鑽石等資源，但到 1981 年盧氏年事已高，與巴西政府合作亦非十分順暢，故由巴西政府及民間買下該開發計畫，但近年來亦未見發展，不過這種有計劃的開發還算是在政府監控之下，較為透明，對生態威脅還算較小，最糟糕的是不肖商人看準機會，自闢一塊土地，建起機場，開了河港就佔地為王，濫墾盜伐如處無政府狀態之下，對生態破壞最為嚴重。

　　其實國際社會對亞馬遜流域的開發，無論是有規劃或是濫墾型態的都是持堅決反對態度，巴西政府礙於國際壓力，也信誓旦旦地一再對外聲明要用鐵腕懲治濫墾，但自目前波索納羅（Jair Bolsonaro）總統上任後，對此事都是睜一隻眼閉一隻眼，所以亂墾濫伐情形又再趨嚴重。新冠疫情爆發後，世界各國均因工商業、交通步伐放緩而碳排放降低；只有巴西有嚴重疫情，但碳排仍在增加，估計就是濫墾及火燒林所造成，令人慨嘆。

　　我曾三度造訪亞馬遜雨林，第一次在上世紀八零年代末期，攜內人賴淑惠女士先赴哥倫比亞波哥大（Bogota）及巴蘭幾亞

（Barranquilla）加僑社活動，會議結束後，我們乘小飛機自巴蘭幾亞飛至與巴西邊界接壤的小城萊提西亞（Leticia），因時間緊湊，怕趕不上到巴西境內的機場，居然說服了小城的警察用警車快馬加鞭地送我們越過邊界到巴西境內的塔巴庭加（Tabating）機場，再趕坐巴西國內航班飛往亞馬遜州首府瑪瑙市（Manaus），沿途甚為驚險，因橫跨兩國國界的公路就在亞馬遜雨林深處，極為原始，沿途人跡罕見，又都是泥巴路，顛簸得厲害，路的兩邊就都是密林；我們坐的老爺吉普警車隨時似都會拋錨，事後回想還好沒遇到歹人，否則，把我們幹掉真是神不知鬼不覺，連死在什麼地方都找不到！因為南美洲經常警、匪都是一夥的。

到了瑪瑙市後，坐船游了亞馬遜河，河寬得像在海上，根本看不到邊，在船上午餐就吃沿途釣上來的魚。亞馬遜河的魚，動輒幾十公斤重，有時甚至會釣到百公斤以上的大魚，比一個人還高，也吃了食人魚（Piranha），其牙齒露在外面的都呈三角形，極為銳利，撕啃咬能力極強，且都是成群活動，估計一頭牛落水大約半個小時，就會被食人魚群啃得只剩白骨架，所以頗令人望而生畏。

第二次訪亞馬遜流域是 1999 年。在中廣董事長任內，應新加坡政府之邀由台北經巴黎飛赴法屬圭亞那首府卡宴（Cayenne），隨即轉赴扣柔（Kourou）市的太空中心，參觀新加坡政府出資，中華電信和中廣也有參與的衛星發射。參觀畢，游覽了亞馬遜森林公園，這是亞馬遜河最下游出海口附近，景色與中上游略有不同，因為海洋的氣氛強了許多。值得一提的是有機會從扣柔市乘遊艇出海到了距南美大陸 11 公里，面積僅 34.6 公頃但頗富盛名的惡魔島（Ile du Diable）去參觀。

這個小島是法國政府自 1852 年開始用來關押重犯和政治犯的監獄島，直至 1938 年停收犯人，1952 年才完全結束做為監獄的任務。在一百年中，統計共有八萬餘犯人死在島上，故爾得名，可見當年島

上對囚犯的殘酷。我們上島參觀到處可見當年黑獄的遺跡，看得有些令人毛骨悚然；加上島上植被頗盛，配上大部分是石造的牢房，刑場和墓園，讓人感到強烈的煞氣和陰森森的感覺。倒是在島上的紀念品店內有些百餘年前的古遺物等確為真品。我在島上購得兩隻海象牙，各有 45 公分與 60 公分長，分別是 1830 年和 1842 年由美國麻薩諸塞州（Massachusetts）新貝德福港（New Bedford）的兩艘捕鯨船風暴（Tempest）號和查理士摩根 Charles Morgan 號所獵得。當年新貝德福港是捕鯨船最大的基地之一，這兩艘船的歷史紀錄在網上都還可查到，而這些資訊都是當時船上的水手刻在海象牙上的，所以還真是有些歷史價值。當年捕鯨須縱貫北大西洋到南大西洋，沿著北美和南美海岸遠航至南半球近極地的海域，航程甚為辛苦，但具有重大經濟利益，水手捕鯨之餘也會獵海象，海象肉可食，脂肪可煉油，皮可以搭帳篷，骨和牙可做器具和藝術品，是寒帶因紐特人、斯科奇人等有用的資源。至今在新貝德福港的國家捕鯨歷史公園（博物館）都有詳細的記載和展示。但這兩隻海象牙也在回台過海關時卻引起了不少麻煩，因我雖知陸上的象牙是不准交易買賣的，但不知海象牙亦在禁與不禁的灰色地帶，所以先被扣押，後幾經爭取方能取回，算是當次旅遊非常奇特的經歷。

第三次則是 2009 年應亞馬遜州政府之邀前往瑪瑙市參加第五屆亞馬遜博覽會，住在極負盛名的熱帶旅館（Hotel Tropical），留下了深刻印象，一週的會議中，參訪了歌劇院，乘軍艦遊河，遊覽了熱帶大市場，見識了許多不知名的植物、藥材、奇珍，令人大開眼界、總之亞馬河給我的印象就是壯闊、富麗、蠻荒、奇幻，令人懷念。

2019 年驚聞亞馬遜森林大火，自 1 月至 6 月已記錄到約四萬起火點，是歷年來燒得最兇的一次，且仍在延燒，難以撲滅，損害難以估計。我對亞馬遜河頗有情感，悲痛之餘成詩一首以記之～

天火燎原萬物枯，恨無甘露解荼毒，
生態浩劫無國界，地球村民同一哭。

2019 年 6 月

巴西許啟泰接我詩後亦和韻成詩一首，謹錄於下：

億載洪荒一夕枯， 蕭森萬木盡炎毒。
吾兄三顧追澎湃， 野望何年共一哭。

2019 年 7 月

從惡魔島帶回台灣的二支海象牙。

與卡爾扎依總統一面之緣—阿富汗變天有感

2021 年 8 月 6 日，美國突然自阿富汗將約十萬部隊不告而別的撤出，連阿富汗政府都是在美軍撤離後 12 小時才由地方管道獲知消息，甚至跟著美國一起出兵到阿富汗的美國盟友英、德、法、土……等國軍隊也都是在美軍逃跑之後才知情而如大夢初醒，倉促撤軍，完全是被美國狠狠擺了一道，因而引起盟國一致的譴責及撻伐。可說是倉惶辭廟，狼狽撤離。

美（聯）軍自 2001 年出兵阿富汗，20 年間在阿富汗共出兵 13 萬餘人，花費了近 3 兆美元，造成聯軍及政府軍逾 9 千餘人陣亡，3 萬餘人負傷，並造成約 24 萬阿國平民喪生，可說是禍國殃民，害人害己！

回想 2005 年，我赴日本東京參加國際祈禱早餐會，會後有一主題座談會，就是討論阿富汗重建的問題，當時正值阿國政府軍在美軍出兵協助後，自塔利班手中奪回政權不久；阿國多方建設處於百廢待興的狀況，而政府新建，又有美軍在後支持，也確頗思有一番作為，所以當時阿富汗的卡爾扎依（Karzai）總統兄弟都出席會議，且意氣風發，對阿國前途也胸有成竹，在會中他們兄弟大力遊說大家到阿國投資，因為能說善道，讓與會者都留有深刻且不錯的印象。因與卡爾扎依總統兄弟見過面，且當面交換過意見，這些年來我對阿富汗的發展也就頗為關心。但這次阿富汗情勢變化之快，確實讓人覺得事出突然，猝不及防，令人難以置信。

事發後，引起美國和世界輿論，尤其是美國盟友的一片罵聲，拜登總統不得不出面說明強調美軍撤離的必要性。但其實這完全是避重就輕，逃避責任的說法。因為沒有人質疑應否撤軍，而是何時撤？怎麼撤？撤後怎麼安排？如何用撤軍換取什麼條件……等一系列的問題

與安排才是重點。而美軍居然在以上問題全無考慮或準備不足的情況下，就抱頭鼠竄像逃亡一般地撤了，美軍參謀作業的幼稚不週，荒唐大意，實在不及格到令全世界都瞠目結舌的程度！我因而有幾點感想：

一、想起國共戰爭時，國軍只占據了大城市，鄉村卻都是共產黨的，最後鄉村包圍了城市，使國軍一敗塗地；越南的淪陷也是同一模式，當時南越除了城市被鄉村包圍外，甚至很多地區已是白天表面上是南越政府控制，但入夜後就完全是越共的天下了。這次阿富汗也是鄉間早已都被塔利班所控制，所以美軍一撤，3週就全國都變天了！而美軍給白宮的報告還評估政府軍至少可撐半年，美軍和情報部門的失職無能，實在可說是瞎了眼睛！

二、一個國家如果自己力量不足，不思安外休兵，反而處處要挑釁強敵，明知以卵擊石，卻要像阿富汗政府一樣把自身安全完全寄託在美國身上，真是自欺欺人，危如疊卵。眼下的台灣似乎正是如此，實在令人憂心。美國這次撤軍的表現，還能讓「盟國」繼續相信嗎？

三、美國對所謂「盟友」的態度完全取決於你對他有多大用處，一旦沒用了，或他找到比你更有用的，或維持盟友關係對他已不划算時，他就會毫不留情地把你甩掉，甚至賣掉。美阿20年同盟，且美國以10萬美軍駐在阿國，可算是最親密、最踏實的盟友關係了，都可以一夜之間一拍屁股就不告而別，連招呼都不打一聲，其他還不入流的「盟友」，將來能指望美國幫多少忙？

四、親美並不一定需要反中，有智慧的國家押寶也絕不能只押一邊，新加坡總理李顯龍曾說得非常明白，小國處在兩強之間，只知一味討好一邊，而極端仇視另一邊實在是沒有知識，沒有頭腦，非常危險且不負責任的做法。

五、塔利班與阿富汗政府直到最後關頭仍在卡達談判，政府希能與塔利班分權而治，但塔利班以8天攻下23省省會之勢哪裡還會答應？如在美軍未撤之前就先以撤軍為條件，提出分權而治的主張，那

就也許還有談判的可能。當年國共內戰時，在遼瀋、平津和徐蚌（淮海）三大會戰國軍都大敗後，國府還想和共軍談劃長江而分治，當然就是痴人說夢，被中共一口回絕了。如在三大戰役之前提出劃江而治，後果也許就未可知矣。可見當自身還有實力或還未被戳穿底牌前，未雨綢繆先做談判，才可為自己爭取到最大的利益，這個原則在兩岸關係上應該一樣適用，惜台灣兩黨為政者智慮均不及此，令人嘆息。

六、拜登撤軍前，預估政府軍與塔利班軍力人數上是 20：9，武器裝備上更先進一至兩代，原估至少可維持半年以上，最後則只十幾天就 Game Over 了，印度還不識時務地空運了 40 噸重炮和彈藥給政府軍，結果還未開箱就落入塔利班之手，這種事過去國共戰爭時也曾發生過，印度的錯估形勢，固屬昏昧，但阿國政府只想依仗外力以保國安也是極為幼稚。這兩天阿國總統、總統親戚、內閣部長、政要甚至軍方要員都陸續出逃，同樣的場景未來會不會在「別的地方」上演？令人觸目心驚。

七、1949 年中國大陸、1975 年越南、2021 年阿富汗所發生的事，太值得台灣人多警惕玩味了！否則也許有一天真會是一覺醒來就變天了，連怎麼死的都不知道啊！因成詩兩首以記之。

好戰必亡

窮兵黷武美利堅，燒殺濫炸血債懸。

災黎冤屈憑誰訴，好戰必亡在眼前[1]。

不義之師

倉皇鼠竄撤甲兵，黎民額手慶太平。

不義之師禍天下，美帝不衰世難寧。

寫於 2021 年 8 月 30 日

【註 1】「司馬法」仁本第一篇：故國雖大，好戰必亡；天下雖安，忘戰必危。

遊日月潭雲品溫泉酒店有感─
向張安平兄致敬

　　台泥董事長張安平兄不僅學貫中西，視野寬闊，尤令我輩同儕感到讚佩的是他對全世界整體經濟、財政金融、未來世界發展的方向與趨勢等，都有非常深刻的了解與研究，更難得的是針對這些未來方向與趨勢，他不僅在公開場合立論發言，希能影響政府提出正確的政策，並引起社會大眾的共鳴與認同；更從自身企業做出示範，以開風氣之先。最近引起大家熱議的永續發展及經營 ESG 概念，在所有安平兄管理的企業中都發揮得淋漓盡致，且都有多種對未來不同狀況的推演和備案，包括對員工的生活和照顧都列入考量。能把企業經營規劃到這種程度，實在就是一個企業家體現對社會責任的最佳表現。安平兄也曾多次代表台灣出席 APEC 的企業家峰會，在國際舞台為台灣爭一席之地，如此人才卻未能被政府所用，實為台灣的損失。

　　十數年前，我曾在未知會安平兄，更未獲首肯下，向層峰力薦安平兄之才，當然，即便層峰有所回應，以台灣今日政治生態及政務官所能發揮的空間而言，安平兄是否接受任何安排恐亦不太可能。我本意是層峰對本身不甚了解的財經金融等方面，應有最優秀宏觀的顧問以備諮詢，方可面對相關問題，提出最好的解決方案。惜以人微言輕，未獲回音，思之悵然。

　　安平兄另一項令大家折服的就是經營事業做一行像一行。原想他是水泥世家出身，因緣際會讓他出掌台泥固屬理所當然，但能把水泥業經營到配合未來趨勢，使台泥碳排放量低於國際標準，把花蓮水泥廠經營成觀光園區，與礦區原住民等共同創造出「台泥 DAKA 生態循環工廠」，又與和平港電廠三合一創造了一個循環生產的示範。集生產、觀光、社教、文化、美食、生態、永續發展於一身，徹底改變過

輯三
地

去大家認為水泥是重污染工業的錯誤刻板概念，因而廣受社會大眾肯定；並踏入電池、充電樁、儲能等領域，那就更不是一般的眼光和魄力了。

而最讓大家沒想到的是他以生手進入酒店經營管理業後，能把台灣雲品集團旗下十餘家酒店和在義大利投資的 5 家酒店都經營成藝術品一樣的品味，台北君品酒店的頤宮餐廳更連續 3 年獲米其林三星的榮耀（台灣唯一），真是令人讚嘆！我有幸每二週即可在君品享受一次六星級早餐，品味信有徵也！

大家如有興趣，可到日月潭雲品溫泉酒店就可領會什麼是像藝術品的酒店了。我有感而成詩一首以表對安平兄才華的敬意，及對雲品溫泉酒店的讚賞。

遊日月潭雲品溫泉酒店有感

嵐飄嶺外漫紫霞，雨潤煙濃暮山佳。
一泓碧水拂塵靜，雲品禪境道無涯。

巴西至友許啟泰兄閱此詩後覆文如下：

明湖澂，紫霞成綺，吾兄妙得，向晚禪趣，
恨弟未能如大千居士，賞此詩意，揮灑成扇，
雅墨在手，悟覺在心，異日對景，當真一快也。

寫於 2021 年 1 月 22 日

輯四

但願人長久 千里共嬋娟—寄正和

　　1974 年夏，我以普渡大學 (Purdue Univ.) 研究生的身份，獲美國商務部國家海洋氣象總署 (NOAA，National Oceanic and Atmospheric Administration) 的遴選，參加由世界氣象組織 (WMO-World Meteorological Organization) 所策劃有史以來全球規模最大的海洋和氣象實驗 GATE。(GATE 實為 GARP Atlantic Tropical Experiment 的縮寫，而 GARP 則為 Global Atmospheric Research Program 的縮寫) 所以 GATE 的全名實為全球大氣研究計畫大西洋熱帶實驗。

　　GATE 實驗共有全球 20 餘國參與，共動員了 40 餘艘研究船，12 架氣象觀察飛機，無數的定點海上浮標及南北緯 15 度之間自非洲西岸一直向西延伸到中美洲和南美洲東岸的整個海域及陸上區域。以西非塞內加爾 (Senegal) 的首都達卡（Dakar) 為指揮中心。共動員了各國氣象和海洋有關的人員 1 萬 5 千餘人，包括頂尖的氣象和海洋學者、工程師、技術人員、飛機駕駛員、船員、電腦人員、後勤補給人員、各參與國的政府相關部門人員等。實驗時間為 1974 年 7 至 10 月的 4 個月時間。至今為止，學術界針對此一實驗共有千餘篇論文發表，當時美、蘇、英、法、德、巴西等重要國家都有參與，且屏棄政治分歧，精誠合作，所有資料都由參與國共享共用，是人類有史以來最成功且規模最大的一次跨國科學實驗。

　　該實驗的緣起乃是氣象學者在 1960 年代以後，漸漸發現熱帶地區的大氣運動其實在全球大氣環流中扮演著極重要的角色，但苦於熱帶地區多為海洋或陸地的沙漠，大氣的觀測資料幾乎為零，所以希望由國際合作對熱帶地區做較完整且有系統的觀測，期能填補此一資料空缺而將氣象預報的準確度能自 3 至 5 天提高到 10 至 14 天。為達到

搜集觀測資料的目的，各研究船和浮標都在海上固定位置按時觀測發報，但遇特殊天氣狀況時，研究船艦和飛機就向特殊天氣區集中，以就地觀測。所以船艦飛機都是在追著大雷雨區、波動區甚至大風暴跑。經常連很有經驗的老船員都受不了船上的顛簸之苦。

我被遴選後，即被派往達卡及當時 NOAA 最大的研究船海洋學者號 OSS-01 Oceanographer (OSS，Ocean Survey Ship 是海洋探測船的縮寫) 上參與實驗，該船設備先進，噸位近 4 千噸，是 NOAA 研究船隊的旗艦，並兼實驗的指揮艦，在船上的生活可謂單調而多彩，我和一位美國海軍的 Hauser 准尉同一寢室，但我們的臥艙在船的水線之下，船艙鋼板外就是海水，所以波浪拍打到船殼時的聲響陣陣襲來，剛開始時，覺得很恐怖，幾乎不能入睡，但習慣後，反而成了催眠曲，真是奇妙。

我們學員每天按 8 小時輪班，每天除了每小時觀測氣溫、氣壓、溫度、風力、風向等基本資料外，另要每天兩次施放探空儀 (Radiosonde)，即是由氣球帶著附有觀測高空氣象參數數據的自動發報機，將記錄傳到船上的接收器。

我們要負責接收和記錄，另要不定時投放南森採水器 (Nansen Bottle) 以採集不同深度海水的溫度、水樣、鹽分等資料。投放時，我們要在船舷外的一塊小甲板上作業，海況不佳風浪大時，有落水的危險，所以都要在背上吊掛鋼勾，以免意外。另外，每天要參加由首席科學家韓森博士（Dr.Kirby Hansen）召開的會報，針對實驗進度與每天觀測結果，與其他船艦資料的比對等議題做討論，工作是很忙的。

因為在赤道附近的盛夏，所以日照極烈，每天都只穿短褲赤膊地「上班」，幾個月下來曬成黑炭，船上的伙食極好，幾乎每餐都有一塊 8 到 12 盎斯的大牛排，我們是與士官長同等的標準，比官廳供應的差一級，但也有專人點餐與服務。每天下午有各色冰淇淋，無限供應，所以吃了一星期後，就要在船上跑步，以便消化熱量。

船上最重要的休閒就是每晚在大廳放一部電影，日子不算太無聊，但最大的問題就是與外界完全隔絕，沒有電話、沒有電報（除非緊急狀況），一個月只可收發一次郵件，是最不能適應的地方。但因此機緣，讓我有機會在船上參與實驗，而在海上每二十多天就有一次進 Dakar 港整補休假的機會，也讓我暢遊塞內加爾，甘比亞（Gambia）、馬利（Mali）等西非國家，可謂不虛此行。

當時，我在普渡大學的博士論文正寫到一半，若干電腦資料尚未完成，所幸指導教授史密斯博士（Dr. Phillip J. Smith）仍鼓勵我參與實驗，蓋亦是為學校做了最好的宣傳與表率（全美只有 31 位各著名大學的研究生獲選）。對 Smith 教授的愛護，至今銘感五內。另一方面，我在普渡初識正和，甚為心儀，且留美 5 年，學業行將結束，亦有成家之念。故追求甚殷，惜元月相識，6 月我即需遠行非洲，我在行前先預做安排，囑咐花店每週按時送上玫瑰鮮花一打，並奉上思慰的卡片（連花店老闆都驚訝於來自台灣的學生，居然有如此羅曼蒂克的心意和所費不菲的手筆）。一去將近半年，且在大西洋上完全無法互通音訊，故雖離情依依，在船上只能默唸祝禱，是年中秋節在海上面對明月，我填水調歌頭詞一闋遙寄以明跡。

在美國普渡大學修博士學位時的指導教授 Dr.Phillip J.Smith 教授夫婦應我安排於 2000 年由中央氣象局邀請來台參訪並發表演講。

但願人長久 千里共嬋娟—寄正和

金波玉繩轉，秋水碧連天。
萬里豪情壯志，功名豈等閒。
宴開滿堂花雨，虹飛一劍霜寒，
曾幾識悲歡？醉臥美人膝，醒掌天下權。
忽回省，驚馳騖，笑當年。
知己紅顏，白首寧負此心堅。
俯仰無愧天地，褒貶自托神遣。
長揖謝斯言！
靈臺何所似，皓月正當前。

寫於 1974 年中秋於大西洋海洋學者號研究船上

1974 年在海洋學者號上留影。

燦爛的流星—告別公職及黨職有感

　　我 1984 年初任第一屆第 4 次增額立法委員，時年 38 歲，是當時最年輕的立委之一，同屆最年輕的立委還有簡又新、黃正安、郭林勇、李勝峰、林鈺祥等委員。1987 年連任一屆，但 1990 年任滿前，即蒙中國國民黨徵召出任兼職之中央海外工作會副主任，算是正式踏入政壇。當時另兩位立委郁慕明兄被徵召擔任中央組織工作會副主任，趙少康兄被徵召擔任中央文化工作會副主任。這是黨中央為促進黨機器年輕化和內造化，且透過提攜增額立法委員進入中央以強化與基層連繫的重大改革措施之一。

　　隨後又於 1990 年被黨中央任命為台北市黨部主任委員，與黃大洲市長、市議會陳健治議長共同推展台北市政建設。1994 年我又奉調升任為中央文化工作會主任（中央宣傳部部長）並兼任黨中央發言人。主管全黨的政令宣導，中心思想、政策及理論的樹立，形象塑造與文化藝術及學界的聯繫，與媒體的溝通及負責選舉期間之各項文宣工作及國際宣傳；另需代表黨中央並針對政府各種政策公開發言，回答詢問。幾乎每天都在電視及報紙上出現，曝光率及知名度當時高居政治人物前十名之內，可算出盡風頭，所幸近三年的發言基本上沒有出過差錯，未受批判，算是極為幸運。同時主管所有黨營文化事業及媒體的人事、政策、營運和財務，包括中國電視公司（中視）、台灣電視公司（台視）、中華電視台（華視）、中國廣播公司（中廣）、中央日報、中華日報、中央通訊社、正中書局、博新多媒體集團……等公司。除了擔任上述各公司的常務董事外，亦要督導各公司的業務發展，也要主管各公司的重要人事任命、財務、政策、輔選責任……等，在政壇亦算權重一時。

　　1996 年我被調升為中國國民黨中央委員會副秘書長，先後輔佐

許水德、吳伯雄、章孝嚴共三任秘書長，1998 年調任為中國廣播公司董事長，2001 年復被調任為中天電視公司董事長，2002 年離任。自1983 至 2002 年的 20 年間在政壇有如曇花一現，曾散發過一些光芒，但隨後即無影無蹤，消聲匿跡，猶如在政壇蒸發；蓋因我堅守職業道德和倫理，我認為不在其位，就不謀其政，故自離職後，雖有多家媒體或節目邀請我發言，評論或紓文，均被我婉拒；對中國國民黨的人、事與政策；以及政局、時事、突發事件等，無論是口頭或書面，均未再有一字一句的批評或議論，對政局亦未再公開發表過任何意見。

廿年間算是歷經宦海沈浮，受到很多肯定與讚賞，也遭到不少誤解與委屈，在台上時萬人追捧，門庭若市，一天內需排二十多個行程，一晚吃 5 頓酒宴；每早 7 點半上班，一直忙到夜裡 11 點才能回家，鮮少可與家人共餐，選舉期間更是無日無夜，有時就連續睡在辦公室數週以備戰。但下台後門可羅雀，頓歸平淡，廿年來也看清了誰是道義之交，誰是酒肉朋友，誰是真小人，誰是偽君子。箇中滋味和人情厚薄真是如人飲水，冷暖自知。

記得先嚴先慈在我從政前即曾一再告誡，謂我個性太直，又富正義感，逢迎拍馬不屑於做，拉幫結派更非所長，只知盡忠職守負責盡

主持中國國民黨中央文化工作會研討會。

職，所以實非做官之料，所幸一路走來雖的確小人不斷，但也一路都有非親非故的貴人相助，倖尚能有機會略展抱負，但亦深感身處官場之不易。好在自從政第一天開始，我即有下列三項心理準備：

（1）做官是暫時的，做人是永遠的。

（2）能幫人處且助人，不求回報；能饒人處且恕人，不計前嫌。

（3）為人須顧後，上台應知總有下台時。

　　所以我辭官後的心理適應非常自然且豁達，離任後反有非常輕鬆，解放的感覺。因成詩一首以為誌。

告別公職及黨職有感

赤子胸懷本如鏡，洞觀人世炎涼情。

辭官方免折腰累，留得丹心照汗青。

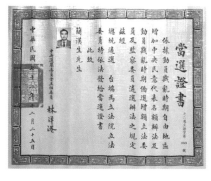

檢視中日關係—甲午感懷

2014 年 9 月 3 日，我正率團在新疆訪問，思及當年恰逢 1894 甲午戰爭清廷戰敗，與日本簽訂馬關條約割讓台灣 120 年之國恥年，而 9 月 3 日又是對日抗戰勝利紀念日，感懷之餘，謹將我最近這些年，對日本這個國家以及大和民族許多方面的感想、行為及對待歷史的態度提出若干看法和疑惑，就教於方家。

（1）日本右翼人士心中的想法

很多日本右翼人士都認為老天對日本太不公平，因為以日本如此「優秀」聰明勤勞的大和民族，卻只能在區區不到 38 萬平方公里的 4 個小島上發展，不僅面積小，且沒有任何重要的天然資源，反而是火山爆發、地震、颱風、海嘯等天然災害不斷。反觀像中國人這樣的「劣等民族」，卻占有數十倍於日本的土地，和相對豐富的資源，這是他們所不能接受或容忍的。因為太不公平，所以他們自認有權力，也有正當性去發動侵略戰爭，占領別國土地，掠奪別國資源，以幫助日本大和民族的發展。以此基本心態為出發點，就發展建立了許多歪理來正當化，美化他們對其他國家民族（基本上許多都被日本人認為是「劣等民族」）的傷害。

歷代日本政府就在教育上把這些歪理當成是真理正道，來教育日本的後代和社會大眾。也因此，他們對二戰時期日本軍國主義帶給中國和許多亞洲國家及人民慘無人道的暴力傷害，到今天為止都從來沒有表示過歉意，更不要說表達悔意或認錯反省。因為他們至今仍認為那些侵略霸凌是維持大日本帝國生存發展所必須的行動，也是完全可以被正當化且應被接受的日本生存之道。至於說造成別國國家和人民的傷害，從不在他們考慮之內，說穿了就是「誰要你弱小，活該被我們滅掉」的物競天擇邏輯。二戰雖然最終日本戰敗，但他們只承認敗

給了美國，從來不認為是敗給了中國。

　　最近日本雖然極力附庸於美國，但他們也絕非心甘情願，反而是耐心地在等待下一次機會的到來，而能遂其「大東亞共榮圈」的美夢。現階段，他們正在設法逐步擺脫二戰後和平憲法對其擴軍的限制，並一味討好美國，希能讓美國作為他們再次經營亞洲的後盾。當然對他們最大的絆腳石就是中國的崛起。回想直到上世紀 70 年代為止，唯一可與西方列強平起平坐的亞洲國家就只有日本，甚至日本的意見就代表了全亞洲。但 50 年來此一形勢已有翻天覆地的變化。右翼份子目前也只能暫時滿足於盡一切力量與美國合作，以遏止中國崛起的速度而已。

（2）日本是最看不得中國崛起的國家之一

　　日本右翼份子雖然至今也不認為發動侵華戰爭、偷襲珍珠港、發起太平洋戰爭有什麼不對，更對許多日軍的暴行不是予以美化開脫，就是直接予以否認，甚至包括南京大屠殺這種罪行都敢於否認。實際上日軍在侵華期間所犯的罪行使他們就像是一群禽獸不如的畜生，根本沒有資格被稱之為「人」。雖然至今他們不承認侵華當時的罪行，但他們哪裡會不知道當年他們的祖先曾在中國犯下多少滅絕人性的滔天大罪？正因如此，日本是最害怕中國崛起的國家之一，因為他們清楚地知道，傷天害理，作惡多端，不會每次都被「以德報怨」！他們最擔心害怕的就是中國崛起後，會找機會把舊帳都拿出來清算一卜，他們害怕到時候難逃應有的報應。

（3）日本人只能以力服之，不可以德化之

　　如前所述，二戰日本戰敗，但他們只臣服於被美國的原子彈所轟服，但對中國的以德報怨，沒有要求他們賠償道歉，不要求在日駐軍，卻至今也未對中國感恩戴德。就可充分說明日本是一個要被打趴在地，知道再不服軟就活不下去的時候，才會服貼。至於道德感化，人道赦免對他們來說只是實力軟弱或是條件不足的表現，毫不值得珍

惜。這種個性很可能與他們崇尚的「武士道」精神有關。

　　一個最明顯且令人作嘔的案例，就是日本人對待二戰時期造成日本最大傷害、死傷平民最多、號稱「二戰第一屠夫」李梅將軍的態度。李梅全名是 Curtis Emerson LeMay，二戰時任美軍太平洋空軍轟炸司令，在他的設計、規劃及領導下，自 1944 年 11 月至 1945 年 5 月，向東京、大阪、神戶等日本重要的 96 座城市發動了 106 次大轟炸，共出動了數千架次的 B-29 超級空中堡壘重轟炸機，投下 9 千餘噸的凝固汽油彈，共造成超過 50 萬日本人死亡，250 萬幢建築被毀，800 萬人流離失所，東京市中心 41 平方公里面積內被燒成平地，連銅都全部被融化殆盡，而銅的熔點是攝氏 1083 度，可見被燒得慘烈程度。

　　但最有道德爭議的是，雖是戰時，但大轟炸的死傷者絕大部分都是平民。當時日本人恨稱李梅為「鬼畜」，對日本造成傷害之深其實遠超過兩顆原子彈！對這樣一個屠夫，日本居然在 1964 年由自民黨參議員源田實提案並通過將日本最高級別，須由天皇親自簽署親自頒授且蓋上「大日本國璽」的「勳一等旭日大綬章」授予李梅（時已任美國四星上將戰略空軍司令）。名義上是表彰他對創設日本航空自衛隊的貢獻，實際上是美日兩國為了地緣政治需要的狼狽為奸。

　　因為源田實在二戰時任日本空軍上校，曾參與珍珠港偷襲，神風特攻隊的規劃，戰後不僅未被列為戰犯，反而升任日本航空中將總司令，後並當選參議員，美國曾在他退役時頒授「將領級軍團殊勳章」，所以源田實投桃報李，而提案授勳給李梅。說穿了，就是美日為了適應戰後地緣政治的需要而作的利益交換，也是日本向美國表達真正被打服貼了的「投名狀」，也就說明了日本的個性是愈把它打服氣了，他們愈聽話，甚至可以把你當祖宗。至於日本的國格名譽，都是可以被犧牲的，而平民百姓的死活更不在他們的考慮之內，倒霉的永遠是無辜的百姓。

　　從這個案例我們可以看出日本人為了現實需要，被打趴了後絕對

可以卑躬屈膝，但如果是他們打贏了，就不會把對手當人看待。對付日本人這種「奴性」，就是一定要把他們打到匍匐在地，再廢了他們的武功，讓他們永世不得翻身，他們才會服貼。

　　用道德感動或施恩要去感化日本人，是天方夜譚式的夢想和幻想，只有用能夠讓他們被徹底摧毀的武力打趴他們，他們才會低頭叩首而臣服。在這件「授勳」醜劇中，唯一表現得還算有點羞恥心的反而是裕仁天皇，因他自始至終都拒絕親頒勳章給李梅，算是給日本保留了最後一絲的尊嚴。

（4）識破日本人的形象包裝術

　　日本人表現在外的形象和心中真正的想法往往有很大的差距，常讓人不知哪一個是真的？就以外在的禮節來說，日本人是最多禮的民族，照理說如此講禮節、守規矩的人怎麼會在二戰時做出那麼多連禽獸都不如，毫無人性的行為呢？有人認為這正是因為日本人在平日生活中受到了太多禮節和社會傳統的規範和壓抑，所以一旦到了國外就覺得可以膽大妄為，加上抱有侵略者的征服感後，心中的獸性就完全發洩出來。尤其把被征服者不要當人看待，或是把被征服者當做是次等甚至劣等民族，而認為殺之虐之正是在替天行道，同時也是為了大日本帝國的生存發展在掃除障礙。那他們就可以對自己的獸行取得合理的解釋，而毫無歉疚或罪惡感了。

（5）日本政客的重度奴性

　　日本政客雖口口聲聲希望爭取日本成為一個「正常化」國家，極力想擺脫和平憲法對軍備的限制。但據我過去與許多日本國會議員、外交官和政客的交往中，又發覺他們對美國長期將日本幾乎視為附庸，在日本有約 6 萬駐軍，建立 20 個軍事基地，且人員與基地均享有治外法權，在軍事和外交上都已嚴重侵犯日本作為一個獨立國家的主權一事，卻又都甘之如飴，且認為這是很好的安排。這種看法甚至

是在中國國力尚遠不如日本，更沒有所謂「中國威脅論」產生之前時，就已是日本政客的共識，這一個矛盾是我至今除了以「奴性」視之外，想不出更合理解釋的一個疑團。

綜上所述，又有感於日本最近又在釣魚台列島及其他各方面尋釁，表明日本至今仍不願記取歷史教訓，全球華人對此同感憤慨，日本果若膽敢再挑戰端，全球華人必會同仇敵愾，令其付出最高代價，因填如夢令詞一闋以為記。

甲午感懷

甲午、秋風、馬關。
百年滄桑台灣，
倭患今又起，東海戰雲變幻。
變幻、變幻，踏破富士山畔。

寫於 2014 年

依仁祈壽─對老人福利黨的期待

　　2014 年 3 月 18 日至 4 月 10 日期間，台灣爆發所謂「太陽花學運」，大學生及若干公民團體因反對兩岸簽署「兩岸服貿協議」而用靜坐抗議、遊行、示威、罷課、罷工、公民不服從、網路動員等方式或訴求，進而占領立法院，衝進行政院，造成政府的癱瘓，使兩岸服貿協議胎死腹中，並因此而加速了國民黨總統馬英九與立法院長王金平的互不信任以至公開決裂，影響兩岸關係發展至鉅，並種下 2016 年總統大選國民黨大敗的重要原因之一。事後證明這一切事件的幕後都有民進黨在暗中操控及運作的影子，民進黨勝選後，更公然將參與者聘為黨內高官，為社會立下最壞的示範。也第一次讓台灣社會認識到電子網路通訊及社交媒體動員的力量，及所謂「網軍」對青少年思想及行為的影響，言之令人痛心。

　　最讓我感到失望的是參與太陽花學運的青年人對活動的內容、訴求、影響均無了解，卻為區區幾個便當和走路工之類的小利，把占據立法院、破壞公共秩序、搗毀公器當做是在露營野餐；且強占公署，毀損公物等暴行居然都被司法機關以「公民不服從」為由，判處無罪，反而是維護秩序的警察被判執法過當而有罪。台灣的民主與法治可說是病入膏肓，無可救藥！尤其許多參與太陽花的年輕人，平日只知食來張口，錢來伸手，啃老終生，猶不以為恥；未繳過一毛錢的稅，未對社會做出過任何貢獻，卻只知道要權利，要享受，甚者更遊行鬧事，占公署、打警察，還把打砸搶燒，形同強盜的香港憤青當榜樣，社會再這樣縱容下去，是對絕大部份打工賺錢，自力更生，努力奮鬥，對社會極積貢獻的青年不公，社會公義也必將毀於一旦。

　　我常希望有人出面組織一個「老人福利黨」，一切都以老人的食衣住行等生活福利、醫療、養護、休閒、照顧、殯葬、送終……的安

輯四

悟

排為宗旨，面對台灣社會老年化日益明顯，65歲以上人口占比已近20%，且年年增加，這些訴求都會愈來愈重要。但目前各政黨雖都把老年安養照顧放在嘴邊，實際做的卻非常有限且遠不如理想，而一切民粹主張都動輒要以青年的發展和未來為主，動輒說青年是國家未來的希望！但若將來真要以像太陽花一類的青年發展為依歸，把國家未來的希望寄託在「大港開唱」那些青年人身上，這個國家不完蛋才怪。如果要把我們辛苦累積的個人和社會財富留給像參與太陽花暴亂的不肖後生，我是死也不能接受！建議吾輩對子女的態度應是若子女上進友孝，就留些給他們，若子女像太陽花一樣不肖，不如趁我們還活著時，對自己好些；剩下的就捐給社會公益慈善團體，絕沒有任何義務再去養那些畜牲或還要給他們更多的遺產、福利和權利！

我年已古稀，但年齒愈高，愈感時光飛逝，往往令人心驚，生老病死的規律固然無人能改，但面對人生是苦是樂，其實往往是看每個人的態度，很多事根本不在我們的掌控或預料之中，所以實在應該用豁達的態度來面對，庶幾可活在當下，不後悔過去，不奢望將來，以求心安。

雖對健康和長壽都很重要，但長壽最重要的因素卻是心理的健康。我一生遇事常往正面想，正面看，多相信，少猜疑。雖有時吃虧上當，但可求心安。我生性仁厚慈和，取人之善而不記人之過；寬以待人，嚴以律己；從不算計人，更從未加害於人。不搬弄是非，不逞快口舌。誠以對人，謹以處事。節儉惜物，但不吝嗇。施恩不望回報，恕人不計前嫌。且基本上是樂天知命，自求多福。雖知來日無多，但自信可「樂夫天命復奚疑」而享彭祖之壽也！因成五言詩以為記。

依仁祈壽

流光如逝水，白髮鬢毛催。
寬仁天地闊，壽彭捨我誰。

人生七十古來稀—老當益壯

　　我 1946 年出生，至 2015 年虛歲已邁入 70 大關。古人說「人生七十古來稀」，這是因在古時，衛生、醫療及各方面保健條件較差，平均年齡大約只有 50 歲左右，近代醫護進步，台灣地區平均壽命已達 81.3 歲，其中男性平均 78.1 歲，女性 84.7 歲，已進入標準的高齡甚至是超高齡社會。整體來說，這個統計數字一則令人喜，但亦令人憂，喜的是這些統計數字充分表示台灣各方面的進步，在人均壽命之高上充分表現出來。但令人憂的是台灣對高齡甚至超高齡社會的準備，尤其是法律、醫療、社福、安養、長照等各方面都還仍有極大的改善空間。

　　今人說「人生七十方開始」，無論怎麼說，70 歲應是人生一個重要的節點。轉眼之間，居然自己也已 70 歲了，感慨於流光飛逝，雖仍壯心未已，仍想有所做為，但又知時不我與，再大的雄心壯志，也不得不向時間低頭了。

　　慚愧的是回首 70 年，雖如過眼雲煙，但也才驚覺居然自己享受過那麼多的美好時光，卻也曾做過那麼多的傻事，沒能把握那麼多好的機會，沒有做那麼多該做的事⋯⋯。

　　誠如王羲之《蘭亭集序》裏所說「向之所欣，俯仰之間，已為陳跡」，實令人惆悵不已。但是行年 70 最多的感受還是感恩：一是感謝簡家列祖列宗，積善積德，庇蔭後代子孫；二要感謝先嚴先慈生我、養我、育我，讓我基因優良，身體健康，享受了最安全、最充滿對我關心愛護、無憂無慮的童年；也讓我受了最完整、最現代化的教育，奠定我能為社會略做貢獻的基礎；三要感謝所有的長輩親人，尤其是家人，對我的疼惜與體恤，讓我在任何環境下都無後顧之憂；四要感謝所有提拔照顧我的長官長輩和貴人，讓我有一展抱負的機會；五要

感謝所有的老師、指導教授、同事、同學、朋友對我的愛護與支持，讓我永遠沒有感到過孤單，反而常覺得道多助。

我一生敏於向學，勇於任事，勤於自省，樂於助人，簡約愛物，仁厚惜福，誠信待人，樂群敬業。敢說從未設計遑論加害過任何人。平居恆以溫良恭儉讓及朱子治家格言為訓，居官則以唐太宗百字箴自誡，不遷怒、不諉過，尚勉可無忝所生，而今最應學習的意境就是陶淵明的「採菊東籬下，悠然見南山」和「聊乘化以歸盡，樂夫天命復奚疑」了。

70歲的那年，我出版了《秋風寶劍孤臣淚，落日旌旗大將壇》一書，將一生不同階段的一些雪泥鴻爪，以及先嚴爾康公的若干文字給自己留下一點紀錄做為留念。如今已78高齡，又將自己的詩詞拙作及各處演講與發表的文章彙整出書，也算是對自己活到老、學到老的一個交待。

以個人來說，可說是托天之幸，至今在應對年華日漸老去的現實上，各方面都還尚可應付。而回顧一生從赴美留學、遊學加勒比海及非洲、遠赴南美巴西，遍訪中南美各國，又有多種機會周遊五十餘國參訪，或代表台灣折衝樽俎，參加多項國際會議或活動，並在國會議政、參與機要，引領媒體，抒發心聲，都小有所成。亦算不虛此生矣，因成詩一首以為誌。

老當益壯

一枝獨秀七旬翁，掃穴犁庭世稱雄。
單槍轉戰三萬里，春風常伴玉蛟龍。

歲月洗鍊─回憶與藝文、表演、體育界結緣及重見故人有感

　　我任國民黨中央海外工作會副主任時，與僑委會合作，共同籌組影視明星宣慰海外僑胞訪問團。當時，每年由僑委會或新聞局主辦，國民黨中央海外工作會協辦；並由中視、台視與華視3家電視台配合中影、各大劇團等單位，邀請影視明星、名歌星、熱門節目主持人、雜技、說唱名角等組成宣慰僑胞訪問團，在各重要僑社的演出，可謂是僑社的年度盛事。因為那時的媒體業遠不如現在發達，出了洋的海外遊子與台港乃至大陸就等於在文化上失去了聯絡。每年就只能靠這些公私表演團體或偶爾的個人演出來慰藉海外華僑的思鄉之情，所以極受歡迎，絕對是場場爆滿，一票難求。所有參與演出的人員也都是全義務性質演出，不計辛苦與酬勞。但一方面可擷獲許多海外觀眾的向心力和知名度，對本身未來的演藝事業極有幫助；另一方便可結識不少同行同業和海外好友。更因當時想要出國演出並不容易，無論是費用或安排，都非個人力量所可以達成，所以參加者競爭激烈，更何況一次巡迴演出約兩個月，走訪十餘個國家，等於免費參加了有導覽和全程交通、入出境、食宿先好安排的旅行團，周遊列國，觀光攬勝，實可說是皆大歡喜。

　　我任立法委員時，又受行政院新聞局宋楚瑜局長的委託，率領復興國劇團赴美國與中南美洲、智利、玻利維亞、秘魯、厄瓜多、哥倫比亞、巴拿馬、瓜地馬拉、哥斯大黎加等國巡迴演出。在各國演出時都極為轟動，透過我駐外單位的安排，在各國演出時都會晉見當地政府高層，一方面可藉機宣揚中華文化，亦可加強邦交，因為晉見的都是當地國的政要、副元首，甚至元首（或夫人）。先後有金樹基大使、曾憲揆大使、黃傳禮大使、王孟顯大使、柯森耀大使、宋長志大使、

王昇大使、夏功權大使、陸以正大使、吳祖禹大使、王允昌大使、陸斌大使等陪同我與重要團員晉見了哥斯大黎加總統、巴拿馬總統和副總統夫人並共餐，瓜地馬拉執政團主席、玻利維亞總統夫人、秘魯總統夫人、智利軍政府負責人等，算是一段非常難得的文化交流與外交經歷。

1984 年，我又接受了台灣籃球界的熱心好友王人達和陳飛鵬兩兄的委託，率領以國泰女子籃球隊為班底的中華女子籃球隊赴中南美洲比賽，出訪巴西、阿根廷、智利等國。隊中表現最突出的球員就是當時已漸露頭角後來最出名的錢薇娟，另有祁慶璐、齊璘等好手搭配，所以實力不弱，雖然身材仍是最弱一環。但已使中南美友邦籃壇第一次見識了中華女籃的實力。有了這些帶領文化、藝術、體育等團體出訪的經驗，且主要都是訪問中南美僑區，使我在中南美各僑社打下很好人脈和知名度基礎；另一方面，也讓我對文化、藝術、體育發展頗為關心，也因此結識了不少這些領域的好朋友。後又任國民黨中央文化工作會主任，與全台文化藝術、演藝、音樂、體育等各界人士都有定期聚會而結緣。最近有機會重見若干故友，大都保養甚佳，駐顏有術，但畢竟今非昔比，可見外在之美究難長久，有云「不許人間見白頭」，當知歲月之無情；唯有內在充實方可維持久遠雋永。

舊識中如阮虔芷發揮製作才能，事業有成；周丹薇醉心文化藝術，成為琉璃創作大師，作品精美，令人驚艷！類此內在之才或美，方更令人欣賞敬服也。因成詩一首以記之。

重見故人有感

一別佳人三十冬，重逢喜見舊顏容。
人間豈有不老藥，內蘊英華勝虛榮。

憂國憂民—觀兩岸時局有感

　　1949 年國府遷台，兩岸隔海峽而分治，但兩岸政府均主張一個中國，即主權並未分裂，只是治權所及的範圍有所分隔而已，但兩岸的分裂分治以及早期八二三砲戰，海峽中雙方的空戰、海戰等極端敵對的武裝鬥爭，使過去雙方似都從未想過應如何摒棄武力解決問題的思維，而應好好坐下來談出兩岸都能接受的和平解決方案。

　　2008 年好不容易等到馬英九當選總統，且是在立法院享有 3/4 多數的絕對執政，大家原期待他能一鼓作氣定下兩岸乾坤，我亦多次私下勸他鼓起勇氣為兩岸和平統一大業奠下基礎，尤其在第二任已無連任壓力時，更應有所作為。可惜他的兩岸政策似乎只想永遠維持兩岸分裂分治，抱著關起門來做小皇帝的思想，甚至是拿著「獨台」的思想，跟著民進黨台獨主張的屁股後面拜，絲毫未能從中華民族偉大復興和擺脫美日帝國主義和軍國主義思想的牽制和長遠發展的立場來思考兩岸問題，言之令人痛心！

　　2016 年民進黨二次執政，開始推動一系列去中國化，一中一台、文化、台獨等政策在國際上，更完全倒向美日一方，甚至為虎作倀，處處幫助帝國主義打壓中華民族的生存與發展，只想維持兩岸經貿關係，賺取對大陸貿易的順差，卻在政治、文化、教育、國防、外交等多方面大幅度提高對大陸的敵意，致使兩岸無論官方或民間的交流都跌入谷底。

　　隨著川普上任，中美之間的矛盾亦愈來愈深，貿易戰、科技戰、金融戰等陸續發生，而尤其危險的是美國亟欲把台灣人民當作炮灰，而由民進黨政府全面配合，不斷把台灣當成挑釁大陸的棋子，希望引發兩岸的武裝衝突，一方面削弱且嫁禍大陸，一方面可賺飽對台軍售的利益，可說是狼子野心，喪盡天良，只想發戰爭財，賺沾滿血腥的

軍火錢，道德淪喪已無底線。我心憂之成詩一首：

觀兩岸時局有感

我豈無心鎮海濤，老驥伏櫪壯心豪。
孤臣無力挽狂瀾，安得金劍鋤奸鰲。

寫於 2017 年 4 月 2 日

君子之交—因影贈詩

2020 年 7 月 15 日，國際經濟合作協會理監事會後，高志尚理事長賜宴，我與老友台北市進出口公會前秘書長黃俊國兄合影，我愛影中神韻，將之傳予友人存念。

巴西至友許啟泰兄收到後，成七言詩一首見贈，詩云：

影

雙眉寬處是襟胸，闊口能盈萬粟鍾。
若問從心何所欲，壯懷千里氣猶龍。

寫於 2019 年 1 月 29 日

啟泰先生乃當代才子，世新畢業後旅居巴西已近 50 年，先生對中國文學、歷史、文化、藝術、考古、文物乃至近代各大家之書畫作品均有涉獵研究，尤可過目不忘，出口成章，有下筆萬言，依馬可待之才，令人敬佩。我與先生相交數十年，聚少離多，然人之相知、貴相知心，雖遠隔萬里，蓋絲毫無損相互之情誼與信任也！先生對我美言有加，實受之有愧，謹作為自勵自勉之語受之矣！

為報先生佳言美意，亦成七言詩一首續貂，祈方家賜正：

諍友殷勤頌良衷，倚馬奇才世難從。
君子之交淡若水，期早抵掌醉千鍾。

寫於 2020 年 7 月

多情最是少年時—憶初戀情傷

　　我和慶旭是 1965 年的暑假在救國團金山青年活動中心相識，當時我剛唸完大一，正要升大二，暑假時參加了救國團的夏令營。慶旭比我高一屆，在台大植物系就讀，夏令營時間不長，記得是三星期左右，但因活動很多且排得很緊密，三餐、上課、活動、戶外運動等都在一起，可說是朝夕相處，所以很快同學們都熟識了起來。

　　記得當時同學有岳鑰、王貴恆、胡介等。慶旭身材高姚，氣質優雅，所以很快就引起我的注意，而從試探的接觸中也知道她對我亦頗有好感。但因比我高一屆，我是所謂的「打高射砲」，在當時並不多見，但我覺得既然互相欣賞，也不必顧慮差一歲的年齡了。

　　夏令營結束後，我正式開始和她約會，如沒記錯，第一次約她是一起觀賞奧黛麗赫本（Audrey Hepburn）和雷克斯哈里遜（Rex Harrison）主演的《窈窕淑女》（My Fair Lady）。有了第一次的約會後，兩人感情就直線上昇，不僅在校園內出雙入對，週末或假日也攜手出遊，形影不離；當時在台大校園算是非常出名的一對。所以台大杜鵑盛開的椰林大道、傅園、地理系教室和植物系的苗圃、圖書館、活動中心等都遍佈了我們的足跡，很多我們的同學也都給我們祝福，並時常充當我們互相的連絡人或傳話人，因為當時只有靠家中的電話連絡，非常不便，且難逃她家中的監控。

　　因為交往過於密集，終於引起了方伯母的注意，尤其知我比她還低一班時就開始堅決反對，甚至用了許多很極端的方式來阻撓，包括將慶旭禁足關在家中，動員認識我們兩家的長輩來遊說先嚴先慈，希他們施加壓力勸阻我們的交往。先嚴先慈倒是十分開明，先見過慶旭並徵求她的意見，知道她自己非常希望和我繼續維持關係，並表示一定會抗爭到底，不受她母親的擺佈。於是先嚴先慈對我們表示，站在

簡家立場完全接受慶旭，所以我們是否繼續交往，完全由我們自己決定。在慶旭台大畢業且在台做了一年事以後，準備留美前（我讀大四時），就在我們家祖宗牌位前，在先嚴先慈的見證下，拜了天地，私訂終生。我也信心滿滿地表示待畢業服完兵役後，我很快就會去美國和她會合，共結連理。直到她在松山機場登機前，還向我三姐簡潔表示既以身相許，此志不渝。（我不便去機場送行，怕她母親會當面教訓我們，使她哭哭泣泣地離台。所以拜託在泰航工作的三姐代我送行，並替她安排了最好的機位）！

但讓我萬萬沒有想到的是自 1968 年 9 月，慶旭到了美國猶他州的布理漢楊大學（Brigham Young Univ.）後，我雖每週至少寫一至兩封信給她，未嘗間斷，但她只回過我一封短信和一張明信片，且都可嗅出已不帶任何感情，我連續發了數十封信均未獲回音；在極度失望與不解之餘，曾在 1968 年底和她通上了一次電話，但說不到 3 分鐘，她也沒說出個所以然就掛斷了。從那以後，她就如斷了線的風箏，從此音訊杳然。台大三年多如膠似漆的情感就這樣無影無蹤地消逝。「到底為什麼？」的疑團一直在我心中盤旋。

2010 年我們共同的好友，大學同學石美英女士旅美多年未通音訊後，忽輾轉與我取得聯絡，並談及希安排我與慶旭見面，以解我心中近半世紀之疑團，對美英之苦心我實極為感激，蓋舊友古道熱腸，四十餘年前即為我與慶旭之關係奔走相助，如今在我未請求下，仍以我之感受為念，實有心人也。

直到 2012 年春，才在石美英的熱心安排和協助下，和慶旭在她母親現住的長庚養生村見面，並在她返美前在電話中親口向我道歉，說當時確實是擋不住她母親的壓力及她身為長女必須照顧弟妹生計的負擔，而決定斷絕和我的關係與往來！因為要等我也能在經濟上支撐她和她家中的需要，恐至少需再多等個 5、6 年，所以她在 1968 年底就已經嫁給了一位美國籍的教授，說明了一切都是為了因應當時她現

實環境的需要而把我當作了犧牲品。

　　這件事當時對我精神的打擊很大，但事後也早已釋然，只能說是時也命也，沒有什麼可遺憾，更沒有什麼好抱怨的！回溯自 1968 年慶旭出國後至 2012 年，倏忽已 44 年未曾見面，造化弄人，夫復何言，因將當年成詞 3 闋略為修改以為記，調寄望江南。

台大鴛盟　別情依依

多少夢，椰林大道中。
情深相偎訴離衷。
盟誓猶勝杜鵑紅，
別後未重逢。

長輩作梗　好事難圓

多少恨，煙雨碧潭中。
紅箋道盡平生意，
鴛鴦比翼幾回重，
怎奈惡東風。

相思夢斷　此恨綿綿

多少淚，相思斷腸中。
三載佳侶情如頌，
一朝勞燕各西東，
無語問蒼穹。

輯四

悟

2021 年春，我重遊台大校園，椰林大道上杜鵑花盛開如舊，但早已人事全非，因而成詩一首以記之：

春遊台大校園懷舊以誌當年初戀情傷

滿園春色杜鵑紅，倩影依稀綺夢中。

白首重遊傷心地，花容依舊水長東[1]。

寫於 2021 年 3 月 21 日

巴西許啟泰兄接我詩後，寄來和韻詩一首如下：

傅園開遍杜鵑紅，又見流蘇銀月中。

細逐輕香隨夢遠，花顏笑屬暖風東。

許啟泰寫於 2021 年 3 月 30 日

並書：敬和漢生兄綺夢大作，我與弟妹亦傅園遊人，幸以歡合盟情，同攜偕老，兄之「夢中未比丹青見」，「少年情事老來悲」，字字有感，真自愴也。

【註1】李後主〈相見歡〉：林花謝了春紅，太匆匆。無奈朝來寒雨晚來風，胭脂淚、相留醉、幾時重？自是人生長恨水長東。

輯五

文

書香世家孝悌忠信

　　我成長於三代同堂之家庭，祖父亦珊公中年後即因肺疾而未再工作，所幸他個性溫和，與世無爭，亦無任何物質上的慾望，來台後更每日沉浸於京戲、武俠小說與菸酒茶之中，但每隔幾天一定會到住家附近東門市場內的「同德商行」，與河北同鄉一貫道大老祁老前人玉鏞老闆一起喝茶聊天，樂享天年。

　　但祖母游氏則個性積極進取，脾氣亦較急躁，雖從未受過正規教育，但居然趁我讀小學時，每日送我上學之便在課堂外「旁聽」，而漸識字且能閱報看書，乃至於下筆賦詩，針砭時事，且辯才無礙。實在是一位有毅力、求上進的天才型人物。

　　我成長過程受祖母的影響極大，正因祖母好強、脾氣大、口又不饒人，使我自小引以為戒，養成了沈默寡言的性格，且絕不與人爭口舌之利，反而讓我學習到先慈的雍容大度、賢良寬厚。先慈的淑德懿範，讓我及三位長姊能在最安定最有愛心照顧的環境下成長，對我等的教育更是先嚴先慈最關心的重點，我們不僅從未受體罰，連重聲責備都從未經歷，可說是最值得懷念的童年。

　　先嚴爾康公與先慈蕭書瑞女士情感歷久彌堅，尤其是自青梅竹馬至白頭偕老，實令人稱羨。先嚴以三餐幾至不繼的貧苦出身，卒能服務社會，任全國郵政事業的最高首長，而台灣郵政之便捷高效，更久為所有公營事業的表率，舉世馳名，實令我們感到自豪與榮耀。先慈雖出身富貴，卻從不驕奢鋪張，頤指氣使；反而誠懇虛心，謙和待人；居家則恆以儉約惜福為念，譽滿鄉里，都是值得我等後人效法的榜樣，所以將我所撰先嚴及先慈的行誼彙錄，以誌不忘。

憶先嚴簡爾康先生精彩一生

交通部郵政總局故前總局長簡公爾康先生，祖籍雲南昆明，民國6年農曆3月初3生於北平，世代書香傳家。曾祖父南屏公進士出身，官至戶部侍郎，祖父海珊公任刑部員外郎，父亦珊公任職於大理院，母游氏，系出名門，勤儉持家，素著賢聲。先生5歲由祖父啟蒙，12歲小學畢業，名冠全校，同年考取競爭極為激烈的北平市立師範。千餘考生僅錄取38名，而先生名列15，且為最年幼者，聰穎可見一斑。在學時屢屢名列前茅，北師畢業後考入北平中國大學法學院。時國家多難，先生於軍訓教官處獲悉軍事委員會軍事交通研究所在全國各大學秘密招生，乃毅然投筆從戎，考入軍事交通研究所郵政系，旋併入中央軍校第13期特別班，於1935年冬赴南京報到。

1938年軍校畢業，旋即於1939年正式考入郵局，派往配設於洛陽第一戰區司令長官部之軍郵局服務，8月隨軍參加武漢會戰，1939年冬升任長江上游江防司令部軍郵局局長，1940年春於沙洋戰役結束後在宜昌任第七軍郵收集所主任，同年5月升任後方勤務部軍郵視察，派駐沙市，負責督導宜昌下游各軍郵及普郵郵局之業務，曾冒日機轟炸等奇險，將十餘萬加侖之汽油連夜搶運宜昌轉往重慶，並在短期內將下自監利上迄巴東之郵運路線及經沔陽至漢口淪陷區之秘密郵路組織完成，使前後方乃至敵後之郵路得以暢通，直至抗戰勝利。此一郵路不僅供郵政及運輸之所需，亦是中央情報單位及黨部與淪陷區同志之重要聯繫管道，軍情等單位曾不斷洽請先生代為撥解淪陷區工作同志之經費，若干同志更常化妝郵務人員取道此一郵路進行抗戰工作，迭蒙軍統局戴故局長雨農先生之嘉勉。

1943年高考及格，於川東龍潭將滯運已兩年，4000餘袋總重200餘噸之郵件及軍用物資運抵重慶，蒙交通部部長及軍郵處長特令

嘉獎，並受命擔任後勤部第 12 軍郵官佐訓練班教育長，訓練江防總司令部及第 26 集團軍司令部上尉至中校階層之軍郵官佐。1945 年升任第六戰區軍郵總視察辦公室主任，同年 9 月勝利復員，先生自恩施經巴東，改乘郵局自備之郵船取道宜昌、沙市，於 9 月 13 日到達漢口，是為中央政府於抗戰勝利後第一艘駛入漢口之船隻，旋即由先生負責接管武昌郵局，受到日本駐華中派遣軍司令官岡本直三郎大將對郵局接收工作負責認真之致敬禮讚，先生引為快慰平生之樂事。並奉頒國民政府勝利獎章。

1946 年春解除軍郵職務後，旋於 37 年獲頒交通部二等二級獎章，並調升漢口示範郵局局長，1949 年 12 月自成都追隨政府來台，任郵政總局及郵政儲金匯業局科長，秘書等職務，1953 年升署理副郵務長，1956 年實授，1958 年奉派赴美國及歐洲各國考察郵政 4 個月，歸國後升署理郵務長並任郵政總局公共關係室主任兼今日郵政月刊社社長，1960 年 5 月調任台北特等郵局局長，1962 年 1 月實授為郵務長。

先生擔任台北特等郵局局長時，適當 43 歲之壯年，可謂為一生事業之發端，直接指揮部屬達 1300 餘人，包括全國各郵局陸續撤退來台之員工，人事極為龐雜。加以首善之區，接觸面廣且業務繁重，管理極費周章。幸賴先生理繁治鉅，敬業虛衷，充分發揮管理及協調之長才，以所領導占全國 1/4 的郵政員工，處理全國郵政 1/3 的業務，並締造超過全國郵政總盈餘 2/3 的佳績而猶游刃有餘，對郵政業務之創新及服務品質之提升，均多所參與並付諸實施。如限時郵件、郵購服務、倡導集郵，鼓勵郵政儲蓄等均有重大績效，迭獲上級嘉獎，先後記大功達 8 次之多。此外亦曾多次協助治安單位破獲與郵政有關之刑事案件，穩固郵政之信譽及民眾之信心，凡此種種實係先生籌謀策畫，負責盡職乃有所致。

1967 年 3 月，先生因主持台北特等郵局業績斐然，由交通部沈部長君怡先生親自指示，晉升為台灣郵政管理局局長，當時台灣地區

郵務及儲匯業務發展極為迅速，而自由地區僅有一個台灣郵政管理局，故除管理局本身之業務外，另如電子資料處理中心、汽車維修廠、郵政醫院、房地產管理處等繁雜之單位及業務，亦由郵政總局責由台灣郵政管理局承辦，因此使台灣郵政管理局組織龐大，業務繁重。無論就員工人數及業務數量等均占全國郵政之九成以上，而先生主持台灣區郵政共 5 年，業務量不斷上升，無論函件之收寄，包裹之承運，儲金數額及儲戶之增加等均以倍數計，而收寄函件數已超過 1946 年時期全國收寄件數之總和，直接領導之員工一萬餘人，而仍能持續保持郵政一貫之令譽，提高服務品質，加強企業化經營之理念，並引進最新之電子科技，處理相關資訊及客戶之需要，使郵政儲金成為國內最大眾化，最普及便利之金融服務，對穩定金融，便利通訊，促進投資等可謂建樹良多。

1972 年，先生調升為郵政總局副總局長，襄佐歷任總局長，諸多獻替。1979 年 5 月，積功升任郵政總局總局長。溯自 1939 年進局，自最基層之郵務員做起，服務 40 年間，歷任基層各項職務，並具台北特等郵局局長及台灣郵政管理局局長之經歷與體認、而卒能升任總局長者，在郵政歷史上可謂空前。

先生就任後，因對技術層面之業務已極為瞭解，深知欲使郵政服務能更上層樓，必須從修訂郵政總局及郵政儲金匯業局兩局組織法及重劃郵區著手，以求制度上及法規上之突破與革新。因此先生毅然決定進行修法的工作，經報交通部核准後，組成專案小組、協調奔走於郵政員工、相關部會，及行政立法兩院之間，召開與立法委員間之協調聽證會亦不下數十次，陳述舊有組織法（1935 年所制定）窒礙難行，不敷需要，而終能在立法院的全力協助下，於 1980 年 8 月完成兩局組織法之修訂，公布實施。並於同年 9 月 1 日在台灣地區成立北、中、南三區之郵政管理局，分別訂定管轄縣市之範圍，提升了郵政服務的層級，調適了各區郵政服務的範圍，台灣郵政管理局不再綜攬過分龐

大之業務，對於健全企業管理，促進業務發展，擴大為民服務等方面均有劃時代及突破性之變革與創新。

由於編制合理化，升遷及敘級之管道亦因而大為暢通，使人人能盡其才。舉例言之，因此一制度性之變革，而「戴帽子」（晉升副郵務長）者即不下數十人，郵政員工士氣因而大振。此一變革措施不僅是郵政史上的一件大事，其他單位如電信等亦均漸次跟進，若非有先生之高瞻遠矚及氣魄毅力，實難有如此成就。如今，北、中、南三管理局業務均蒸蒸日上，益使人發「前人種樹，後人乘涼」之幽思。

先生於 1983 年 4 月屆退休年齡，雖經當時交通部連部長永平先生一再慰留，但先生久思歸隱林泉，故懇辭連部長之美意，退休後轉任交通部及台灣警備總司令部顧問，旋因夫人蕭書瑞女士重病須送國外就醫，故於 1985 年遷居加拿大，照顧夫人沉痾。夫人於 1991 年 9 月 15 日不幸病逝後，先生因伉儷情深，頓失所依，雖常寄情於山水，優遊於台、港、大陸及歐美各國之間，但終難掩心境之寂寥。

先生早歲就讀北京師範時即嚮往國民革命，弱冠從戎後，加入中國國民黨，從此即以忠黨、革命救國為職志，學生時代即加入復興社，為黨務工作奉獻，抗日期間，更在後方發展組織，並配合黨部之需要，掩護黨務工作幹部及情報人員，厥功甚偉。政府遷台後，先生曾參與中國國民黨改造委員會之工作，並深蒙賀衷寒，袁守謙等黨國大老之推許。1951 年奉召赴陽明山革命實踐研究院第十六期受訓，1954 年復奉令參加黨政軍聯合作戰研究班第四期受訓。受訓期間前後數度蒙先總裁蔣公中正召見，垂詢有關郵政業務及人事制度，先生曾向先總裁面報郵政分層負責實況，及人事考用制度，先總裁對先生研究行政三聯制之心得更表嘉許重視，曾在中央總理紀念週特別提及先生之建議，並希黨政軍各級單位參考實施。

1963 年復蒙先總裁親自點召入國防研究院第五期受訓，為期一年，同學 50 位率為部會首長、中央民意代表、軍方高級將領及外交、

工商、學術等各界之社會菁英。先生原即熱愛黨國，經此三次革命教育洗禮後，更無時不以黨之生存發展為念，並得以廣結各方英才，對先生日後工作之推廣及人脈之擴充均有極大之助益。先生對國防研究院受訓一年之時光尤多懷念，因同學均為才俊之士，而講座更係各界菁英，先生認係黨國特殊之栽培，方得以接受一年之成人再教育，而受益良多。中國國民黨郵政黨部成立後，先生即擔任委員、常務委員，並於 1979 年起擔任主任委員，並受聘為中央黨務顧問。對中國國民黨組織發展，處理郵政勞資糾紛，及歷次輔選動員之政治任務均全力以赴，多次蒙黨中央之嘉勉敘獎，可謂終其一生均是服膺三民主義，信守總理總裁遺訓的中國國民黨忠貞幹部。

先生自 1958 年首次奉派出國長期考察後，即深覺未來國際之交流必日益密切，復蒙先總裁蔣公親自訓勉，希能注意加強外語能力及負責國際合作事務，故於公餘之暇，努力自修英文，且廣為結交國際友人，並多次代表我國出席重要國際會議或推動國民外交。舉其犖犖大者：諸如 1964 年奉當時交通部長沈君怡先生之命，代表我國郵政在西德慕尼黑舉辦的世界運輸交通博覽會設置郵亭、舉辦郵展。1969年代表我國出席東京萬國郵政聯盟大會，並任全權代表。1973 年奉行政院核定代表郵政界參加高階層企業管理考察團赴美考察該國各大民營企業，並多次代表郵政界與歐、美、中東、中南美、日、韓、東南亞各國郵政及金融單位進行交互訪問，足跡幾遍及自由世界。

由於我國郵政績效舉世馳名，故先生在各國訪問時均備受禮遇，當地媒體不僅大幅報導先生在郵政管理經營之心得，甚至常有社論或專訪希禮聘先生至當地接掌郵政部門之趣聞。其中玻利維亞郵政當局即曾於 1977 年向當時交通部林部長金生先生借將，邀請先生前往該國提供郵政之技術指導，隨即促成兩國郵政之技術合作關係，並由先生協調玻國郵政於 1982 年發行中玻農技合作十周年紀念郵票，促進兩國邦交，卓具貢獻。1980 年為配合當時行政院孫院長運璿訪巴拿

馬，亦曾在巴拿馬及中南美各國主持規模盛大之我國郵票展覽，造成極大之轟動，並因我國郵政事業之發達而大幅提升我國國際地位，對鞏固邦交、增進邦誼，均有極為具體之成效，外交部及我駐外各單位均知之甚詳。美國國務院、美國駐華大使館、協防司令部、十三航空隊及荷蘭航空公司等亦曾對先生多次協助美國軍郵或其他郵政之業務而頒獎或授勳，先生可謂為成功的郵政大使。

先生長成於揉和舊道德與新思想之大家庭，幼時家境甚為清寒，但從小即頗有民胞物與之同情心，且對社會百態人事炎涼觀察入微，自接受師範教育及軍事教育後，深深體會團體生活及敬業樂群之重要性，一切以莊敬篤實，忠勇力行為立身處世之根本。待人則和藹謙恭、平易近人，做事則認真負責、不避勞怨。尤因幼時飽嚐貧困之苦，故待人寬容、仗義疏財、嚴以律己、寬以待人、常使人如沐春風。尤其對肩挑負販及僕役、駕駛差工等，更是噓寒問暖、體恤照顧，至今仍多有感念先生之大德者。對社會公益事業及友朋不時之需，每多熱心贊助，事後亦不再提，故常自嘲已存款於某某處，實則已捐贈或知有借無還。

先生感念幼時曾在北平寄居於雲南會館，故對雲南同鄉多所照拂，並親任台北市雲南省同鄉會理事長長達十數年之久，服務奉獻，每每出錢出力回饋鄉親，極獲同鄉之愛戴與支持。先生平生不擅理財治產，從事公職數十年，可謂兩袖清風。日常生活極為簡單，自奉甚為儉約，但待客從不留連。家中座上客常滿，樽中酒不空，每有嘉賓蒞止，亦常以先生之好客競為美談。平居以習字及非賭博性質之牌戲為樂，書法剛柔並濟，自成一格，可說是龍飛鳳舞但又行雲流水，令人過目而不能忘。

1934 年，先生與小學同學、結拜兄弟蕭書成先生之姐蕭書瑞女士在北平訂婚，後因先生隻身於 1935 年赴南京就讀中央軍校，隨後1937 年抗戰軍興，交通中斷，迄 1939 年春，蕭女士方隻身自天津經

香港、河內、海防、昆明，歷經千辛萬苦，於該年 4 月 16 日與先生在重慶粉江大飯店結婚。蕭女士 1913 年正月 17 日生於河南沁陽，10 歲左右舉家遷居北平，父銘甫公為殷實商人，女士 14 歲時，因銘甫公久病不癒，情急割下左臂肌肉割股療親，父病竟得痊癒，孝悌之名騰於鄉里。女士自幼聰穎嫻淑，品學兼優、且擅丹青，先後畢業於北平北華美專及華北大學美術教育系，對國劇亦有研究，學生時代曾粉墨登場，可謂蕙質蘭心，多才多藝。

銘甫公對女兒極為鍾愛，甚至家務及事業之經營亦多委由女士主理，時銘甫公事業發達，僅在北平一處房地產即有數十棟之多，而女士無論在財產及持家方面均秉公處理，一絲不苟，致令兄弟亦均翕服，可謂難得。而女士亦因有此經歷，故對錢財視為過眼雲煙，立身處世更能把握原則，抓住重點。雖是巾幗，但處事明快實不讓鬚眉。待人誠懇熱心、慈祥和藹，可說是外柔內剛、溫婉敦厚的典型。

與先生結婚後，抗戰時期大都留守於第五、第六戰區之近戰地區，備嘗敵機轟炸、物資缺乏之苦。1940 年長女炳炎誕生於宜昌，1941 年次女巧男、1944 年三女潔均誕生於恩施，而先生因公奔走於各戰區，三個幼女之撫養教育，幾均由女士獨力負責，備極辛勞。抗戰勝利後，1946 年兒漢生誕生於漢口，並迎養公婆自北平至漢口，全家團聚。但好景不長，1949 年漢口不守，全家乃遷至重慶，再遷至成都，至年底，先生隨政府飛往台灣，女士則單獨在成都負責照顧公婆及兒女。當時環境已極為險惡，女士肩負仰事俯畜之重任，實可謂艱苦備嘗。

1950 年春，女士與先生取得聯絡，即下定決心自成都前往台灣。同事好友咸以路途遙遠，扶老攜幼，在交通極度困難，全國尚處於混亂之情況下，長途旅行，舟車聯絡不易，實不宜冒險從事。幸賴女士勇氣超人，經細心策畫，歷經月餘驚懼危旦之生活，終於到達香港，轉往台灣，全家團聚，美夢成真，知其事者皆譽之為巾幗英雄，可以

當之無愧。

　　隨後女士又以 1950 年來台，道經漢口時，公婆堅欲留在漢口與女兒女婿同住，未能同往台灣而耿耿於懷。嗣得傳聞，大陸人士前往港澳，必須申請出境並取得港澳簽證方可成行，女士深慮兩老勢將無法離開大陸，經託香港友人多方設法，於 1951 年春請專人赴漢口，迎養來台，親自侍奉。此種中國傳統賢孝美德，實非常人所可企及。30 餘年來，上須奉養公婆，下須照顧子女，並須主持中饋，配合夫君拓展事業，備極辛勞。其處事恆以「吃虧就是占便宜」、「退一步海闊天空」之心情，行之有素，而待人之寬厚與誠懇，更贏得郵局同仁眷屬、鄉親、鄰居乃至傭僕一致之尊重與敬服。先生嘗曰，服務公職 45 年幸無隕越，並略對黨國社會有所貢獻，實係女士精神上之鼓勵及對家庭周全之照顧有以致之。

　　先生與女士管教子女，循循善誘，從無疾言厲色，常以身教重於言教而自勉，出於至誠之親子之愛表露無遺。子女在一片詳和又具有安全感之家庭環境下成長，皆能學有所成。

　　長女炳炎，台大畢業，現任工業技術研究院圖書部經理；長婿陳通，成大畢業，加拿大滑鐵盧大學物理博士，曾任國科會自然科學處處長，現任清華大學正教授，學有專精，作育英才；二女巧男，靜宜大學畢業，現任加拿大亞伯他大學圖書館專員；二婿王家璜，師大畢業，美國康乃爾大學生態學博士，現任亞伯他大學動物系正教授，並獲選為加拿大皇家科學院院士，主持多項重要研究計畫，望重士林，卓然有成，為國際知名之生理學家；三女潔，淡江大學畢業，現任美國蜜井公司資深秘書；三婿席莫，美籍，為蜜井公司資深工程師；子漢生，台大畢業，美國普渡大學地球科學博士，曾任巴西聖保羅大學教授、立法委員、中國國民黨中央海工會副主任、現任國大代表暨中國國民黨中央委員暨台北市黨部主任委員；媳婦賴淑惠，巴西奧布傑提夫大學畢業，現主家政，亦曾教授葡萄牙文以自娛，育有二女國珍、

國琳,分別就讀中小學。

　　子漢生學者從政,因幼承庭訓,故早著賢聲,學生時代即頭角崢嶸,立法委員兩任內,專業論證,建樹良多,擔任黨職後,無論里長、國大代表、立法委員之輔選工作厥能不辱使命。另在國民大會及台北市長、五院院長、副院長及相關委員等之選舉或順利獲得民意單位通過任命之黨政運作亦貢獻良多,可謂將門虎子,蘭桂爭榮。

　　先生1983年4月退休後,應聘擔任交通部及台灣警備總司令部之顧問,生活甚為悠閒,加以長子漢生是年底榮膺立法委員,本可在台同敘天倫,安享餘年,但夫人蕭女士之身體因一生辛勞,侍奉公婆30餘年,使二老均能克享大年(公公享年81,婆婆享年93),故女士之身體看似健康,實則高血壓、心臟病、糖尿病均已甚嚴重,並已傷及腎臟而不自知,至1985年女士身體已甚為羸弱,國內遍訪名醫均無法根治,乃於1985年夏由先生陪同至加拿大亞伯他大學附設於愛明頓城的教學實驗醫院做徹底之身體檢查,因二女巧男及婿王家璜教授均在該校任職,故醫師檢查極為詳盡,初步斷定係嚴重貧血,進一步查證係因腎功能退化影響造血機能,乃至貧血,故治本之道應為洗腎。為求慎重,由家璜婿陪同前往美國明州國際馳名之梅友診所,重新檢查,所得結果亦相同,故決定進行手術,所幸一切順利,隨即自1986年11月起以導管透析法,每日更換藥袋4次進行洗腎。此法雖無痛苦,可自行料理,且效果頗佳,但每隔6小時即須換藥水一袋,故女士之行動,頗受時間之限制,先生亦須長期留加照顧,所幸先生隨遇而安,雖自台北車水馬龍,一呼百諾的環境,驟然面對一個完全陌生孤寂的世界,但能以照顧女士之身體而甘之如飴,無怨無悔。二老用情之真,相敬之誠,實令識者動容。

　　先生與女士旅居加拿大養病期間,雖生活簡單,但甚規律有節,先生除勤於寫作並與台北及世界各地友人經常以書信電話聯繫外,並重習駕駛,加以愛明頓市區遼闊,道路寬廣,公共設施完善,環境品

質優良，購物便捷，華人眾多，故每逢夏季天高氣爽之時，常由先生駕車，與女士同往市區洗頭、購物、逛街、吃小館、或往河邊散步，自得其樂。女士亦嘗言：「行年七十居然還能有老伴駕車兜風的福氣」，心情極為開朗。愛明頓城冬季甚為寒冷，滴水成冰，但與先生及女士幼年成長之北平冬景相近，因此冬天二老常在雙層玻璃的落地大窗前，看窗外紛飛雪景，說些北國風情，憶些陳年往事。偶有訪客或牌戲，則更是其樂融融。

二老在此期間所做最重要的決定之一，就是接受了耶穌基督的洗禮，同歸主懷。在當地童文煥牧師的帶領下，每星期四在家查經，每星期日至教堂做主日崇拜，可說是風雪無阻，先生並在教會擔任執事，教會會眾對二老極為尊敬，亦多所照顧，使二老在晚年生活的精神上有美好的寄託，二老與童牧師及教友相處亦情同兄弟姊妹，識者常謂以先生與女士待人的溫婉敦厚、謙和體貼，乃至於服務社會，樂群助人所積的功德，本就是上主所喜悅的子民，因此能在晚年讓二老有機會認識上主，並榮歸主懷，實在是一種無窮的恩典，亦是上主最公義的賜福。

二老旅加拿大前後 7 年，在此期間負責照顧二老一切生活所需，日常起居、飲食醫療、訪友治病、交通購物、乃至於燒茶做飯，日夜陪伴，排煩解悶者，都由二女巧男及二婿家璜教授全力承擔，可謂亦步亦趨、無微不至。而七年之中，巧男及家璜所有生活亦完全以二老為中心。尤為難能可貴者，即是對二老不僅「孝」，尤其「順」，而王教授家璜婿更以半子身分，全心克盡孝道，與二女巧男之孝行均可動天，比之先賢亦毫不遜色，實屬可風可感。1989 年至 1990 年一年之間，長女炳炎及長婿陳通教授，亦因在亞伯他大學做研究，而與二老同住一年，共享天倫至樂，另在美之三女潔，三婿席莫及在台之子漢生，媳淑惠及孫女國珍國琳亦經常赴加探望，樂敘天倫，78 年二老慶祝金婚更是闔家團圓，歡欣喜悅。

先生與女士決定自大陸迎養公婆至台灣，親自奉養 30 年，家庭和諧，子孝孫賢，可說是先生與女士以身教帶動的結果，而二女巧男及二婿王教授的孝行更使女士常對先生說「孝行可感動天地，我父親在世時曾和我說過，我對妳割股療親之舉無以為報，只有在妳婚後投胎到簡府去報恩」又說：「夢見父親托夢告訴我，巧男就是父親投胎的！」

　　1990 年，女士視力開始減退，1991 年女士兩度住院割除白內障，手術順利，但 1991 年 9 月 15 日，因心臟病突發不幸辭世，葬於愛明頓城設備優良的聖十字架墓園室內藏靈殿。女士逝世後，先生哀痛逾恆，常覺生活頓失重心及依靠，子女雖婉勸先生放寬心情，但以先生與夫人伉儷情深，往往哀傷不能自己，雖平居生活仍如以往，但內心孤寂，實難言宣。夫人安葬加拿大後，先生攜巧男、潔二女會同在台之女炳炎、子漢生在台北懷恩堂舉行女士之追思禮拜，長官親友多往參加。

二姐夫王家璜院士（右）及二姐巧男（左）在加拿大照顧母親大人（中）。

1992 年 4 月先生赴大陸廣州、西安、北京、上海等地探訪失散多年的親友，並遠赴昆明祖籍地憑弔，又乘船自重慶沿長江經三峽至武漢。先生重遊舊地，只覺往事歷歷在目，而今人事全非，不免感慨萬千。5 月、6 月並來台與子女共度端節。是年冬，先生又自加拿大參加旅遊團至加勒比海乘遊輪遊覽。1993 年 4 月，又至香港及大陸探訪親友，並在上海、杭州、北平等地居留四個多月，期間曾招待散居大陸各地軍事交通研究所之同窗共遊西湖等名勝，暢談往事，甚感愉快。9 月 15 日在愛明頓又約集子女為女士逝世二週年聚會。此二年間，先生心情甚不穩定，在加拿大每住一小段時間，就希望到外地散心旅遊，但出外後又心懸加拿大與女士共處之種種而歸心似箭，各次旅遊及所聞所見，先生亦都為文記述，並散見於中央日報，世界日報及中外雜誌等。文筆流暢，動人心弦。但中心主題仍為緬懷與夫人共度之歲月，實可謂鶼鰈情深。但白首鷗盟已折其翼，亦無怪乎先生常有不如歸去之慨也！

　　1993 年 11 月，先生突又發遊興，臨時決定來台，抵台後即暫住新竹長女炳炎家中，並曾來台北數次會晤郵局舊友，14 日並曾攜兒孫輩至陽明山掃墓，祭拜父母及親友。在墓園即對兒孫輩言及可能是最後一次來掃墓了！21 日在台北尚無異狀，但 22 日凌晨一時許在新竹突因腦溢血昏迷，急送省立新竹醫院急救無效後，延至 23 日凌晨 3 點 55 分蒙主恩召，與世長辭，享年 77 歲。

　　綜觀先生一生，身處動盪的大時代，以一個在北平舊社會貧寒家庭出身的青年，在沒有任何家世背景的情形下，而能於弱冠時，毅然投筆從戎，隻身至南方接受新世紀革命的洗禮，且終其一生不改其志。服務社會忠黨愛國，侍奉雙親克盡孝道，與妻互處相敬如賓，教育後代德智並重，與友交往忠信篤敬，對待部屬寬厚慈和，晚年得道歸依真主，又能與夫人同登天家安息主懷，應無遺憾。然老成凋謝，哲人其萎，終為黨國社會之重大損失，予人無限哀思，對子孫而言，亦難

免有樹欲靜而風不止，子欲養而親不待之悲也。緬懷德風，同深哀悼。
最後恭錄先生至友，湖北才子名詩人周公學藩棄子先生生前所贈七律
一首以誌景念。

迅羽星郵萬國通，畢生從事記豐功，
理繁治鉅才誰及？敬業虛衷譽益隆。
實至喜看錐脫穎，名高真擬鶚盤空，
明時定佐中興業，一攬神州更御風。

兒　簡漢生恭撰先嚴簡爾康先生行狀

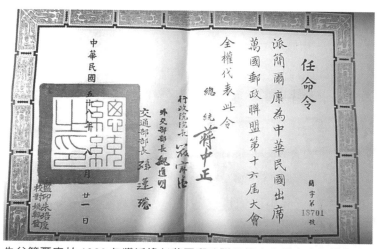

先父簡爾康於 1969 年獲派擔任萬國郵政聯盟第十六屆大會全權代表
的任命令。

巾幗慈母—
記述平凡而偉大的母親蕭書瑞女士

　　蕭書瑞女士，1913 年正月 17 日，生於河南省沁陽縣，先世耕讀傳家，幼讀私塾。10 歲左右，隨全家遷居北平，入梁家園市立第十九小學就讀，勤奮乖巧，師生稱道。民 1926 年至 1928 年間，華北內戰頻傳。1927 年初，母張氏偕長子書勳歸寧探親，不數月，平漢鐵路中斷，無法返平，父銘甫公適患傷寒重症，因焦慮家人安全而益劇，卒至中西醫束手，不得已改服偏方，仍不見效，女士因幼時讀過古人割股療親之說，情急之下，割下左臂一塊肉，煎入藥內，銘甫公用藥時，覺有黏物沾唇，問藥內究為何物，弟書成哭訴，這是姐姐手臂上的肉，轉眼看到女兒的左手裹著白布，血漬猶存，不覺痛哭失聲，萬分激動，立即大汗淋漓，不數日霍然痊癒。時女士年方 14 歲，竟能割股療親，孝行感天，報章喧騰，傳為美談。

　　女士自幼穎慧而有急智，在學時課業優異，且多才多藝，尤擅丹青，工筆為其專長，先後在北平華北美專及華北大學美術教育系畢業。今台灣名畫家呂佛庭、孫雲生兩先生，均為其同屆學友。來台後加入中國畫學會，從老畫家林玉山先生改習寫意，畫友姚秀鈺、陳聯鑑、曾和珍諸位，均為知名畫家。女士對於國劇極有興趣，學生時代並曾粉墨登場，頗有名鬚生馬連良之韻味。父銘甫公對女兒極為鍾愛，甚至家務之經營，亦多由其主理，而女士在財產處理方面，一秉公正，從不為己謀私，兄弟翕服。銘甫公因而對於擇婿，非常慎重。

　　時女士之弟蕭書成先生小學同學簡爾康先生，與書成為結拜兄弟，簡君在校名列前茅，1929 年又考取在北平負有盛名、完全公費之北京師範學校，女士常規勸其弟應向簡爾康學習，事聞於乃父，經多年觀察，認為簡君足與愛女匹配，經人作伐，於 1934 年文定，準備

次年成婚之後，送往國外留學。正進行中，簡君於 1935 年夏考取軍事委員會軍事交通研究所，女士不拘於兒女之私，殷殷以赴南京就讀軍事學校，勤學報國相鼓勵，爾康先生 1935 年秋赴南京報到，1937年抗日戰爭爆發，以迄 1938 年軍校畢業，分別 3 年，不免兩地相思，旋由銘甫公偕女士往香港，電召爾康先生赴港結婚，但以戰局逆轉，武漢、廣州相繼淪陷，失去聯繫，不得已折返天津，1939 年春，經特殊管道取得聯絡後，女士隻身自天津經上海、香港、河內、海防、昆明，間關赴渝，於 1939 年 4 月 16 日，在重慶粉江大飯店與爾康先生結婚。

婚後隨即同往五、六兩戰區，度其抗戰生活。女士雖多留守近戰地區，但日寇飛機轟炸頻繁，備嚐艱險，抗戰期間撫育三個幼女，自哺乳及每日飲食以至所穿衣履，均由其一手操作而毫無怨言，抗戰勝利，復員漢口，35 年喜獲長男漢生，並迎養公婆，小姑自北平來漢口同住，1948 年為小姑簡爾和辦理結婚喜事，一家和樂，友朋稱羨。奈好景不常，1949 年春，漢口行將不守，夫君奉調新疆，全家行抵重慶後，又改調留渝，不數月重慶告急，再赴成都，12 月初夫君隻身隨政府飛往台灣，女士則在成都，於險惡環境中肩負仰事俯畜之重任。

1950 年春與夫君取得聯繫，即下定決心自成都前往台灣。同事好友咸以路途遙遠，扶老攜幼，在交通極度困難，全國尚處於混亂之情況下，長途旅行，舟車連絡不易，切莫冒險從事，幸賴女士超人勇氣，經細心策劃，以貴重衣物賣售為人民幣，分匯重慶，宜昌、漢口、廣州，留存郵局候本人親領。金鈔則洽由成都教會撥往香港，或偽裝於行篋雜物以至老少衣履之內。因設想週全，在成渝公路上，雖遭搶匪打劫受驚，損失非小，但仍能繼續成行，非有高度智慧，機警沉著，曷克臻此？沿途拖老帶小，在輪船不靠岸之情況下乘舢板、爬繩梯、睡甲板，以船長飯後之殘羹剩菜果腹，以及在沿途飽受各種勞頓，辛苦實非筆墨所能形容。歷經月餘驚懼危旦之生活，終於到達香港，轉

往台灣，全家團聚，美夢成真，知其事者皆譽之為巾幗英雌，實可以當之無愧。

抵台之初，生活稍定，一如抗戰期間，度單純美滿的小家庭生活，但女士終以 1950 年來台，道經漢口時，公婆堅欲留在漢口與女兒女婿同住，未能同往台灣而耿耿於懷。嗣得傳聞，大陸人士前往港澳，必須申請出境並取得港澳簽証方可成行，女士深慮兩老勢將無法離開大陸，經託香港友人多方設法，於 1951 年春請專人赴漢口，迎養來台，親自侍奉。此種中國傳統賢孝美德，實非常人所可企及。

三十餘年來，上須奉養公婆，下須照顧子女，並須主持中饋，配合夫君拓展事業，備極辛勞。其處世恒以「吃虧就是占便宜」、「退一步海闊天空」之心情，行之有素，而待人之寬厚與誠懇，更贏得郵局同仁眷屬、鄉親、鄰居仍至傭僕一致之尊重與敬服。待人接物則慈祥和藹，事事為他人著想，自奉極為儉約，待客從不輕慢，使簡府座上客常滿，更成為婦女活動中心。公婆 80 雙壽以至 10 餘年後喪葬事宜，悉能盡禮，亦為當年之盛事。

對於郵局婦女活動，無不參與，尤以婦聯總會每週之義工縫紉，必邀約婦女同仁前往，膺任婦聯會交通部分會委員凡 20 餘年，犧牲奉獻，從不後人，為郵政界婦女之典範。夫君簡爾康先生，自抗戰期間辦理軍郵，以迄 1983 年，奉令延任一年之後退休，先後擔任各級郵政主管，1979 年升任為郵政事業最高主管之交通部郵政總局局長，45 年來努力奉公，使台灣郵政享譽世界，端賴女士精神上之鼓勵及對家庭週全之照顧有以致之。

女士管教子女，循循善誘，從無疾言厲色，常以身教重於言教而自勉，出於至誠之母愛表露無遺。子女在一片祥和又具有安全感之家庭環境下成長，皆能學有所成。長女炳炎，台大畢業，現任工業技術研究院圖書部經理；長婿陳通，成大畢業，加拿大滑鐵盧大學物理博士，曾任國科會自然科學處處長，現任清華大學教授；二女巧男，靜

宜畢業，現任加拿大亞伯他大學圖書館專員；二婿王家璜，師大畢業，美國康乃爾大學生態學博士，現任亞伯他大學動物系教授，並獲選為加拿大皇家科學院院士，主持多項重要研究計劃，國際知名，卓然有成；三女潔，淡江畢業，現任美國蜜井公司資深祕書；三婿席莫，美籍，為蜜井公司資深工程師；子漢生，台大畢業，美國普渡大學地球科學博士，曾任巴西聖保羅大學教授、立法委員、中國國民黨中央海工會副主任、現任中國國民黨台北市黨部主任委員。媳賴淑惠，巴西奧布傑提夫大學畢業，現主家政，亦曾教授葡萄牙文以自娛，育有二女均讀小學，可謂一門蘭桂，書香傳家。

女士一生辛勤，侍奉翁婆逾 30 年，均享大年，盡心竭力，甘之如飴。其身體看似健康，實則高血壓、糖尿病、心律不整，已歷數十年，傷及循環系統而不自知。夫君因公受邀訪問，亦嘗勉力陪往，行之所至，遍及歐、美、亞、澳，以至南美之巴西。偶有不適，從不告人，一本犧牲自己，照亮別人之衷處世，嘗與夫君私語，數十年來，含苦茹辛，而今公婆已福壽全歸，子女亦已成家立業，尤其家庭和樂幸福，夫君呵護備至，我願已足，夫復何求？

1985 年夏，應二女巧男及婿王家璜教授之邀，赴加拿大愛明頓就醫，當時需坐輪椅，隨身攜帶氧氣筒，情況極為嚴重。抵加後，即由二女巧男陪伴，住入阿伯他大學醫院治療，經醫生細心檢診，斷為嚴重貧血，經輸血後，數天之內，情況轉佳，生活起居儼若常人，閤家方自慶幸，而女士漸覺胃口不佳，不思飲食，體重日減，尿毒症狀趨於明顯，醫生建議洗腎，為求慎重起見，特由家璜婿陪往美國明尼蘇達州，國際馳名之梅友診所（MAYO CLINIC）徹底檢查，所得報告與加拿大亞伯他大學醫院之檢查結果無異，當時體重已降至 40 餘公斤，腎臟功能只餘 15%，醫生囑即刻動手術，如再不速作決定，恐將無法挽救，女士在家人力勸之下，允由專科醫師施行手術，在腹部安裝導管，以透析法洗腎，手術前告訴家人，如果手術成功，也可以

多陪伴你們幾年，聞之令人心酸。

　　1986 年 10 月 21 日住院，30 日動手術在腹部裝置導管，11 月 11 日開始以透析法洗腎，於 22 日出院，每日自行更換藥液袋四次，亦即腹腔內經常存有 2 公升藥液，以滲透作用，析出尿毒，週而復始，代替腎臟之功能。如此制式操作，從未發生任何問題，洗腎中心稱譽女士為模範病人，並安排示範表演。若非有極大之耐心和毅力，實難以為繼。所幸此種治療方法，可以控制病情，生活起居以至飲食漸趨正常，更以愛明頓市區大、人口少，空氣新鮮、華人眾多、購物方便，日常生活與台北無殊，心情極為開朗。

　　每屆夏季，星期日常由夫君駕車，於主日崇拜後，駛往市區，洗頭、購物、吃小館，輕鬆愉快。爾康先生在女士患病期間，護理老伴，照料家事，亦步亦趨，伉儷深情，溢於言表。二女巧男、女婿家璜，完全以二老為重心，照顧生活起居更是無微不至，孝行可風。在台之女、婿、子、媳，在美之三女三婿，每逢假期，亦必赴加省視，樂敘天倫，1989 年金婚紀念，閤家團聚，更是歡欣喜悅。數年來日常生活自由自在，每於宵夜後與夫君暢談往事，回首前塵，真乃青春結良緣，白頭長相守。但自 1990 年冬以後，視力減退，次春先後割除左右眼之白內障，視力恢復，心情轉佳，只是右耳失聰，體力亦逐漸衰弱，雖步履維艱，仍勉力支撐，自行按時更換藥液，其間並曾三度跌倒，雖未受傷而情緒極不穩定，9 月 12 日夜，突然嘔吐，腹部不適，13 日住入大學醫院，14 日情況略有進步，15 日凌晨，心臟病突發，零時 30 分蒙主寵召與世長辭，享年 79 歲。

　　綜女士之一生，為父母、為翁姑、為夫婿、為子女、為親友，均已付出最大心力，真不愧為孝媳、賢妻、良母，將中國婦女傳統美德發揮極致，足為後人師法。今蒙主恩召，永歸主懷，懿行淑德，常存人間，永垂矜式。

兒 簡漢生恭撰先慈蕭書瑞女士行狀

市隱不失書生色，簫鼓猶思上國音

　　巴西僑界才子許啟泰先生，早歲在台灣鑽研諸子百家，僑居巴西後，大筆如椽，望重一方。先生才高八斗，學富五車，尤對我國傳統文學藝術有多方涉獵，是我甚為欽敬的畏友。先生大作問世，我有幸撰序，聊表敬意於萬一矣！

　　認識啟泰兄之前，並不相信古人對「過目成誦、博聞強記」的描述，更難相信現代人寫文章還會有「文起八代之衰，道濟天下之溺，忠犯人主之怒，勇奪三軍之帥」的功力與氣勢；但相信平常看過啟泰兄引經據典、宏論滔滔，或下筆千言、倚馬可待的朋友，都可感受到啟泰兄見聞之廣，及文章功夫之深，幾可說已到信手拈來盡成詩的境界，也使我了解到古人之所言不虛。

　　與啟泰兄是在偶然的場合訂交，承蒙他不棄，無論有機會共聚或在電話、信函中，每多給我各方面的建議或指教，而使我獲益良多。雖然君子之交淡若水，但啟泰兄卻是我最尊敬的畏友之一。啟泰兄溫厚儒雅、文采風流，但認識他的人都知道他常有飄然遺世之慨，有時看他對許多人或事欲言又止，或筆下踟躕，我想恐怕是以他洞燭之明，只怕真的說出來或寫出來，會令人有「人焉廋哉、人焉廋哉」之嘆哩！正因如此，我非常高興，也有些意外，知道《甜河隨筆》即將出版。

　　人生不滿百，重要的是能留下一些痕跡，對許多曾有過一段巴西經驗的人來說，不論滋味是酸甜苦辣，總覺沒有一些忠實地記錄可資回味，啟泰兄的大作正填補了這一段的空白。從一篇篇的隨筆中，讓我們又體會到巴西進步與落後的交織，文明與野蠻的分野，一個年輕而充滿活力民族的脈動，以及熱情而又含三分神秘蠻荒的吶喊，尤其字裏行間更讓我們了解到移民的艱辛及遊子的歸夢。

　　最讓我感動的是啟泰兄雖常有遺世獨立的衝動，但又常懷入世之

輯五
文

心，難掩對故國及家園的期盼，我的觀察，當然比不上許大嫂張繁青女士細膩，值得一提的是《甜河隨筆》能夠出版，我認為許大嫂多年默默給予啟泰兄的鼓勵與支援應居第一功。思之再三，謹成「市隱不失書生色，簫鼓猶思上國音」一聯試以描述啟泰兄的心境和他給朋友們的感受，請啟泰兄嫂雅正，並為序。

1900 年 4 月 12 日許啟泰先生著巴西華光報叢書
《甜河隨筆》簡序

二十年民意代表與黨職生涯的感想

　　我 1983 年以巴西聖保羅大學教授的身分蒙當時中國國民黨中央委員會（中委會）秘書長蔣彥士伯父的推薦，入革命實踐研究院講習班第 25 期（海外班第 1 期）受訓，得與中央各單位派駐海外的重要幹部同窗學習，我係唯一無台灣公職身分亦未領任何台灣薪資的學員，在此要特別感謝蔣彥士秘書長的提攜及吳俊才副院長、崔德禮教育長之愛護，使我得以在野之身正式納入黨中央人才培訓之列。1984 年復蒙蔣彥公大力保薦而獲選為中南美地區第一屆僑選立法委員，開啟我服公職的契機。

　　1987 年復蒙中委會秘書長馬樹禮伯父之愛護，核定我連任立委，6 年立委的學習問政及打下的基礎實為我一生最重要的社會資產。1989 年，我立委任期僅餘一年，又蒙中委會李煥秘書長於 4 月 1 日核定我以立委身分兼任全職之中央海外工作會副主任，當時黨內推動革新內造，在中委會副秘書長宋楚瑜的主導下，直接自增額立委中提拔優秀同志，除我之外，尚包括郁慕明同志任組織工作會副主任，趙少康同志任文化工作會副主任等。

　　李錫公（煥）於 1989 年 5 月 31 日調任行政院長，中委會秘書長由宋楚瑜接任。宋秘書長接任第 5 天大陸就發生六四天安門事件，宋秘書長政治敏感度極高，立即於 6 月 7 日令我以海工會副主任身分密赴香港，廣泛與我駐港各單位及自大陸抵港之民運人士展開接觸，瞭解狀況，並在第二週向中常會提出分析報告，極獲主席及常委之嘉許。有此與港淵源，錫公於是年 10 月徵得宋秘書長及海工會鄭心雄主任之同意，內定由我擔任駐港澳代表，並令我向行政院副院長兼港澳小組召集人施啟揚報到，但因尚未取得在港工作簽證，一直未能成行，到 1990 年 5 月 31 日內閣改組，人事又有變化，我蒙宋秘書長提攜推薦出任中國國民黨台北市黨部主任委員，可謂正式踏上黨內從政之

路。在市黨部服務四年，與黃大洲市長及陳健治議長及議會合作無間，對台北市各項建設均於幕後積極協調參與，諸如捷運（六條線）的動工、大安（七號）森林公園興建，垃圾掩埋廠、焚化廠的建造、基隆河截彎取直的實現 等。黃市長雖未能當選民選市長，但任內政績至今仍為台北市民津津樂道，應可引以為慰，私下聚晤時，黃市長經常感謝當年我對渠推動市政建設的全力支援與協助，我亦覺與有榮焉。1991 年我獲選為第二屆國大代表，與黨團書記長謝隆盛合作無間，全力完成第二階段修憲任務，極獲各界肯定與好評。

　　1994 年，又蒙黨中央許水德秘書長告之李主席登輝先生交辦，由我接任中央文化工作會主任兼黨中央發言人，至 1996 年底順利完成第一次全民直選總統副總統輔選任務後，我奉派升任中國國民黨中央委員會副秘書長，先後輔佐許水德、吳伯雄、章孝嚴三位秘書長，直至 1998 年奉調接任中國廣播公司董事長，並於 2001 年奉派接任中天電視公司董事長。

　　在我 1983 至 2002 年為期 20 年的從政生涯中，要特別感謝連續七位中國國民黨中央委員會秘書長：蔣彥士、馬樹禮、李煥、宋楚瑜、許水德、吳伯雄、章孝嚴對我一致的重用與肯定，我馨香感禱。走筆至此，當然也要感謝李登輝前主席的提攜與愛護。李前主席最近不少思想和言論頗惹爭議，對兩岸關係的看法與我尤有距離，但我可確認在我文工會主任任內的所有本黨及李前主席當時對外公開發表的言論或文字，大多曾經我之手，應與今日中國國民黨中心思想與理念並無偏差。

　　自 2000 年後，李前主席與國民黨中央漸行漸遠，我選擇退出政壇，以免與老人家正面衝突，且自離開文工會主任兼中央發言人崗位後，立即自行封筆封口，雖經報章雜誌及電台電視台一再的邀約，希我發表對於時政或人事之看法，均經我婉拒。自離開發言人位置第一天起，直到今天都未曾再針對國民黨或李前主席或任何與中國國民黨

相關的政策或人事，乃至於政局、時事或政壇人事等對外發表過任何公開的評論，以此倫理規範（ethics）及「不在其位，不謀其政」的自省以自誡。不少人形容我在政壇像一顆流星，雖發光發熱，頗為亮眼，但隨即神隱。在離職後內心卻能反璞歸真，不受困擾，實可謂託天之幸也。有感於國民黨今竟沉淪至此地步，實亦不勝感慨唏噓也。

當年文工會對黨中央政策的制定、執行、參與、傳播、考核、追蹤乃至於對媒體之掌控及影響實極鉅大，我以黨中央發言人身分，幾每天均出現於各平面媒體及電視新聞畫面，知名度極高，但我恪守分寸，未有逾越。

我1983年底當選第一屆立法委員，1984年2月1日就職，當選時年37歲，是院內最年輕的五位增額立委之一。當時第一屆資深立委尚未退職，我得以向大陸遷台老一輩之精英（多為父執輩長者）及台澎金馬地區青壯俊秀朝夕請教，實獲益良多。當時增額同仁固均為一時之選，但持平而論，多位資深立委亦是有為有守的諤諤之士，我兩任六年的立法委員歷練及人脈，可謂為日後從政打下最好的基礎。當時立委問政最重要的舞台就是每一會期開議時針對行政院院長施政報告的總質詢；蓋因不僅是全院委員出席，行政院院長、副院長及各部會首長亦均須列席備詢，所有媒體亦均自早至晚，鉅細靡遺地報導委員與官員的對話。

我當時對行政院俞國華院長的總質詢稿因頗具前瞻性或突破性，故均引起媒體及當局相當的報導與重視。即以30年後的今天來檢視我當時的問政內容，應亦仍有若干參考價值，或準確預測了不少政經發展的方向與趨勢。我以從不受人注意、甚或輕視的僑選立委身分問政，而能漸受國內政壇及媒體重視及注意，想應與我在立院專心問政、言之有物，有絕對且直接的關係，爰為之記。

真鍋教授（Syukuro Manabe）榮獲世界首座氣象學諾貝爾獎有感

　　50年前，我在美國普渡（Purdue）大學修氣象學博士時，就讀過不少真鍋淑郎（Syukuro Manabe）教授的文章。當然以今天電腦科技的發展來衡量，當時他所設計的大氣環流和氣候變化的數學模型是相當原始的，但畢竟是開了用電腦數學模型來研究氣候變化的先河，所以他獲諾獎是氣象界全體的光榮。

　　因為是數學模型，很多影響氣候長期變化的因子都可以用參數來表達，並用控制其大小及時間長短的型式加入運算，用以推算出未來一定時間後的結果。數學模型至少須把大氣分為若干層（10層以上），然後把各層中可觀測到的資料作為原始資料來輸入，而每一觀測站的資料就至少有幾十種，乘上全世界測站總數及一天24小時的觀測結果，那資料量就已近天文數字（以當時電腦言），再用至少7個微分方程對時間微分求解，但因微分方程都無確切解，只能用數值方式求其近似解，所以工程浩大且誤差難免。但二氧化碳排放量，臭氧增加量等的影響均可用參數納入而開始引起大家注意。

　　只是當時對二氧化碳排放增加影響氣候變化有兩三派說法。一派學者認為，二氧化碳排放增加會使地球有暖化的效果，理論依據是因二氧化碳、甲烷等，所謂溫室氣體可讓太陽短波輻射無障礙地穿透它達到地面，但它卻對地球本身的長波輻射有極強的吸收作用。因此二氧化碳像是讓地球蓋了一層玻璃蓋子的溫室一樣而有增溫的效果（玻璃對長短波輻射的反應與二氧化碳相似，因此玻璃房內無需加熱就會有增溫的效果，溫室效應亦因此而得名），上述理論是絕對正確的。

　　但另一派學者認為，固然二氧化碳的增加而使全球平均氣溫上升的溫室效應理論正確，但溫度上升後必然會加強並加速海水蒸發，因而會使大氣中水蒸氣的含量大幅增加，而水蒸氣的增加會在大氣中不

同高度形成對太陽輻射的吸收和反射,因此反而有降溫的作用。我們最習慣的就是浮雲蔽日後立刻就不那麼熱了(有些水蒸氣並未形成肉眼可見的雲,但仍有吸收並反射太陽光的效果)。所以二氧化碳增加後的連鎖反應反而是對地球有降溫的效果。

也有一派學者認為雖然二氧化碳大量排放入大氣層,但這些排放都在地表至 10 公里高的對流層內,且排放區都較集中在熱對流或鋒面引起對流的降雨較高區域,即溫帶或亞熱帶工商發達且適人居的區域,年均雨量基本都在 1000 或 1500 公釐以上,在雨量少於 600 公釐的乾旱地區鮮有大量排放二氧化碳的工商中心或大都市。因此某區域雖二氧化碳排放量大,但在同區域都是上下對流強且雨量高的地方,因此排出了也就很快被上衝下洗回到了海洋或地面,並不容易長期累積在大氣的對流層中。且不僅上衝下洗,水平方向的大氣各種運動也可造成稀釋二氧化碳的效果。還有一派學者最擔心的反而是超音速航空運輸 SST(Super Sonic Transport)的問題。因為所有超音速飛機幾乎全部都在 7 至 10 公里高以上的平流層中飛行。

顧名思義,平流層裏大氣幾乎都是在水平方向運動,沒有垂直方向的運動,更沒有降雨。因此,自從有了超音速噴射機後,每天全球有上萬架次超音速飛機,24 小時不停地在我們看不見的平流層中大量地排放二氧化碳,而最可怕的是排出後就永遠停留在那裡,掉不下來也上不去了,因為沒有任何自然機制可以排除在平流層中經年累月累積的二氧化碳。

從上世紀約 1950 年代後開始發展起來的全球 SST 至今約 70 年,所有噴射機在平流層所排的二氧化碳就永遠在那裡累積,這才真正是給地球蓋了一層拿不掉且厚厚的毯子,或是玻璃罩;也才是大氣平均溫度上升的主因。也有人大致計算一下,大氣近 70 年氣溫逐漸暖化的曲線與自從有了 SST 的架次、航班數及耗油量發展累積曲線的正相關,是大過與世界工業發展或都市發展累積曲線的正相關的。

我個人比較贊同這一派的學說，也記得這一研究的方向在 1970 年代只曇花一現就消聲了，甚至二氧化碳排放影響全球暖化的整體研究也在 70 年後就沒怎麼繼續下去。直到本世紀開始，因全球暖化的數據較明顯了，二氧化碳減排才變成顯學。但如何減排變成了大國權力博奕鬥爭，和已開發國與開發中及未開發國家之間的政治角力問題。未來有關減碳標準、減碳分配、仲裁機制、碳權交易、用碳排放量作為指標來限制某國或某些產品的生產和出口等等，無一不是會影響世界發展全局的大事，甚至是可能引發國際重大爭議與矛盾，乃至戰爭的可能因素之一。

　　2017 年我以國際商會總會中華民國分會副理事長的身份，代表中華民國出席在倫敦召開的國際商會總會（ICC International Chamber of Commerce）年會的氣候變化小組中發言，我提出與其花那麼多精神時間去協商各國或各行業減碳，並要瞭解每一產品和活動流程的碳足跡（一個幾乎不可能達成的理想），不如去協商逐步禁飛 SST；空中交通只能用螺旋槳飛機或其他只在對流層中飛行的航空器，且也要限制其碳排放。如此協商必然容易得多，且監管便利又易行，降溫效果又絕對明顯。其實就是要讓全世界在各方面都「慢下來」，人類才有救藥，否則以現在發展的「速度」和對效率的追求來看，人類很快就會陷入萬劫不復之境而自取滅亡！我發言後，主席未置可否，只表示過去也討論過 SST 的問題，但目標和針對性太明顯，所以再研究吧。

　　會後有幾位代表私下對我說：「你的看法也有很多人認同，但如再討論下去，其實就是針對美國的波音和法德空中巴士兩大飛機製造公司及各大航空公司了，所以站在國際商會總會的立場不便表態」。我才恍然大悟，一切這些科學上的問題其實早已變成活生生的國際政治角力鬥爭和商業利益的活靶。將來相關的協商、爭議、是非與爭鬥真將不知伊于胡底。

　　我個人覺得言責已盡，因為畢竟人微言輕，而且可能陳義過高，

無法實現，所以倒也釋然。但自思雖然自美國普渡大學拿了氣象學博士後，只在巴西聖保羅大學及太空中心當了 6 年天文與地球物理學院的教授，自覺愧對氣象學本身毫無貢獻，仍願以此文獻給互不相識的真鍋教授，並對他能開歷史之先河，以氣象學研究成果獲諾貝爾獎的肯定與殊榮，表示由衷的尊敬與祝賀。並對國內及全世界氣象從業，教育，研究人員表示最誠摯的敬意和謝意，他們在風雨中堅守崗位的敬業精神和孜孜不倦的鑽研，才能使近百年來氣象學有如此飛躍的進步與發展。希望人類能真正找出解決各種自然問題的良方，走向永續發展的坦途。

本文原刊載於中國時報《海納百川》文壇

輯五
文

中華文化在海外

江蘇省僑商總會南京 EMBA 班授課講詞 2018.1.20

　　文化是人類族群為求生存發展及繁衍，以群體智慧應對外在環境（地理、氣候、生態）或人為因素（戰爭、瘟疫、遷徙）的不斷挑戰；經過累世承襲、傳延所創造、發明而產生在食、衣、住、行、精神、宗教、器物、制度、習慣 各層面回應的總和。可謂包羅萬象，其結構與內涵大體可分為：生活（物質）文化、制度文化、精神文化。另外，文化的性質又可分為人類共同性、具有時代性、民族性、地域性等。

壹、中華文化的特質

　　（一）人本文化：人為宇宙中心，以人為本，人性本善，確立「人」的重要地位。而孟子曰「民為貴，社稷次之，君為輕」，「天視自我民視，天聽自我民聽」，更確立了中國人的人本思想。這是中國人看待「人」的基本態度。

　　（二）天道文化：畏天知命，畏天敬人，舉頭三尺有神明，但這個神明沒有固定的對象，也很多元。這是中國人自處、以及與宇宙、自然界相處時的思維，這也和中國人開放的宗教觀有直接關係。

　　（三）人道文化：四維八德（禮、義、廉、恥，稱四維；忠、孝、仁、愛、信、義、和、平，稱八德）、五倫五常（五倫：君臣、父子、夫婦、兄弟、朋友。五常：仁、義、禮、智、信）這是中國人在人與人相處時的基本思維考量或顧慮。

　　（四）中道文化：中庸之道，不偏不倚，車同軌，書同文，行同倫。國者人之積，只要安頓好人與人的關係，則身、家、國、天下都可循序漸進，達到和平安定的境界。這是中國人處理事情時的基本思維。

（五）王道文化：從自我修養克己復禮做起，進而追求由內而外的和睦與和平，並以正直無私公平的態度對待所有的人與事，《尚書》〈堯典〉篇說，王道文化即「克明俊德，以親九族；九族既睦，平章百姓；百姓昭明，協和萬邦」。這是中國人看待國與國之間如何相處並維持關係的基本思維。

（六）體常馭變，於變求常：在多元中立其大本，在多變中維持常道，包容、涵攝、交流、融合。這是中國人在面對時空變化或外來文化衝擊時所持的基本態度。

貳、中華文化在海外的傳播

（一）在華僑華人社會內的傳播

中華文化在漢唐盛世及鄭和下西洋、清初康、乾盛世時，透過商旅的絲綢之路及海上交通，傳播到東南亞、歐洲、阿拉伯、印非地區，但並非有系統、有規劃的交流，而只是隨著華人向海外的自然移民傳播到海外。因此，傳播到海外的大體上以生活（物質）文化為主，其中尤以中餐、中醫、中藥為最重要。近代則自清末華工到歐洲、美加修路，乃至於改革開放後，大批移民到世界各地，才有社會各階層的華人在海外成立僑區、僑社，也才漸將中華文化中的精神文化如中文、漢字、國樂、功夫、哲學、思想、價值觀等傳播到海外。在此必須要強調：傳播中華文化最重要的載體就是中文，因此海外華僑華人的中文教育是僑務工作的重中之重，尤因大部分的新僑忙於謀生，較無餘暇或專業來教導子女額外學習中文，因此紛紛在各僑社成立大小不一的中文班、中文學校，但許多都面臨師資、場地、時間、教材等問題，亟待國內全力支援。

（二）對外國人的傳播

早期歐洲從羅馬帝國開始就對中華文化及絲綢、瓷器、茶葉等產品極有興趣，路易十五時代每年都要花上億的銀兩購買中國絲綢及瓷

器，往後許多歐洲學者開始有系統地研究中國文化；英、法、德、奧、義等國都產生了許多漢學家。鑒於對外國人傳播中華文化的重要性，國務院於 1987 年成立了「國家對外漢語教學領導小組」，簡稱「漢辦」。並在 2004 年在韓國成立首家孔子學院，2007 年 9 月孔子學院總部在北京掛牌，至今已在全球 146 個國家地區成立了 525 個孔子學院，1173 個孔子課堂，分布如下：歐洲 40 餘國 170 餘學院、亞洲 30 餘國 120 餘學院、非洲 30 餘國 50 餘學院、美洲 20 餘國 160 餘學院，共有學員 232 萬人，參與中華文化相關活動的人數達 1272 萬人。估計當今在全世界約有上億外國人在學中文，此一數字比起 30 年、20 年甚至 10 年前，可說都是爆炸性地在成長，但我們必須瞭解全世界估計有 50 億人會說英文，但連我們中國人自己在內，也只有 16 億人會說漢語，因此，漢語國際化仍有相當長的一段路程要克服。

有關漢字正（繁）體與簡體的爭議，個人認為正體字有的最多達 56 劃，確實太繁，應該簡化，但簡化又不能產生混淆，或完全不符六書（象形、指事、會意、形聲、轉注、假借）造字原則，如「面」又是吃麵的「麵」，又是臉面的「面」，又如「干」，又是乾燥的「乾」，又是幹活的「幹」，又是干城的「干」實在太混淆不清。據專家研究，其實只有不到 200 個簡體字是當時改的不合理、易混淆、或無依據的，只要把這些字改回或再改，長年以來的漢字正、簡體之分就可落幕，值得有關方面思考。尤要說明，改簡體字一事，其實是國民政府在 1946 年左右就召集有關專家學者多次開會在研訂之中，但尚未付諸實現就因遷台而胎死腹中，之後有人栽贓說共產黨推行簡體字是在摧毀中華文化，實不知是罵錯對象了。

（三）困難與機遇

不可否認，中華文化最重要的載具「漢字」學起來確實比字母拼音文字困難；說和讀還較易，但要求外國人寫中文字那就真不容易了。未來也許靠電腦和人工智慧，這一個問題可以有較好的解決方法。另

一方面，中文自成一格，與其他語言全無關係，要學習一定得額外花時間、精神甚至費用。因此，如何運用遠距、虛擬實境等科技，能使學習中文和漢字變得簡單化、趣味化至關重要。

對華僑華人來說，另有一個心理上的障礙，就是我們一方面希望大家多融入僑居地主流社會，又希望大家盡量保持維護中文學習和中華文化，這兩者在根本上是有矛盾的，除非有堅持的毅力及創造出有利的環境，才能克服這層先天上的局限。

隨著華僑華人移民海外愈來愈多，華人遭到政治打壓或種族歧視的案例可說層出不窮，在印尼、越南、菲律賓、馬來西亞等地都有過把華人當作發洩對象的排華、反華運動，就連在高文明的歐洲，也常有以華人為對象的不公待遇甚至犯罪行為，這些都是我們面臨的挑戰。

另一方面，隨著中國的國力日強，在世界的地位愈來愈重要，就需要表現出大國的責任與擔當，就像習近平主席說「大就要有大的樣子！」今天，海外所有的華僑華人應該都可以抬頭挺胸邁步，不怕受人欺負，隨著一帶一路的發展，海外華僑華人更成為中國走向世界最重要的支柱與尖兵，我們何其有幸能身處這樣的大時代，在海外有無窮盡的發展機遇，值得我們珍惜與努力，為中華民族多爭一口氣、多盡一份力量。

參、在海外傳播中華文化的意義

（一）闡明中華文化王道與西方文化霸道的分野

孫中山先生在 1924 年發表的「大亞洲主義」講詞裡，就強調要用仁義道德做處理國際關係的基礎。他說：「東方文化是王道，主張用公理道義感化人，西方文化是霸道，主張用強權槍炮去壓迫人、屈服人」。西方文化長於人與物之間的關係，因求精準，適於發展科學，但可惜發明了好的器物後，卻很快的轉化成武器而變成用之於欺凌壓

迫弱小民族的工具。東方文化長於人與人之間的關係，要利用好的器物自達達人、濟弱扶傾。可說西方文化求真，東方文化求善。但「善而未真，尚無大礙；真而不善，遺禍無窮！」。一個最鮮明的案例就是中國人發明火藥，但卻是用來點爆竹、放煙火，增加節慶和生活的情趣；但西方人卻用火藥造了紅衣大砲、毛瑟槍，變成了殺人的工具。

中山先生更在三民主義的民族主義第六講中明確指出：「如果中國強盛起來，也要去滅人國家，去學帝國主義走相同的路，便是重蹈他們的覆轍。所以我們要先決定一種政策，要濟弱扶傾才是盡我們民族的天職。我們對弱小民族要扶持，對世界列強要抵抗。如果我們都立定這個志願，中華民族才可以發達。若不立定這個志願，中華民族就沒有希望。我們今日在沒有發達之先，立定濟弱扶傾的目標，將來到強盛之時，想到今日身受列強政治經濟壓迫之苦，將來弱小民族也受這種苦，我們便要把那些帝國主義消滅，那才算是治國平天下。」

（二）以王道精神爭取國際友誼

2017 年 1 月 18 日，習近平主席在聯合國日內瓦總部發表題為《共同構建人類命運共同體》的演講中強調：「法律的生命也在於公平正義，各國和國際司法機構應該確保國際法平等統一適用，不能搞雙重標準，不能『合則用、不合則棄』，真正做到『無偏無黨，王道蕩蕩』。」

21 世紀人類正致力於建立公正合理的國際新秩序，習主席甚至公開以「共同構建人類命運共同體」作為追求的理想，志向令人欽佩。我們要在今日混亂的世局中，服膺中華傳統文化智慧寶庫中「以德服人」「尚中貴和」「無偏無黨」的「王道」政治，「天下為公」「天下歸仁」「協和萬邦」的價值理念，「民胞物與」「修己以安人」「博施於民而能濟眾」的聖賢之道，則中國的崛起和中華民族的復興，不僅對任何人都不是威脅，反而可以拯救人類文明面臨功利偏私、弱肉強食、貪婪無度、道德失範、秩序混亂的危機。也不再允許優勝劣敗、

恃強凌弱的霸道文化橫行於世，世界將變成互助合作、濟弱扶傾的大同世界。這將是中華民族對世界文明最大的貢獻，也是當今世界唯一的出路。

王道不是沒有征伐，但必須是弔民伐罪，或為了和平而「以戰止戰」，王道堅決反對一切以劫掠為目的的戰爭，更反對侵略。中國文學從詩經、楚辭、古詩十九首到唐宋詩詞，都充滿和平思想，甚至是反戰訴求，中國文學史上從沒有歌頌侵略、搶奪或恃強凌弱的篇章，這與希臘、羅馬文學歌頌征伐、塑造戰爭英雄，甚至以奴隸制度為理所當然的史詩風格完全不同。

（三）配合一帶一路，鞏固海外地位

一帶一路的構想，可說是對中國邁向世界最整體、最宏觀、最能發揮本身優勢、最能將經濟、交通、軍事、文化各方面的發展綜合考量的偉大戰略，依筆者淺見，一帶一路至少有下列數方面的效益：

（1）把亞洲大陸與歐洲甚至阿拉伯世界和非洲都連結起來，擺脫歐美日等強權多年來累積起來在海權上的優勢，完全顛覆過去的戰略思維，其實海權發展的終極目標仍是在於控制陸地，而一帶一路的戰略恰是直接結合陸地的資源。未來亞、歐、非三大洲結為一體，反而是美洲有被邊緣化的可能。

（2）亞、歐、非洲掌控了全世界 2／3 以上的陸地面積，以及約 87% 的人口，過去由於交通不便，運輸困難，相較於海運成本的低廉，內陸國家幾乎注定是經濟落後無法發展的地區，現在則由於中國高鐵技術的發達，天塹變通途，許多過去不敢想像的經濟效益都變為可能，且正在方興未艾進一步的發展之中。可說一帶一路在陸地的部分與中國高鐵科技的發展是相輔相成，相得益彰。

（3）一帶一路使中國與中亞、歐洲乃至於非洲、阿拉伯等地區直接發展各種關係，可以促進我國西部的大開發，使產業西移，運用到中西部內陸的資源，大幅增加我們各方面的戰略縱深，也降低並分

擔了沿海各省過度開發所造成的各種負擔與壓力，真是一舉數得的戰略規劃與政策。

隨著一帶一路的發展，其必然的結果就是中國在海外各地商貿、投資、文化甚至軍事等方面影響力大增，且在海外僑居、就業、留學、創業的華人也就愈來愈多。因此，傳承並發揚中華優秀傳統文化也就變得更為重要且更有意義。因為經貿行為講究的是共同利益，但文化行為講究的是共同認知，我們中國人在海外一切的發展都要有中華文化作為依託，才能站穩腳步，得到認同。

肆、講好中國故事的案例

今日華僑華人已遍佈世界各地，在全世界有形無形的影響可說是無遠弗屆，但為使華僑華人能真正發揮影響力、說服力，就必須先在下列四方面多多努力。

一是站穩自身經濟腳步，提高在僑居國的社會地位，期能在制高點發揮自身的影響力，並贏得外國人的尊敬。

二是在語言、文化等各方面融入並回饋僑居地的主流社會。在自然的環境下發揮潛移默化的功能。

三是以身作則，加強自身文明行為與素養，展現優良中華傳統文化。用身教重於言教的方式，影響、感化外國人。

四是多瞭解中華文化的內涵，講好中國故事。

上述四點是說來容易做來難，尤其對第一代的移民而言，能在海外爭生存、求發展就不容易了，哪有餘力再在語言、文化各方面融入當地社會？對第二代來說，可能雖已衣食無缺，但對中華文化又瞭解有限，所以有些理想是相互矛盾制約的，但重要的是大家要有心向這四個方向努力，則一代做不成可寄望於下一代，代代相傳，總可在海外培養出兼具上述四方面優點的華僑華人子弟，所謂「不忘初心，方得始終」，正是這個理想的寫照。

中華文化博大精深，又有許多微言大義只可意會，難以言傳，要給外國朋友講學問、說道理，有時還真不容易，反而有時是用簡單的邏輯和案例，深入淺出，很容易讓外國人接受，謹舉下面幾個實例來講好中國故事，請大家參考。

（一）中醫中藥是否有效

中醫中藥是否科學？是否值得推廣？一直都是中、西相關學者、專家爭論的議題。許多西醫西藥的擁護者，動輒以中醫中藥不夠科學，不能做到化學上定性、定量的分析，而對中醫藥嗤之以鼻，甚至有極端者主張將中醫視為異端邪說而應廢止，面對許多爭議與辯論，筆者針對中醫藥是否有效的問題，多次在辯論中使對方啞口無言，其實邏輯很簡單：我們可以告訴外國朋友，中華民族的人口不是現在是世界第一，其實這在清朝就穩居世界人口第一大國。估計在清康熙時中國就有 1.6 億人口，乾隆末期約達 3.5 億，到清末光緒、宣統年間已經有 4 億 5 千萬人左右；但中國人開始用西醫西藥是最近百餘年的事，古代中國人一樣會生病，但過去就是靠這中醫中藥的保健、治療和調理，使中國人能在 4、5 百年前就繁衍成世界人口最多的民族，維護了我們的健康，在那個時代西醫西藥還不知道在哪裡？如果中醫中藥無用無效，怎能在歷史上發揮對中華民族醫療保健、繁衍昌盛的功能呢？這個辯證一提出，基本上這個問題的討論就結束了！

（二）中國人愛好和平沒有侵略性

中國歷史上自漢唐以來，除偶發事故，從未用武力去侵略他國領土，掠奪別國資源。即使有過國外的征戰或占領，但都是平亂結束或使別國臣服後，就班師回朝；就算是在最強盛的朝代，也沒有搞過殖民地的政策；有過納貢、冊封，但未干涉或控制他國內政；有與他國的商貿往來，但未對別國做經濟或勞力上的剝削壓榨，更沒有巧取豪奪的去搶掠別國的天然資源。這與歐洲當年奉行的殖民主義和今天有些國家假民主之名而行帝國主義之實是截然不同的。

遠的不說，我們回顧西元 1405 年起明成祖時鄭和七下西洋的歷史，就可知道當年我們如果也搞殖民主義，則今天東南亞的全部以及中南半島、錫蘭、印度乃至於東非各國可能都已變成中國的殖民地！鄭和下西洋的旗艦寶船，排水量達到數千噸，隨行船隊二百餘艘，且數千噸的大船就有 60 餘艘，水手、士兵、工匠、學者、專家、醫生、翻譯等共 2 萬 8000 餘人。當時明朝擁有的船舶總數達 3800 餘艘，超過歐洲所有國家船隻數加起來總和的數倍。（哥倫布的船只有 100 噸左右），所以當時明朝的海權力量，絕對是世界第一，但中國人並未用之於侵略、壓榨或殖民，反而只是出海宣揚國威，大量賞賜到訪國家，甚至把各地番王、部落酋長帶回中國去作客，領略天朝的生活、風土人情，而且待之如上賓；有的在中國終老，有的在中國住一段時間後再被送回原居地。

（三）中國在世界歷史上固有的地位

　　數年前有一次和外交部長王毅先生（時任國台辦主任）聊天，談到他當年擔任駐日大使，許多日本人對中國逐漸崛起且取代日本成為亞洲第一大經濟、軍事大國一事感到極為惶恐且不能接受，王部長說最後還是靠歷史的事實，讓日本人較為心平氣和的接受了這一個現實。

　　如所周知，中國是文明古國，且在歷史上曾經非常強盛，漢唐盛世時，中國的文化發展，文明程度乃至於經濟、軍事實力，在當時世界上是絕對的第一強國，當別的國家或地區仍停留在部落、城邦時代，中國早已發展出成熟且完善的中央、地方政府體制，典章制度燦然大備，且歷史記載斑斑可考。估計當年中國一國 GDP 就占了全世界 GDP 總量的 6 成，唐代的長安是世界最繁華的國際性大都會，各國使節、商賈絡繹於途，遊人雲集；日、韓固定每年均要派「遣唐使」到中國來學習，當時長安僅外國留學生就有三萬餘人，其中日本一萬餘人最多，餘則以波斯（伊朗）、義大利（羅馬）、印度、阿拉伯、中

亞各國、歐洲人等為主,可見當時長安國際化的程度。宋朝雖然國力不強,但在文化發展上卻多采多姿,令人驚艷!明成祖時,中國的海上力量是絕對的世界第一,到了清初康、雍、乾盛世時,中國一國的 GDP 占全世界的 33% 左右,仍是世界第一大經濟體,第一強國。

這就說明中國在歷史上不是沒有強過,反而是在歷史上絕大部分的時間裡,都是在文化、文明、經濟、軍事等方面,單項或多項均居於世界上絕對領先的地位。因此,中國目前的崛起,只是恢復她在歷史上應有的地位和身份而已,實在沒有什麼值得大驚小怪的地方!工部長說以上的歷史事實,日本人雖不愛聽,但也不得不虛心接受。

(四)中華文化的持續性和強韌度

在世界公認的四大古文明:中國、埃及、印度、巴比倫中,巴比倫(在今伊拉克)早已不復存在,埃及、印度雖仍存在,但今日的文化與古代相比早已數經更迭,面目全非,完全失去了連貫性及完整性,只有中華文化五千年來一脈相承,雖有時代的變遷或區域的融合,但從未中斷更從未滅絕。尤其有文字後,三千年來歷朝歷代從中央到地方的史籍資料完備,鉅細靡遺,這在全世界的文明中是獨一無二,絕無僅有的瑰寶,是我們中華民族的驕傲,也是最寶貴的資產。尤其是中華文化的載體「中文」,數千年來雖有演化,但現代中國人無需特殊研究就可辨識數千年前古墓中文物記載的內容,這對西方考古、歷史、文化學家來說都覺得是一項不可思議的奇蹟,真是值得我們珍惜與發揚。在電腦未發明之前,中文因不是用字母拼音的文字,打字較之西方文字困難很多,甚至一度有人主張廢中文或將中文改為拼音文字,但電腦發明後,尤其對形象辨認(中文是形象文字)的技巧成熟後,中文輸入輸出不僅沒有障礙,而且整體意義表達的能力比拼音文字來得更精確快速,不禁讓我們更覺得中文的可貴。

中華文化的融合力特強,每有異族入侵,雖在軍事上也許一時失利,但在異族入主中原後,逐漸就被中華文化所同化。其實中國古來

的國防政策一直就是防守的，築長城的概念就是我們自己劃定疆界，我們絕不越界侵占別人的土地，所以中國文藝作品中，從不歌頌侵略，但對保疆衛土、守土有責的英雄們卻歌頌不已。

（五）、中國人的宗教觀

如前所述，中華文化的特色之一就是「天道文化」，對絕大多數的中國人來說，「天」是很神聖的，也是相當具有「神格」的一個名詞。西洋人遇事常說「Oh My God！」（我的上帝）！就是中國人常說的「我的天！」或「我的老天爺！」所以「天」對中國人來說絕對具有宗教上「神」的地位，只是中國人對神的定位十分多元，而且鬆散，更重要的是相互包容，互不排斥。中國人有不同的信仰，所以這個「神」可以是「耶穌基督」，可以是「聖母瑪利亞」，可以是「釋迦摩尼佛」，可以是「阿拉」，也可以是「觀世音菩薩」或是「玄天大帝」、「媽祖」、「太上老君」甚至歷史人物也可以神格化，比如「關聖帝君」、「岳王」、「開漳聖王」甚至自家的祖宗也可以是保佑一宗一族的神明。所以中國人絕非無神論者，只是這個「神」沒有單一的定位。正因對神的多元包容，很多中國人同時可以信仰不只一位神祇，且對其他所有正派的神祇都抱有尊重敬畏之心。所以中國五千年的歷史中，從來沒有因宗教信仰的不同而引發任何武裝衝突，更沒有任何的宗教戰爭！這是中華文化中最珍貴、最偉大的奇蹟之一。也是中華文化多元包容最好的說明。值得我們多向世界宣揚。

反觀西方歷史，從古代開始不同部落和民族對不同宗教（神明）的相互不容，甚至是用種族滅絕的殺戮來對待「異教徒」！乃至於中世紀大規模基督教和回教的「十字軍東征」戰爭；近代以色列猶太教徒與回教徒間牽扯到整個猶太民族與阿拉伯民族的戰爭殺伐；塞爾維亞內戰時，回教徒與基督、天主徒的滅族行為；甚至回教內部遜尼派與什葉派之間的矛盾，都引爆你死我活、滅種滅族的戰爭，真讓我們悲憐為了這樣殺人盈野，血流成河的所謂「宗教信仰」還有什麼意義？也讓我們感受到中華民族對不同宗教的尊重包容是多麼的幸運和可

貴！

伍、民族自信心與民族復興

　　一個民族能否在世界立足且受到其他民族的尊敬，固然有許多主觀客觀的標準，但許多標準都是列強掌控了各種發言權後所訂出來的，不僅常有雙重或多重標準，而且往往把強權自身的行徑當作所謂的普世價值，所以我們絕不要掉進這些披著公理正義價值觀的陷阱而對自己妄自菲薄。

（一）中華民族自信心的演變與恢復

　　在歷史上中國人的民族自信是強烈的也足夠的，在過去四、五千年人類歷史記載中，絕大部分的時代裡，中國人所發展出來的文明、文化、科技、典章制度、規範等，都比同時代其他民族的發展更先進、更優秀。

　　18 世紀前，除了造紙、印刷術、指南針、火藥四大發明外，中國的數學、物理、天文、化學、建築、醫藥等均有世界水平，諸如歷代方士因煉丹而對鉛、汞、硃砂、硫磺等化學及冶金術的研究；萬里長城、趙州橋、山西應城木塔等在建築史上的地位；華陀醫術、《本草綱目》、張仲景《傷寒論》等對醫藥學的貢獻；張衡的地震儀對地球科學的啟發；乃至於明朝方以智出版的《物理小識》、明朝宋應星著的《天工開物》，尤其近代英國學者李約瑟教授所著《中國科學史》，更總其成地對中國古代科學技術的發展有了系統性的介紹，證明了古代中國人心智的發達和手藝的靈巧。漢唐以後，外國經常派遣留學生或學官到中國學習，代表中國高度文明的產品如瓷器及絲綢暢銷歐洲等，都是當年中華民族有高度發展及自信心的明證。

　　1940 年中英鴉片戰爭後，中國雖然歷經割地賠款、喪權辱國的一段歷史，但在 1911 年推翻滿清，又在 1945 年戰勝了日本帝國主義，也廢除了所有的不平等條約，聯合國成立時，中國被列為世界五強之一，享有安全理事會常任理事國的地位，可說讓中華民族初步恢復了

國際地位及自信心。不幸國共內戰持續，兩岸分裂分治，直到最近 30多年大陸推行改革開放政策後，國力全面提升，中國人的民族自信才算是逐漸恢復。

（二）文化自信是民族自信最重要的成份

世界各民族除了先天血緣的差異外，分布地的天然條件無論是氣候、地形、地質、生存條件、歷史演變等各因素也使各民族發展各有特色，也各有優缺點，但一個民族能否繁衍傳承，屹立不搖，乃至於能否不斷在接受衝擊挑戰中，有反省能力、融合力、包容性、進取性則與各民族的自信心有絕對的關係，而這其中對文化的自信就是民族自信的骨幹。

中華民族在過去數千年的發展過程中可說歷盡艱難險阻，所幸都能浴火重生，存亡絕續，我們是世界上唯一沒有中斷的古文明，我們的調適能力、對外來文化的吸納包容進而優化創新的能力，在世界各民族中亦屬少見，西方人常說猶太民族是最獨立自主、自信最強的，但歷史上許多猶太人都在中國定居發展而被中華文化所同化。這就是中華文化優越性的展現。今天，中華民族面臨偉大復興的重要轉折點，最重要的就是要恢復民族的自信心，而對中華文化的自信就是民族自信的核心。如前所述，文化的結構與內涵大體可分為生活（物質）文化、制度文化和精神文化三大方面；中國人對自身的生活文化和精神文化大體上都很有信心，最要積極加強信心的是在制度文化方面。

由於近 40 年來中國改革開放取得舉世矚目的經濟、軍事、文化各方面的成就，使中國逐漸恢復了在國際上應有的地位，但中國人對自己在制度文化中的理論、道路、目標、理想的信心仍有待加強。

（三）加強對中國政治體制、社會結構、典章制度的信心

中國的政治協商制度是我們體察中國國情、歷史、社會結構而發明的一種協商式民主制度，沿用至今，可謂海納百川，融匯了社會各階層的需求，凝聚力量，充分發揮了促成團結的重大功能；但我們對

此一制度為何更適合我們的國情和歷史，更能發揮我們的整體力量，卻很少對外說明或對外宣揚，實在有待加強，強化自己的信心，並正國際視聽。

西方強權至今仍在用人道主義、人權問題，一人一票式的民主等所謂「普世價值」做為他們侵略或干涉他國內政的藉口，而且有多重的標準，君不見歐美各國為了攫取阿拉伯國家的油源，從來也不敢對阿拉伯王室說他們不民主。

在這裡要談談如要講民主，就應先探討一下追求民主的目的是什麼？如果答案是要使國家富強康樂、人民安居樂業，那麼只要達到這個目的，各國家各民族依其國情、歷史、民族性各有各的辦法；沒有那個國家有權力憑武力或威迫利誘，當世界警察，硬要把自己認同的政治體制，強加於別國之上！凡不認同他們那一套的，就被視為異端邪說，要加以制裁、封鎖、甚至出兵消滅，假民主之名，行侵略之實，行徑實在令人不恥。

西方一人一票制的選舉制度當然亦非全不可取，但配套和監督機制一定要充分完備，但它先天就有其缺點及侷限，最讓人詬病的就是沿用至今，幾乎所有一人一票制民主國家的選舉都被金錢及利益團體所操控，無一例外！

尤其最近幾年，西方民主制度漸向民粹方向發展，更是令人擔憂，因為這使得嘩眾取寵、急功近利、劃地自限、損人害己變成顯學，各種極端主義、種族主義、保護主義大行其道，考其原因就是民眾對政黨政客多年來的表現大失所望，加上經濟停滯、貧富不均，政治利益只被少數利益團體甚至個人所把持，因而使選民為了表達對體制整體的不滿，把票都投給那些走極端、挑撥是非或毫無經驗但會演戲的政客，造成惡性循環，可說已毫無理想性可言，讓人覺得西方民主制度似已快走到了盡頭。

反觀自中共十九大之後，中國對自身體制展現出前所未有的自

信，外國許多學者專家及媒體也都開始注意且探討中國的體制，並且認為對許多世界治理的問題，中國提出的方案（Solution）似乎確實有它的功效，因此紛紛開始對中國政治和社會的理論、體制、文化展開研究，我們實應順應此一形勢，加強媒體宣傳和溝通，掌握有利契機，強化自信，為世界發展造福！

中國的崛起手段是和平的（不威脅別國，不輸出體制），目標是明確的（濟弱扶傾），理想是普世的（世界大同），我們堅持我們的理論（王道思想），要對我們走的道路有信心。〈禮運大同篇〉提到的「選賢與能」這個「選」字，不應只侷限解釋為一人一票選舉的「選」，這個「選」字完全可以是選擇的「選」和推選的「選」，事實證明一人一票常選不出真正能力強、肯做事、有經驗、操守好的公僕，反而是透過好的篩「選」、推「選」、考「選」、再遴「選」的人事制度才最能真正地「選」賢與能，為國舉才，造福一方。

（四）眾志成城、聚沙成塔、不忘初心、復興民族

孫中山先生曾說思想產生信仰，信仰產生力量，我們要用各種管道，讓中華民族的每一成員都清楚正確地瞭解我們民族正在走的道路和對自身以及對世界肩負的使命和責任，每人從小我做起，匯集起來就能產生一股洪流，就是沛然莫之能禦的力量，所謂「三人同心，其利斷金」，更何況是億萬人同心！當每位中華民族的成員都知道自身的奮鬥固然是為自己和家庭的富裕和美好，但也一定要知道我們也肩負著民族復興、天下一家、世界大同的理想和責任，則中華民族自然就會脫穎而出，成為世界文明和精神的領導者，且能拯救世界瀕於自我毀滅的危局。

近數百年來，中西文化一直處於一種互相了解但又互相競爭的格局中，第二次世界大戰結束之前，西方仍挾其在經濟科技等各方面無比強大的優勢，也使其文化領域上居於主導地位，但二戰之後至今，西方資本主義發展成以金錢作為衡量一切的標準，幾乎變成了金權的

帝國主義，完全不能解決世界治理上的許多問題，令人覺得它的發展遇到了瓶頸。另一方面，東方的中國歷經磨難，摸著石頭過河，終於在改革開放後，發展出一套具有中國特色社會主義的制度，不僅適合於中國，可能也適用於其他發展中國家，大社會學家索羅金曾說「文化不經挑戰無以發皇，文化遇到挑戰卻無反應即見衰微」，中華文化在改革開放後，可說又經歷一次浴火鳳凰式的重生，而在未來中西文化的競爭中，極有可能提供給人類文明一種新的選擇。

其實歸根究柢，一切都其來有自，中國（包括台灣）對外所展現的就是本文中所提到的「王道思想」、「濟弱扶傾」、「平等相待」、「共存共榮」，所以我們在世界各地派遣的無論是農耕隊、工程隊、醫療隊 都是挽起袖子和當地人同等待遇一起打拼，並不看輕或藐視他們的落後，而是真心的幫助他們進步，這就是歐美抱有極強優越感和殖民思想的人永遠無法和我們競爭的地方。君不見美軍入侵伊拉克後，在巴格達用圍牆圍起美國人生活的「綠區」，內部一切比照美國標準，嚴控進出，完全是當年列強在中國設「租界地」的概念和做法，卻全然無視於「綠區」外伊拉克無辜百姓衣食無著、流離失所的慘狀。自美軍侵占伊拉克至今造成平民傷亡累計至少已有數十萬人，說起來令人悲憤！因此我們千萬不要妄自菲薄，而是要每人發揮力量、聚沙成塔，一代不能做成的代代相傳的做下去，所謂不忘初心，方得始終！只要心中有理想、有目標，則中華民族偉大復興，建立大同世界的中國夢必可早日實現。

輯五

文

孫中山上書李鴻章的時代意義

馬來西亞僑界紀念 28 歲的孫中山上書李鴻章大會講演詞

2019.11.12 吉隆坡

前言：

非常感謝丹斯里李金友爵士在中山先生 153 歲誕辰的當天，在吉隆坡舉辦這個活動，我獲歐鴻煉前部長的推薦應邀參加，尤其能與馬來西亞拉曼大學校長尤芳達博士與新紀元大學校長莫宗順博士共同作為主講嘉賓，實在感到非常榮幸！

中山先生一生奔走革命，為推翻帝制，創立民國而努力，最值得我們尊敬的是他一生都秉持天下為公的理想。一切奮鬥都是為了國家民族的生存和發展，從不為一己而謀，所以中山先生一生不置產、不營私，只要是為公，什麼都拿得起，放得下！在他短暫的生命中，奔走革命，以當時的交通條件，足跡居然可以遍及亞歐美三大洲各主要地區，更讓人敬佩的是在他那個年代居然就可以對中國的山川形勢、地理要衝以及未來發展的需要，在 120 年前就瞭若指掌地寫出了〈建國方略〉、〈建國大綱〉。直到今天仍是建設中國的重要參考資料。先知先覺的程度，實在令人稱奇！當年中山先生立下的宏規與計畫，近四十多年來，大都在中共的基礎建設中完成。許多當年被認為是天方夜譚的目標，尤其是交通建設，已被遠遠超額地完成。確實是值得我們欣慰、甚至是可以感到驕傲自豪的成就。

回顧中山先生一生，可說是少有大志、敏而好學。從少年負笈英倫，廣納西方新知，回國後綜觀中國全局及世界發展趨勢，而於 28 歲時上書李鴻章。提出了膾炙人口的「人盡其才，地盡其利，物盡其用，貨暢其流」四點主張做為建設國家的張本。這篇文章我們可用歷史角度觀之，其實也可看作是中山先生對滿清政府下的最後通牒。據說李鴻章閱後也並非是無動於衷，而是希望中山先生出國考察，但沒

幾個月後就爆發了中日甲午戰爭，清廷慘敗，舉國震驚，之後中山先生對清廷徹底失望，開始了他的革命事業。而歷史的洪流也就讓這封萬言書被束諸高閣。回顧這封上書，不僅有其歷史價值，而且歷久彌新，就算今天亦仍有極大的參考價值，非常值得我們仔細研讀。我已經把這篇文章節錄下來分發給今天來參加的每一位聽眾（見附件一）。我更建議大家能夠看一看上書的原文，雖然是用文言文寫的，但是仍然簡要易懂。更難能可貴的是文章的文字非常優美，也可以把它當作一篇文學作品來欣賞！

過去我也參加過許多紀念孫中山誕辰的活動，但這次由李金友爵士策畫，針對中山先生在 28 歲上書這件事和上書的內容來紀念中山先生，可說是別開生面：一方面凸顯那個時代的背景，另一方面也讓我們瞭解到中山先生以 28 歲的英年就能夠針對中國的問題，目光如炬，洞若觀火，實在令人感到無比欽佩，而且慶幸中華民族能有這樣一位出類拔萃、不世出的偉人，引領我們走向現代化的道路。想想我們自己 28 歲時在做什麼，比之於中山先生 28 歲時寫的這篇文章，我想絕大部分的人都會覺得慚愧，我就是其中之一。

大家都知道，中國大陸進行改革開放至今四十多年，各方面的建設突飛猛進，引起全世界的矚目。其實就是遵循了這四個原則，做為建國治國的方針，所以能在四十多年裡就獲得了如此驚人的成就。台灣在上世紀末也是在這四方面做得很好，所以也曾經爭取到亞洲四小龍的地位。現在，我就以實踐的角度切入，對這四個原則在中國大陸的發展，做一些回顧、檢討與展望。

（一）人盡其才

中山先生提到，人盡其才最重要的是要做到「教養有道」、「鼓勵以方」、「使任得法」三個重點。「教養有道」意思就是說，人一定要受教育。人如果不受教育，是文盲的話，就極有可能變成國家社

會的負擔，但是人一旦受了教育，得到啟發之後，就是比電腦還要寶貴的資源，所以教育的重要性不言而喻。

　　不管台灣、大陸、香港、澳門乃至於僑社，凡是華人社會，對教育和考試都非常重視。雖然以考試作為教育的出發點，並不是最好的誘因，但至少維持了公平性與機會的均等，所以兩岸四地靠著教育的普及，都已經掃除了文盲。這跟百年前中國大概有 80% 以上的人口都是文盲的情況相比較，真是進步的太多了。今天我們可以自信地說，兩岸四地 60 歲以下所有的國民以及我們的僑民，素質絕對已經達到了甚至超過世界平均的水平，我們絕對已經走到了世界公民水準的前列。未來「就業」與「就學」要怎樣地加以配合，使得「學」能夠「致用」是很重要的課題。但我們也要認識到今天「學以致用」這個目標，也必須有所修正，因為許多學科若要發揮功能，就都必須是多領域的結合，所以太偏限性的只知一門一科，卻對別科完全不懂，已經不合時代的需要。未來的教育，應是先培養好通識通才，再去鑽研專才專業，這其中甚至是文、法、理、工、財經等各個完全不同的學科，都會因為社會運作的需要，而被加以融合、兼併，才能有實用的價值，發揮最高的效率，滿足市場和社會的需求。

　　至於「鼓勵以方」，就是說一定要多多鼓勵人才，讓人才能夠有上進心、進取心，而且要有終生學習，永不落伍的抱負。這一方面，中國大陸做得非常實在。因為國家用各種名號或實質補貼，讓各行各業有專精有專業的人才（不只偏限於做學問方面），無論在技能方面、在運動方面、在科學藝術方面……，只要有表現、有本領，有真才實學，就可以獲得很多的名號：比方說，國家一級演員、國家一級藝術家，或著說，誰有什麼特別貢獻，國務院就可以給誰發特殊津貼等等。這樣子就把職業分貴賤的錯誤觀念徹底消除，也落實了「行行出狀元」的理想，更使各行各業從事的人都覺得「我的將來有希望，今天我是

輯五

文

二級演員，但我明天可演得更好，可以變成一級演員」。這種鼓勵人才的制度，讓社會各階層都願意努力向上，爭取榮譽，而不是只在學術界去鑽牛角尖，尤其對消除中國傳統社會「萬般皆下品，唯有讀書高」的封建思想有非常大的助益。

　　我印象最深的一個案例，就是在大陸揚州有一位女士叫做陸琴，她修腳的功夫最好，也訓練了許多徒弟，開了很多修腳店，對社會服務和就業做了很多貢獻，所以大陸致公黨就推薦她參選而當選了全國人大代表。這就是一個很特殊的例子，我非常肯定這個做法，因為大陸的人大代表、政協委員代表了各行各業，有修腳的、有農民、有勞工、有廚師 也有藝術家、運動家、少數民族代表，當然還有企業家、律師、教師、學者、工程師、科學家等各行業的專業人士。就是說，只要在各行各業表現的好，有真本事就有出頭天。這就是孫中山先生講的「鼓勵有方」，讓行行都覺得有希望，而且充滿活力與進取向上之心，對社會進步、促進多元發展是很有幫助的。講到這裡，就必須強調，教育不僅是只有學校的教育，家庭教育和社會教育的重要性也絕對不可忽視。家庭教育對一個人待人接物，基本禮節的養成，道德觀和價值觀的建立，乃至於人格的培育都有絕對的影響，一般華人家庭只要能力所及，對此也都非常重視，所以華人（乃至於東方社會）家庭內，代溝的隔閡及親子關係的問題比之西方社會似乎來得和緩，而親子關係互動也較親密和諧。

　　在社會教育上，我認為中國大陸在媒體的社教功能上做得最好，大家都知道電子媒體是當今傳播效力最大的媒體，而傳播頻道又是稀缺的資源，大陸善用了這項資源而在社會教育上發揮了巨大的功能，中央廣播電視總台第一至第十四頻道分別對國內、國際新聞、財經、農業、軍事、科技、新知、戲曲、兒童、體育、文化、教育、紀錄等領域，分門別類不斷介紹各業最新發展，國際相關動態，乃至於國家整體發展的目標等等，其實少有八股教條式的內容，讓人能在電視機

前充分學習到新的知識和見解及國際動態，充分發揮了社會教育的功能，而各種節目的設計也常可發揮正能量及鼓勵人才的作用。比如有一個「認識經典」的文化節目，就經常訪問大家喜愛認同的文化、藝術、音樂、戲劇、電影等各界的從業人員，不只是台前的主角或演出者，包括對幕後的原創、編劇、導演、琴師、配樂等文藝工作者也都詳加介紹，不僅讓大家知道團隊精神的重要，也讓不出名的文藝工作夥伴能得到肯定，常令觀眾深受感動。

近年來網路傳播的影響鉅大，大陸各網路上名家演講、益智節目、歷史文化典故、科技新知、國際局勢分析等內容也是目不暇給，對有志求知、上進的人提供了最好的平台，充分讓媒體的社教功能得到發揮，值得肯定。各省市地方電視台則有較多的綜藝、娛樂性節目，所以在大陸看電視節目絕不會感到枯燥無味或覺得被誰在洗腦，反而是在台灣看電視新聞裡看不到國際動態、世界大事，只看到偷雞摸狗、鄰居吵架都可變成所謂電視「獨家」新聞，且八卦新聞充斥，「名嘴」不怕造口業，整天信口雌黃、造謠生事，綜藝節目又往往流於低俗，觀眾整天被這些低級節目洗腦，真會讓人關機興嘆。而台灣的許多觀眾就在電視及網路愚民的報導和節目中，沉浸在一片「小確幸」之中沾沾自喜，不知未來自己的競爭力和出路在那裏？就像是溫水煮青蛙，到真的考驗或大局變化來臨時，就可能會不知所措了，說嚴重些，就真是到時「是怎麼死的都不知道」！但我們都還每天自滿自大地嘲笑大陸新聞不自由！節目無趣！也難怪大陸學者來台訪問後，感想最深的一點就是說在台灣看一個星期的電視節目後，人會變得無知識，甚至會變傻，實在值得我們反省！

另外有關人才晉用非常重要的一點，就是對國際人才的引進和任用，二戰之後，美國之所以能飛快地發展，除了各種客觀因素外，其中最重要的就是在科技工程領域大量引進了外國留學生及科技人才，當年許多外國留學生因所學專業在本國尚無用武之地，或其他種種原

因，後來就都留在美國變成了美國公民，對美國科技、工程方面的發展做出了極大的貢獻，就以今天來說，如果把矽谷的華裔、印度裔、猶太裔、日韓裔的人都趕走，明天矽谷大概就要關門。據統計，在矽谷僅算清華大學的畢業生就有約3萬人！而最近美國川普總統極端反移民，對中國來說是天賜良機，應該盡快制訂方略，吸收引進在美國的中國和外國人才；以及東歐、俄羅斯等地的科技人員以加速或補強中國的不足，楚材晉用，古有明訓，此其時也！至於「使任得法」，其實就是人才的晉用、監督與考核。

在過去中國傳統的官場，政府各機關都常會任用私人，軍隊則是吃兵丁的空缺。以致一人得道、雞犬升天。現在這些方面，除了政治任命以外，所有軍公教人員都要經過考試，同時監督的體制越來越嚴格，尤其大陸習近平主席最近嚴格的反腐肅貪，對官箴的整頓起到非常好的效果。我也舉一、兩個大陸的不成文規定，很值得我們學習和效法。第一個不成文規定，就是一定要做過兩省或以上的省委書記，管過兩個省所有事情的經歷之後，才能晉升為所謂副國家級的領導，不像我們自以為最好的民主選舉，任何一個阿貓、阿狗沒有任何治國理政的經驗，只要會演戲、會選舉，一旦選出來，就是省長甚至就是總統，我個人就認為非常不合理也不符社會實際的需要。民主體制走到今天，已經有太多瓶頸，尤其是民主選舉無一可避免金錢的掌控，哪個候選人能（用金錢）掌控媒體和網路，能（用金錢）買通利益團體，就勝選在望，世界各國的民主選舉幾無一例外地都已可和金權完全劃上等號，必須要加以突破。

大陸的政治制度，的確不是一人一票的民主制度，但是它充分考量到社會治理的需要，而且也顧及到「選賢與能」的原則，因為「選賢與能」的「選」不是只有一人投一票才叫做「選」，「選」可以是考選、篩選、遴選等等，這都是「選」，所以不要過分迷信於一人一票的所謂民主，更不可誤以為「所有不是一人一票選舉

的，就都不是好的政治制度。」這是我們今天必須要有的認識。另一個做法，就是在地方要任用政府官員之前，就先把要任用官員的職務，幹部的名字、年齡、學歷、經歷、照片等，都在電視上播出來，同時播出接受檢舉的電話和意見信箱，為期兩星期，天天播出。任何人對於這個候任幹部都可提出意見，甚至檢舉。比方說，「這個人當年貪汙腐敗」，或者是「這個人曾犯過性騷擾」，或者任何其他違法犯紀的劣跡，都可以提出。我原來以為這只是做個樣子，後來我才知道，的的確確有一些原來要被任命的候任官員，就因為被檢舉太多，後經查果真屬實，這候任官員兩星期之後就被除名，甚至下台啦！

　　類似這種制度，雖非民主制度的一環，但非常有效。所以我覺得我們不要一直嘲笑大陸的政治制度不民主，只要有效，對國家社會的治理有幫助，就值得我們虛心學習。另一方面，在海外僑社裡面最重要的教育是什麼？其實就是華文教育。因為華文是整個中華文化的載體，沒有這個載體，別的都不用談了。所以我很高興看到今天在座這麼多在馬來西亞長大的青年朋友，都能夠聽、說、讀、寫、流利地使用中文，實在是可喜可賀，更值得敬佩。講到這裡，我要提到我的一位長輩，就是馬來西亞的沈慕羽老先生。沈老先生一生在海外為華文教育和傳揚中華文化鞠躬盡瘁，對馬來西亞華文教育的發展做出了不可磨滅的貢獻與成就，使馬來西亞至今仍是海外僑社華文教育最成功也最普及的地區之一。

　　沈老先生對我非常愛護，我記得在我接任中國國民黨中央文化工作會主任之後，他當時已九十多歲，還親筆寫過兩、三封信勉勵我、鼓勵我說：「你一定要在這個崗位上，努力做好中華文化的傳承和發揚的工作。」一直到今天，我還是以此為職志，其實也是為了告慰沈老的在天之靈。

（二）地盡其利

中山先生對「地盡其利」這一項的闡述，其實就是在談農業問題，主要在講述要如何使農地增產，提高農政效率，如何提高耕作技術，如何興修水利等，對於對農地的論述，但也自有他的道理，因為中國歷來以農立國。農民的人口在當年占中國總人口的 80% 以上。一直到今天，在全中國 14 億人口裡，農民人口仍然有 6 億，約占總人口的 43%。仍是占比極高的數字。6 億是個什麼概念？相當於全歐洲除去俄羅斯人口的總和。

所以，中山先生當年強調的就是推動農政、興修水利、使用農機、提高產量等農業問題。中共建政以後，一直到了上世紀末，受限於各種條件的不足，以致於農村仍然非常凋敝，農業人口也沒有大幅減少。政府想改善，但心有餘而力不足。直到最近 30 多年，中共中央一方面漸有能力，另方面也深切體會到問題的嚴重性，才將農業問題整體考量而定位為「三農問題」。

所謂的三農問題：是指農業、農村與農民問題。最先由經濟學家溫鐵軍博士於 1996 年正式提出，到 2000 年，湖北監利縣棋盤鄉黨委書記李昌平給總理朱鎔基寫信時提到「農民真苦，農村真窮，農業真危險（落後）」後，獲得中央高度重視，2001 年「三農問題」正式成為國家理論界和官方決策層引用的術語，並於 2003 年正式將「三農問題」寫入工作報告。而自 2004 年起一直到 2018 年，每年中央發出的第一號紅頭文件都與三農問題有關，就是希望傾全黨全國之力，改善農村生活，提高農民收入，促進農業發展的現代化！這個工作一直到今天還在持續推動之中。

三農問題非常複雜難解，因為農業、農村、農民所指的三農是「從事行業」、「居住地域」、和「主體身份」三位一體的問題，而其中所有問題又幾乎都和土地問題密切相關，古今中外，凡是牽涉到土地，就沒有簡單的問題和簡單的解決方案。大陸三農問題至少就有生產力落後，人均產量少，耕作技術落後，人均地小無法粗放耕作降低成本，

管理繁瑣，農地品質惡化，農村經濟發展只能靠政府補助，農村戶口與非農村戶口的差異和矛盾，農村基礎建設尤其是交通、醫療、教育、福利保障等方面水準低，城鄉收入差距大，青壯入城打工，農村只剩老弱婦孺，就算豐收也無銷售管道以打開市場等等的問題。而問題又常相互關連，互為因果甚至是惡性循環，難以解決。

一、農業問題

（1）糧食安全問題：

民以食為天，1949 年中共建政後，都還發生過幾次重大的饑荒，饑民流離失所，甚至動輒餓死數十萬、數百萬人，所以 14 億人口糧食供應安全的保障是第一要務。最近 20 年來確已未再發生過糧食危機，但未來剛性需求增加，耕地減少，農民勞動力不足，水源缺乏，氣候變遷等仍可能使糧食供應的安全出現問題。且因生活水準普遍提高，對進口糧食如大豆、玉米的需求大增，現在中國雖是世界最大的糧食生產國，年產糧 6.6 億噸，但每年仍需進口 1.1 億多噸的糧食，且在持續增加中；因此，中國也已是全世界最大的糧食進口國，在年進口的 1.1 億噸糧食中，大豆就占了 80%，餘則為玉米和其他雜糧，大米和小麥做為主食的口糧基本尚能自給自足，也就是說進口的糧食絕大部分是被用來當作禽畜的飼料及其他如榨油、加工、工業等用途。除進口糧食外，估計中國未來每年消費豬肉約 5800 萬噸，禽肉約 1600 萬噸，牛羊肉約 1000 萬噸，除國內生產之外，每年尚需進口豬肉 300 萬噸，牛羊肉 200 萬噸，禽肉 600 萬噸，及乳製品 260 萬噸，才能滿足消費的需要。2019 年因非洲豬瘟影響，致使豬肉供應有約 2300 萬噸的缺口，以致豬肉價格狂漲（最貴時約漲價五倍）。未來整體糧食供應的安全問題只會愈來愈突出，尤其是由儉入奢易，由奢入儉難，中國人對食物消費的品味愈來愈高，浪費程度也非常驚人，又不能自給自足，實在不是好現象，甚至可說是一個「國安問題」。

（2）農業政策問題

農業生產養殖，從育種、施肥、灌溉、病蟲害防治、採收、倉儲……，本身就需多門學科做為基礎外，現代其他學門發展出的新科技及資源也都要利用到農業政策中，才能事半功倍。

　　大陸在 1953 至 1978 年期間是以農業養育工業，對農業是多取少予。1978 至 2001 年仍是農業養育工業，但對農業開始多取亦多予，到 2001 年以後至今才轉變為工業反哺農業，這段時間才看到農業真正得到資源與發展，問題也才漸為舒緩。

二、農村問題

　　（1）土地問題

　　A. 承包問題：土地是農民生活生產的最後保障，但土地在集體所有的制度下，承包政策長期不變（增人不增地，減人不減地）和穩定人地關係的原則下，造成對新增人口應有權益的剝奪，不利農村的和諧和改革。

　　另一方面，中國農民耕作的土地面積小，每戶平均只有 0.5 公頃，比起美國的平均 2.5 公頃，或巴西的 5.8 公頃都小得太多，且土地又分散，農民無產權，無法流轉或兼併以擴大規模，提高效率；以致於中國農民勞動力的生產率只有世界平均值的47%，更只有美國的 1%！最簡單的例子就是中國用了約 20 億畝的土地生產了 6.1 億噸的糧食，美國用了約 30 億畝土地生產了 5 億噸的糧食，乍看起來，中國的單位產量較高，但中國是投入了約 3 億農民的勞力，而美國只投入了 300 萬農民的勞力（美國登記農民人口約 600 萬，但只有一半是真正在生產的職業農民），因此中國國內生產的糧食成本極高，價錢自然也非常貴昂。據粗估，進口糧食就算加上 50% 的關稅後，價錢也還比國產糧食便宜。加上種子、包裝、運輸、倉儲、化肥、農具、灌溉等成本不少都高於國際平均，因此未來這些都是有待改進的範圍。但降低價格又怕穀賤傷農，更怕降低了農民原本就較都市人口為低的收入和生產意願。所以說所有的問題都是盤根錯節，難以全面解決。

B. 宅基地問題：宅基地是否為農民私產沒有規範，引發管理和分配問題和糾紛。

C. 土地權屬問題：農地轉為非農地過程中，農民做為土地使用者的權益如何獲得保障與安排。

D. 土地利益實現問題：土地應至少具備生產、保障、資產、生態及公益等功能，但農地在保障、資產等方面的功能都受到限制，未來應是農地制度改革及重構農村利益分配的重點方向。

（2）基層政權維穩問題

A. 信任危機：中共政權是靠農民革命起家，且是以土改分地做為號召，如果分了地也過不上好日子，甚至不能求得溫飽，會使廣大農民對政權產生信任危機，使政府在最基層的社會治理和統治都發生困難。

B. 信任危機可能轉為政治危機：如果政權在最基層失去民心，黨和政府在基層形象一旦崩潰，農村開始混亂，則中國必將大亂！農民最獨有的特質，也是他們與知識分子或工人或其他任何一個階層最不一樣的，就是他們不怕下崗失業，不怕降級減薪，更沒有人能把他們從土地上趕走，所以黨或政府對農民「教化或管理」的功能，相對是很弱的，只有農民民心真正的認可與支持，才是政權最堅實的後盾與保障。

C. 失去民心的原因：

（i）早期錯誤政策的後遺症

中共在 1958 至 1960 年代推動「三面紅旗」——即社會主義建設總路線、農業工業生產大躍進和人民公社。在這段時間裡，社會浮誇成風，一切以虛假矇騙為尚，處在最基層的農村在上級層層要求下，進行土法煉鋼、生產大躍進等運動，所有報表資料都變成天方夜譚式的謊言。如鋼產（其實煉出來的都是廢鐵）20 年可超英趕美！每畝可生產數萬斤糧食等神話，使原本純樸農村的本性喪失殆盡。到 1979

年，中央雖然正式對三面紅旗做了基本否定的評價，但傷害已經造成，大失民心。

（ii）基層農村政府能力不足

過去村鎮政府人力不足，經費短缺，幹部本身程度太低又太弱勢，誰也不敢得罪，遇事只有糊弄，最終失去了人民的尊重與信任。而上級要求又多，基層只有欺上瞞下，做虛造假。尤因上級政策往往出爾反爾，幹部夾在當中，更覺兩面不是人，每天被折騰，使幹部本身都對黨的政策失去信心，如何去領導民眾？

改革開放後，尤其是最近 5 年來，政府針對這些問題都在積極改革，甚至拔擢碩博士學歷或表現優良者出任村鎮書記，成果也很突出，但問題不是一天造成，改革仍須努力方可見效。

三、農民問題

（1）農民素質

農民過去長期居住在經濟凋敝的農村，教育上師資、設備都差，醫療上醫、護、藥都缺，交通、通訊不發達，可說是長期生活在各種條件都相對落後的地區，以致於各方面的水準、素質都遠較城市市民為低，使農民無論在文化教育水平、經濟能力、健康保障，乃至於思想道德水準、民主法制觀念、現代化的知識等都較落後，直到今日，城市人對農民大都仍有偏見甚至歧視，而城市和農村戶口不通的限制，更形成了兩者難以跨越的鴻溝。

（2）農民價值觀

農民長期處於經濟、文化、教育等各方面的弱勢，卻眼見城市居民致富之後鮮車怒馬，好不風光，而在農村中又看到常是逢迎拍馬、買官行賄之輩可以在鄉村作威作福，橫行無忌，因此產生了一切以追求財富與權力為目標的思想，一旦掌權或致富後，往往就有各種暴發戶的心態與行為，諸如許多令人咋舌的炫富、擺排場、奢侈、浪費等。而尤其對貪腐賄賂不只在道德上不覺可恥，反而認為是致富的最佳途

輯五

文

235

徑，甚至對貪腐羨慕嚮往，只愁自己沒有貪腐的機會，也就是說長期累積下來錯誤的價值觀，使道德思想產生了相當的扭曲而需要重新導正。

四、脫貧致富全面建設小康社會

　　為了從根本上徹底解決三農問題，中共中央最近這些年來全面推動消除赤貧人口，希讓全民盡快進入小康社會。因為幾乎所有赤貧人口都是住在農村的人（農民），所以能全面消除赤貧人口就能釜底抽薪地舒緩三農問題，維持社會整體的穩定。30 年來，雖已經消除了約 6 億的赤貧人口，但真正雷厲風行還是最近五年，由習總書記親自領軍，而在脫貧致富方面取得了令人刮目相看的成就。連美國民主黨目前一位領先的總統候選人伯尼桑德斯（Bernie Sanders 佛蒙特州的聯邦參議員）最近都在公開講演中，很難得地說「中國大陸這些年來能讓好幾億貧民擺脫赤貧，在全世界範圍來說都是非常了不起，幾乎是從來沒發生過的成就！」什麼叫赤貧？按照聯合國的標準，每天收入不到 1 元美金，也就是一年總收入低於 365 美元的就算是「赤貧」。但大陸鎖定的脫貧標準，比這個再高些，就是一年總收入達不到 400 美元的就列為「赤貧」。據最新統計，大陸赤貧人口今天只剩兩千萬左右，目標就是在 2020 年底，能夠把所有「赤貧」的人口全部消除，讓大陸全民都進入所謂「小康社會」。

　　大陸的扶貧工作有精密的規劃和嚴格的執行要求，透過「精準扶貧」、「定向扶貧」，確定貧困村鎮及貧困人口，然後責成較富裕的地區和幹部負責「認養」，甚至是遠由東南沿海較富裕的各省、市、縣來認養西部地區的貧困縣、鄉、村、鎮。從生產技術、思想觀念、科技教育、網路行銷等各種手段來達成脫貧的目標，對實在不可能改善或自然生存條件太不適人居的地區，就由政府規劃整體遷村。各級政府和幹部對脫貧指標的任務達成，都列入業績甚至升遷的追蹤和考核，要求嚴格的程度甚至超過對達成 GDP 指標的要求。這種民

胞物與的博愛精神及帶來的成果，確實令人刮目相看，也令人感動。就以習近平總書記 2019 年 5 月在江西視察時說「脫貧攻堅已進入決勝階段，各地區要全力解決好『兩不愁，三保障』（即不愁吃，不愁穿；義務教育，基本醫療，住房安全有保障）突出問題，讓老區人民過上幸福生活。」2019 年 5 月在甘肅視察時說「脫貧是第一步，接下來要確保鄉親穩定脫貧，扶貧的政策和隊伍要保留一段時間，從發展產業、壯大集體經濟等方面想辦法找出路，讓易地搬遷的群眾留得住、有工作、有收入，過卜好日子。」2019 年 7 月在內蒙古視察時說「要堅持因地制宜，因村施策，宜種則種，宜養則養，宜林則林，把產業發展落到促進農民增收上來。」

2019 年 7 月在河南視察時說「脫貧攻堅既要扶智也要扶志，既要輸血，更要造血，建立造血機制，增強致富內生動力，防止返貧。」2019 年 10 月在國家扶貧日說「小康路上，一個人都不能掉隊，2020 年要完成脫貧攻堅目標任務，全力補齊貧困人口義務教育、基本醫療、住房、飲水等問題，確保農村全面脫貧。」另在其他多次內部會議中也一再對全面脫貧進入小康做出指示。一年內針對同一問題由總書記親自發表十餘次指示，在中共歷史上都很少見，就可見習近平對脫貧攻堅實現小康社會目標重視的程度。

對於脫貧的成果是否真如各地方政府上報的一樣真實，當然也引起一些質疑，有人懷疑數字造假，有人認為赤貧的定義必須考慮地方性及城鄉的差距，也就是應引入「相對貧困」的概念，因為人年收入 400 美元以上在窮鄉僻壤也許可以認為達到脫貧的標準了，但如在都市或大都會，則人年收入 800 美元甚至 1200 美元恐都無法擺脫在都市貧窮的標準，所以用單一標準做為脫貧的指標並不符合現實環境的需要。但無論如何，大陸已大量減少了赤貧人口是一個事實，而且這項工作的方向和執行力度不會改變，即使目前的統計數字有若干水分，或標準尚不夠客觀，但全面脫貧，邁入小康社會的目標應可順利

實現。這個扶貧脫貧的工程不僅是在實質上照顧了貧苦大眾，其實也是一項重大「改善人權」的成就。

西方常拿人權在國際上說事，說中國大陸這裏違反了人權，那裏又侵犯了人權，我常對西方朋友說：「讓 14 億人每天都能吃飽飯，不受凍，有房子住，每天晚上睡覺後，知道第二天下一頓飽飯在那裏！這就是最大的人權保障。」更何況就以西方自己的標準，在美國屠殺了千萬餘印第安原住民，至今所謂「保護區」內的印地安人仍無法享受到公平的待遇。歧視黑人，甚至到白人警察濫殺黑人，居然還受到法律保護的程度。強占古巴關塔那摩軍事基地，由美軍管理，把全世界跟美國作對的人送入此集中營而被施以非人待遇、虐待戰俘；在國際上製造戰亂，引發難民潮，使千萬人家園破敗，流離失所，在這些他們製造的人權問題上，劣跡可說罄竹難書，有什麼資格拿人權向別的國家說事？我不是在替中共政權說話，只是根據事實做一些詮釋而已。中山先生當年提到「地盡其利」的時候，只提到了農地和農業，這也很正常，因為中國自古以農立國，農業的發展關乎國家經濟甚至生存發展至鉅，但土地對各行各業發展都是最重要的資源之一。一塊素地沒有什麼價值，亞馬遜河流域地那麼多，但只能發揮生態保育的功能，尚不具備經濟價值。（常然，對這樣的土地是否應該開發極具爭議，以今天地球環境來說，我認為是不開發為宜！）所以，要「地盡其利」就是要怎麼樣開發、創造土地更高的價值及利用的效率。這就牽涉到城鄉規劃、都市計劃、各種基礎建設，無論是公路、鐵路、水空運、電信、資訊、網路等等的建設。有了這些配套，「地」才能夠真正有利用的價值，也才能真正「地盡其利」。

（三）物盡其用

「物盡其用」在最近這一百多年來，是最最大放異彩的一

個領域。為什麼呢？因為，「物」，當然有原來天生之物，如日光、空氣、水和地裡、水裡生產的物；也有人類種植養育的，其實就是農、林、漁、牧、礦等天然資源。但是近代的科技發展，讓這些天生的、地產的、還有人類製造的、生產的、發明的各種「物」之間有了非常好而且非常多的結合或融合。你中有我、我中有你。這種例子太多，比方說，太陽能發電、風力發電、水力發電、甚至海水、潮汐、地熱、空氣這些物，都有它的的新用途。至於我們人類製造創作的各種機器、工具、設備更是百花齊放、琳瑯滿目。各種各樣的母機、器械、設備等等都是被人所製造出來。而有一些原材料在自然中原不存在，但是經過科學研究或改良後發現「某一種物質，在溫度降到負 200 度或是壓力增加到幾十個大氣壓的時候，物理或化學性質會發生很大的改變，變成了一種新物質。」也就是說，人類利用科技和研究，創造了很多的新的「物」出來。這就是從上世紀開始所謂「材料科技」的研究，對於人類未來的發展，已經掀起不少革命性的改變。最近最熱門的話題就是美國對中國發動所謂的「貿易戰」，其實川普要打的，絕對不是貿易戰本身，而是先拿所謂貿易戰作幌子，隨之而來的很可能就是金融戰，而美國真正最想打的就是科技戰爭。因為，中國在過去這幾十年改革開放之後，科技方面的發展跟成就已經突飛猛進，最令美國擔心，而希望在中國還沒有超越美國之前，先把中國高科技的發展打殘、打趴，用心至為惡毒，中國必須加快腳步自力自強。

人類發展至今，到現在大體來說已經歷了三次工業革命：第一次工業革命就是瓦特發明蒸汽機，使人類用到了除了人力、畜力以外的動力，人類開始有了機器和工廠，火車、輪船也就是代表初期的工業發展；第二次工業革命是愛迪生發現了電能，人類開始用電，它的便利性、高功能、可控性徹底改變了人類的生活模式；第三次工業革命，

就是電腦、資訊業的革命。

　　前兩次革命，蒸汽機和使用電力，我們中國人連邊都沒有沾上，因為當時滿清政府認為這叫做「奇技淫巧」，所以根本不屑一顧，使我們喪失了兩次學習發展的機會，也造成我們百年積弱的慘痛教訓。而日本恰恰就是掌握了前兩次工業革命，明治維新之後，日本突然之間就強大起來，甲午戰爭把我們打得一敗塗地。到了第三次工業革命，我們算是抓到了它的尾巴，因為我們總算在電腦、資訊、通信業裡面，占到一席之地，但是它的原創，至今發展最好且仍居世界第一的，還是美國。所以不管中興還是華為，在應用方面，我們做得是非常好，甚至令全世界都佩服！但是美國只要把最核心技術的晶片一收，我們就都面臨癱瘓甚至瀕於停擺了！所以這些方面我們仍然處於極端弱勢，必須盡快改善。

　　但是第四次工業革命，中國人就不只是旁觀者了，我們不僅是積極的參與者，甚至有可能就是主導者或是創造者。我在這裡特別列出來十項工業或科技項目是未來第四次工業革命最有可能發生的領域，當然，具體是哪一項，或者哪幾項，我無法預知，因為還沒有發生，但是基本上應該不出這十項的範圍。這十項領域分別是：

1. 半導體及其週邊或衍生之（電子）科技
2. 材料科技，包括石墨烯、液態金屬、超導體、稀土、各種複合材料（包括金屬、陶瓷、高分子、生物），這些材料都具有高強度、高韌性，質量輕，耐腐蝕，耐磨損等特性。
3. 航天太空科技
4. 通信、資訊和運算科技
5. 量子科技
6. 核聚變（融合）科技
7. 人工智慧
8. 生物科技（醫學、藥學、生命科學、農學）

9. 可再生能源科技

10. 基因工程

以上所列沒有順序重要性之分。且有可能在其中一項有所突破時就同時，會影響到其他一項或數項的發展。

第四次工業革命，對中華民族來說，是極為重要的，因為我們不僅已經拿到了門票，而且是有資格在裡面發言、參與競爭、制定標準和規格的，甚至會變成第四次工業革命的領導者！所以我特別在此列出來，在「物盡其用」這個領域，是我每一個中華兒女，尤其是從事科學技術工程等方面工作的夥伴們要特別盡心用力的地方。

我們也必須瞭解，要能夠達到這個目標，教育最重要，而且教育就不能夠只靠考試為導向，而是應該讓大家都能有自由自在的想像力和創造力，敢於想像、敢於實驗、敢去實踐，接受失敗，不要氣餒，那麼，也許真的就被碰出一個火花來，所以我在此特別要勉勵在座很多年輕朋友，努力想像、研發、創新，為自己的前途和民族的復興而努力。

另一方面，我們也必須體認，全世界面臨人口爆炸，地球上各種天然資源都已經到供不應求甚或枯竭的窘境，所以我們一定要有惜材愛物的觀念，一定要發揮我們中國人自古以來勤勞、樸實而且非常節儉的個性，千萬不要再去學美國人的揮霍和浪費習慣。美國人口只占全世界的 1/25，但美國人各種消費和浪費，卻占用了全世界 1/4 以上的資源。

60 年前，我認為「美國人真聰明！」因為他們發明了使用一次性可丟棄的紙杯子、紙巾等等，當時認為這太方便啦！但現在瞭解到這些都是極為錯誤的觀念。這個隨用隨丟的概念，不知製造了多少天然資源的浪費，和太多廢棄物引發的環保問題，尤以塑膠廢料為最，一定要把它改正過來。所以不僅要珍惜資源，連垃圾也要盡量設法減量和減排。中國人也要盡量節儉，尤其是在吃食一項，要多加節制、

簡約，減少浪費。對全人類的發展來說，我們必須要走到永續循環經濟發展的模式，我們才有可能活下去！

　　不走這條路，人類將來就是死路一條。有人在夢想「地球資源用完住不下去了，我們就搬到外太空去。」我希望不要等到那一天。因為那一天到來的時候，一百萬地球人裡能搬上去的，不知道能有幾個？所以，我認為，勤儉惜物、珍護資源，是我們今天教育理念中最重要的一項公民道德教育，要給我們的子孫後代留下生存的空間！

　　我希望大家如果有空，應該讀一讀唐太宗的〈百字箴言〉（**見附件二**）。我至今都能背誦：「耕夫役役，多無隔宿之糧；織女波波，少有禦寒之衣。日食三餐，當思農夫之苦；身穿一縷，每念織女之勞。寸絲千命，匙飯百鞭」。「寸絲千命」什麼意思啊？就是說一千條蠶捨命吐絲，才能有一寸絲生產出來。「匙飯百鞭」是說每一湯匙的飯，是耕牛挨了一百下鞭子的產物。唐太宗雖是用具象形容的方式告訴我們物力維艱，但仍然值得我們現代人多加思考並接納。關於本項最後我要提到中山先生在「物盡其用」中，開宗明義地寫到「所謂物能盡其用者，在窮理日精，機器日巧，不作無益以害有益也。」請大家注意最後一句說「不作無益以害有益」，當時中山先生是以我國每年因俗尚鬼神而在迎神賽會中化箔燒紙，浪費無數而感嘆「以有用之物，作無用之施」的浪費。李金友爵士對此另有一個延伸的詮釋，就是以今日因工業發展和生活習慣而產生的各種廢棄物如何處理變成全球的問題，而這正是製造任何人造之物時都應注意不要因附帶的「無益」而害到「有益」。其實除了環保的考量外，我認為今天很熱門的電子科技、人工智慧和生物科技發展而言，這個邏輯也絕對是應該要充分考慮的因素。因為電子科技的發展太強調所謂「便利性」，但我認為「便利性」發展到極致，就是人躺在床上，什麼都不必做，只要大腦動念，被物聯的東西就自動運作了。但這許多的「便利」有那麼重要嗎？真就是我們人類終極發展的目標嗎？而為了追

求這些並無必要的便利，浪費那麼多的天然資源和人類的智能，值得嗎？果真是的話，那人類一定是會變得愈來愈懶惰，對外在環境變化的反應會愈來愈遲鈍，人類相互的溝通關懷會變得愈來愈淡薄，甚至冷血，以及人性與道德的整體崩壞，也就是「人類」會變得愈來愈沒有「人性」而自取滅亡。這就是人類的悲哀而非福祉了。另如人工智慧和生物科技發展到極致，很有可能產生人類無法完全掌控或因此而引發的道德、社會、倫理等各方面很難解決的問題。或是複製人技術愈來愈成熟，甚至分不出誰是原版，誰是複製品！一個「張三」會變成一百個「張三」，像孫悟空拔根毛就變成一個分身一樣，如不未雨綢繆，到時會引起人類整體的混亂和恐慌，以及社會倫理的崩解，那就真是「無益」而害「有益」了。李金友爵士的補充詮釋應算是切中時弊的「神來之筆」！值得我們深思。

(四) 貨暢其流

最後談談「貨暢其流」。今天，從任何一個角度上來看，中國已經是全世界物流的第一大國，尤其最近這些年大家都在網上進行購物、快遞、甚至餐飲外送等等。這都是要靠一套非常完善的物流、金流、網路、軟體的綜合使用和配合才能完成的體系。而且物流已經早已超脫了只是貨運（海陸空）、港口、機場、車站、倉儲、運送的範疇。如昨天剛剛又過了一次「雙十一網上購物節」，阿里巴巴天貓的網購達到一天超過 2450 億人民幣的營業量！

這個數字已經是很多國家十年 GDP（國民生產毛額）的總和啊！所以「貨暢其流」的目標，其實基本上在大陸已經做到。現代「貨暢其流」的先決條件：第一是交通要便利；第二是網路要覆蓋得到；第三是行政效率要高、管理技術要強，各種配套完善，而且都能夠發揮功能；第四要排除任何不必要的人為干預及制約；第五要法律和仲裁能夠保障通路物流業者及消費者共同的利益，因為，一旦產生糾紛，

又解決不了，整個網路行銷的公信力就會降低。這些方面，其實大陸已經都做的非常之好。

另一方面，更宏觀的「貨暢其流」，就是「一帶一路」的建設。一帶一路的戰略思維，其實是從陸地上把亞洲、歐洲、非洲三大洲結合起來，當然這裡面就自然包含了阿拉伯世界、南亞次大陸、東南亞和中南半島。如此一來，反而是東邊的南、北美洲和澳洲、紐西蘭變成了「孤懸海外」的孤島。而全世界70%以上的人口、資源，都在「一帶一路」所涵蓋的範圍裡。所以，能夠把這三大洲從陸地上結合起來，戰略上，就可立於不敗之地。更何況，歐美過去能夠稱霸世界，包括今天美國，它為什麼能夠那麼猖狂、那麼欺負人呢？就是因為它有十個航母戰鬥群，是海權力量展現的極致。

哪個國家不聽話，就被定位為敵人，航母開過去，艦隊的海空武力先把敵人打趴，再由陸戰隊或特種部隊，把敵人的政權推翻，建立一個親美的傀儡政權。如巴拿馬、格瑞那達、伊拉克，美國這種帝國主義的暴行，歷史上已上演過太多次了。中國如果要在海權上直接和它去競爭，再爭十年、二十年也不見得爭得過它。但是，我們從陸路上把自己結合起來了，不在海上直面競爭，只要做好海權自保，讓美國不敢在我們家門口撒野亂來，就可爭取時間發展我們自己的路線，因為海權發展的最終目的還是在於能控制陸地！所以一帶一路如果發展得好的話，就是直接掌控了三大洲的陸地，而不須與海上強權做直接的競爭，實在是一個非常聰明的戰略。而這裡面「貨暢其流」就是其中最重要的一個內涵。

大家知道現在從連雲港，或者從成都、重慶，或者從鄭州發火車到歐洲大陸，大概十五天就到了。比走海運須時一、兩個月要快兩倍到三倍的時間。所以，中國的鐵路，尤其是高鐵的發展，真的是功不可沒。一帶一路如果沒有鐵路的支撐，事實上，那也就只能是一個理想或是夢想，因為做不到！但是今天我們做到了！2018年的中

歐班列，就是從中國到歐洲的火車，已經發了 6500 列，每一列都可以載差不多 100 個 40 呎的貨櫃，大家想想這是多大的運量！而且節省了多少時間！所以說，這是「貨暢其流」非常具有戰略性發展的一個指標。為了要「貨暢其流」，一方面，我們要保護我們的商人，要讓商人有更好做生意的機會。但另外一方面，就是當中國的海外利益越來越多且越重要的時候，我們必須要有軍事做後盾，而且在海外各地都要有補給基地。因為我們如果沒有強大的海軍、空軍，沒有快速機動部隊，當別國侵犯到我們利益的時候，我們就無法自保。這些方面其實我們還有待加強。總而言之，中華民族在滿清末年，因百年積弱，幾乎被列強瓜分而亡國滅種，非常幸運的，我們有孫中山先生，在一百多年前就能夠洞察中國問題的癥結所在，而上書李鴻章，雖然清廷未能採納，但是今天已經變成了中國大陸、台灣、香港、澳門，乃至於所有華人共同認知富國裕民的基本四原則。今天政治上兩岸四地雖仍然是紛紛擾擾，但中山先生及他的政治、經濟、國防、外交、教育、文化各方面的理念，絕對是兩岸四地大家都願接受的最大公約數。我們只要提到中山先生的理想，凡是認同自己是中國人的，我相信都不會有異議，所以我們應該要好好把握住大家對中山先生及他理念的肯定，一起努力，讓中華民族走上富強康樂的道路。

(五) 建立民族自信心

最後，我想談一談中華民族應有的心理建設和自我信心。我有一次和大陸的外交部長王毅先生（時任國台辦主任）聊天。他說：「現在中國慢慢崛起，可是世界上有幾個國家對我們的崛起非常之有意見，而且不能認同或接受。其中最明顯、最不能適應的就是日本。」因為日本在明治維新之後，一躍而為亞洲唯一的強權，所以日本認為比中國強很多，而且進步很多。在明治維新後到二戰結束前，這都是事實。可是近代日本人普遍有一個誤解，就是認為近百年因為中國未

能趕上工業革命，而讓日本暫時強過中國，是歷史上一直如此的事實，這就完全是錯誤的認知了。因為中國不管是漢唐盛世、乃至於康乾盛世，絕對是全世界最強的國家。不管從文化角度、軍事角度、經濟角度去看漢唐盛世或康乾盛世，中國絕對都是全世界第一名。近代日本人（甚至許多中國人）只看明治維新後這一百多年，實在是對歷史的曲解。更荒謬的是許多日本人（甚至許多中國人）居然把這一暫時的現象，非常狹隘地解釋成「大和民族是比中華民族更為優秀的民族」，這就不僅是錯誤的「種族論」，更是為軍國主義侵略找藉口的法西斯思想了！王部長就跟我說「我在做駐日大使的時候，就跟他們點出中國慢慢要崛起啦，你們要有新的思維接受這個事實。」但他們仍不能接受，到後來，王部長說：「還是要用歷史的事實來說服他們。因為在歷史上，當日本還處在部落、城邦尚不成國家的時候，中國已經有了完善的國家規模、典章制度、中央政府和地方治理等的宏規各方面的發展比日本不知道要先進多少？」

中日歷史都有明文記載在唐朝時，每年日本都要派『遣唐使』來中國學習中國的文化和典章制度，自西元 630 年舒明天皇派出第一次「遣唐使」到西元 890 年為止，歷史有紀載的，日本就派了 19 次大規模的「遣唐使團」」到中國學習，人數最少的一團百餘人，最多的一次，一團就有五百多人，可見當時的盛況。尤以阿倍仲麻呂和吉備真備隨行的第八次遣唐使團最為有名，對唐文化和佛教文化在日本的傳播最具貢獻。所以王部長告訴日本人說：「今天我們中國不要說是慢慢恢復成世界的強國之一，就算是真變成世界第一強國，也只是回到我們中國在世界歷史上固有的地位而已，沒有什麼值得大驚小怪的。」日本人聽到這些事實，再去看歷史的記載和對比，就變得比較可以接受中國的崛起了。所以我們今天千萬不可妄自菲薄，而是要對歷史有信心，對我們民族有信心，不要為過去百年積弱的喪權辱國之恥而灰心喪志。我相信，

只要我們一起努力，在我們（尤其各位青年朋友）的有生之年，一定可以看到中山先生這四個原則的發揚光大，和我們中華民族的偉大復興！

　　謝謝大家！

附件一：唐太宗百字箴

唐李世民

耕夫役役，多無隔宿之糧；

織女波波，少有禦寒之衣。

日食三餐，當思農夫之苦；

身穿一縷，每念織女之勞。

寸絲千命，匙飯百鞭。

無功受祿，寢食不安。

交有德之朋，絕無益之友。

取本份之財，戒無名之酒。

常懷克己之心，閉卻是非之口。

若能依朕斯言，富貴功名可久。

附件二：上李鴻章書節要

作者孫中山 1894 年 6 月

宮太傅爵中堂鈞座：敬稟者，竊文籍隸粵東，世居香邑。曾於香港考授英國醫士。幼嘗遊學外洋，於泰西之語言、文字、政治、禮俗，與夫天算、輿地之學，格物化學之理，皆略有所窺；而尤留心於其富國強兵之道，化民成俗之規。至於時局變遷之故，睦鄰交際之宜，輒能洞其竅奧。當今民氣日開，四方畢集，正值國家勵精圖治之時，朝廷勤求政理之日，每欲以管見所知，指陳時事，上諸當道，以備芻蕘之採。嗣以人微言輕，末敢遽達。比見國家奮籌富強之術，月異日新，不遺餘力，駸駸乎將與歐洲並駕矣。快艦、飛車、電郵、火械，昔日西人之所恃以凌我者，我今亦已有之；其他新法，亦接踵舉行。則凡所以安內攘外之大經，富國強兵之遠略，在當局諸公，已籌之稔矣。又有輶車四出，則外國之一舉一動，亦無不週知。草野小民，生逢盛世，惟有逖聽歡呼，聞風鼓舞而已，夫復何所指陳？然而猶有所言者，正欲乘可為之時，以竭其愚夫之千慮，仰贊高深於萬一也。竊嘗深維歐洲富強之本，不盡在於船堅砲利，壘固兵強；而在於「人能盡其才，地能盡其利，物能盡其用，貨能暢其流」。此四事者，富強之大經，治國之大本也。我國家欲恢擴宏圖，勤求遠略，仿行西法，以籌自強，而不急於此四者，徒惟堅船利砲之是務，是舍本而圖末也。

所謂人能盡其才者，在教養有道，鼓勵以方，任使得法也。

故教養有道，則天無枉生之才；鼓勵有方，則野無鬱抑之士；任使得法，則朝無倖進之徒；斯三者不失其序，則人能盡其才矣。人既盡其才，則百事俱舉；百事舉矣，則富強不足謀也。秉國鈞者，盍於此留意哉？

所謂地能盡其利者，在農政有官，農務有學，耕耨有器也。

　　故農政有官，則百姓勤；農務有學，則樹畜精；耕耨有器，則人力省；此三者，我國所當仿效以收其地利也。

所謂物能盡其用者，在窮理日精，機器日巧，不作無益以害有益也。

　　夫物也者，有天生之物，有地產之物，有人成之物。天生之物，如光、熱、電者，各國之所共有，在窮埋之淺深，以為取用之多少，地產者，如五金、百穀，各國所自有，在能善取而善用之也。人成之物，則係於機器之靈笨與人力之勤惰。故窮理日精，則物用呈；機器日巧，則成物多；不作無益，則物力節；是亦開源節流之一大端也。

所謂貨能暢其流者，在關卡之無阻難，保商之有善法，多輪船鐵道之載運也。

　　故無關卡之阻難，則商賈願出於其市；有保商之善法，則殷富亦樂於貿遷；多輪船鐵路之載運，則貨物之盤費輕。如此，而貨有不暢其流者乎？貨流既暢，財源自足矣。籌富國者，當以商務收其效也。不然，徒以聚斂為工，捐納為計，吾未見其能富也。

　　夫人能盡其才，則百事興；地能盡其利，則民食足；物能盡其用，則財力豐；貨能暢其流，則財源裕。故曰：此四者富強之大經，治國之大本也。四者既得，然後修我政理，宏我規模，治我軍實，保我藩邦，歐洲其能匹哉？

紀念辛亥革命 110 週年兼論中美之爭

中華戰略學會專題演講 2021.3.27

一、辛亥革命的歷史背景

1. 中國遭列強劃定租界及勢力範圍，行將被瓜分而亡國滅種

中國自晚清 1840 年，中、英鴉片戰爭失敗起，1842 年簽中、英南京條約、1844 年與英簽虎門條約、1844 年與美、法簽望廈條約及黃埔條約、1858 年與俄、美、英、法簽天津條約，1860 年與俄簽北京條約、1894 年甲午戰敗，1895 年與日簽馬關條約，1900 年八國聯軍侵占北京，1901 年與八國簽辛丑條約，統計晚清在列強欺凌之下，中國共簽下 700 餘份不平等條約，共割地約 200 萬平方公里，賠款 13 億兩白銀，被逼迫開放了海防及通商口岸，更喪失了內河航行禁止權、關稅自主權、對外國人司法管轄權等權益，列強並在中國設立租界區，並劃定勢力範圍，使中國淪為次殖民地，行將被瓜分而亡國滅種。所幸有國父孫中山領導國民革命，歷經十次失敗，終於在 1911 年辛亥年 10 月 10 日武昌起義推翻了滿清政府，建立了中華民國。

2. 百年屈辱國恥是有血性中國人奮發向上的原動力

民國肇造，列強仍虎視眈眈，1937 年日本侵華，中國軍民奮勇抗戰，直到 1943 年 1 月 11 日抗戰勝利前夕，國民政府方得與英、美等國簽訂平等新約，解除了百年的恥辱，這段歷史是任一個有血性的中國人所不能忘懷、不能不引以為戒、而使中國人奮發向上、雪恥圖強的最大原動力。西方國家包括日本，不以同理之心看待這一段中國的屈辱史，也不反省當年他們的祖先在中國的土地上所犯下一切喪心病狂，禽獸行為的罪孽和對中國百姓所造成的荼毒；反而對中國人今天發奮圖強，只求不再被列強欺侮的平等地位，就動輒扣上「中國威

輯五
文

脅論」的帽子，這種不公正、不反省，不認錯的行徑，使中國人更強化了力爭上游的動力；也更體認到在國際上只有靠實力才能不受欺凌壓迫的根本道理。這一股力量的強大，是慣於用殖民統治加害於弱小民族的帝國主義者，永遠也無法了解體會的，也是西方對中國人心理和反應的嚴重誤判！

二、國父孫中山先生的偉大歷史貢獻和今天的特殊地位

1. 領導革命，創建民國，但從不謀私

中山先生的偉大在於他的高瞻遠矚、堅毅不拔、為國為民為民族、無私無我。一生奔走革命，肇建了亞洲第一個民主共和國—中華民國，卻從未為自己或家人謀一分利益，而他希望建立一個自由、民主、平等、富強的新中國，以及促進中華民族偉大復興的目標仍待所有中國人共同努力。尤其偉大的是他以「天下為公」、「世界大同」的理想，早在百年前就給中國的革命及中國未來在世界永續和平發展中的定位和奮鬥目標，訂定了宏規。這其實就是中華道統中，博愛思想和禮運大同篇的體現。

2. 中共對中山先生的肯定及對中山思想的實踐

過去中華民國政府對中山先生還算尊敬，但自一些數典忘祖之輩當權後，已極少提到中山先生，反而是中國大陸對中山先生的推崇與日俱增。

毛澤東常自稱是三民主義的信徒和孫中山的學生，並在 1945 年 3 月 31 日「論聯合政府」的說明中表示：我們要善於引用孫中山，他的遺囑中以「喚起民眾及聯合世界上以平等待我之民族共同奮鬥」就是基本策略；1945 年 4 月在中共七大上說「將來我們力量越大，我們就越要孫中山，就越有好處」；「我們應該有清醒的頭腦來舉起孫中山這面旗幟」。

江澤民說「中山先生是傑出的愛國主義者和民族英雄，是中國民

主革命的偉大先行者」。胡錦濤說「孫中山『愛國若命』，充分體現了一位真正愛國主義者的偉大情懷，一百多年前就喊出『振興中華』的口號」，畢生的追求就是實現中華民族的完全獨立和民主統一。中山先生的一生，是為近代中國的民族獨立、民主自由、民生幸福而無私奉獻的一生，是為實現國家統一、振興中華而殫精竭慮的一生。孫中山先生追求真理的開拓進取精神，和矢志不渝的愛國主義情懷，孫中山先生天下為公的博大胸懷，和放眼世界的開放心態，生命不息、奮鬥不止的堅強意志，和鞠躬盡瘁死而後已的高尚品德，是他留給我們寶貴的精神遺產。在我們為實現中華民族偉大復興而奮鬥的征程上，這一精神遺產仍然具有重要的啟迪和教育意義，值得我們永遠學習繼承和發揚光大。

習近平說「孫中山先生領導的辛亥革命，結束了在中國延續幾千年的君主專制制度，為中國的進步打開了閘門」。習近平更在紀念中山先生 150 年誕辰時說「孫中山是偉大的民族英雄、偉大的愛國主義者、中國民主革命的偉大先驅，一生以革命為己任，立志救國救民，為中華民族做出了彪炳史冊的貢獻」。

眾所周知大陸今天許多重要的基礎建設舉凡公路、鐵路、航海、港口、通信、都市規劃，都是遵照中山先生的建國方略、實業計劃為藍圖來興建的。

3. 是今天兩岸四地及全球華人共同景仰的最大公約數

時至今日，中山先生更已是兩岸四地的最大公約數，和全球華僑華人所共同接受並推崇的偉人，未來要促進和平統一，中山思想及理想必然是所有中華兒女所最能接受的方向與目標。

三、中山思想不僅救中國，也是讓世界永續發展的解方

1. 三民主義是中華民國立國的基礎，中山思想至今指引中國的發展方向

中山先生一生奔走革命，更為國事操勞，但一有空閒就博覽群書，且經過融會貫通，將之形成思想，見諸文字，可說著作等身。最為大家所熟知的包括建國方略、建國大綱、三民主義、五權憲法、實業計畫、論農民與工人、論民權與國族、論民治與地方自治、論民生主義與社會主義、上李鴻章書等，都是擲地有聲，影響深遠的大作。其中三民主義、五權憲法更是中華民國立國的基礎。中華民國憲法總綱第一條就明文規定「中華民國基於三民主義，為民有、民治、民享之民主共和國」。

中山先生的哲學和政治思想，以及他對中國的前途、世界和平發展的理想，貫穿在他的著作之中。中山先生認為民族主義就是要讓我們恢復民族地位、促進民族復興、爭取中國的國際地位平等，並且要以平等的態度來對待世界上所有的民族，也就是追求全人類的自由、平等、民主和博愛。民權主義要追求主權在民（中華民國憲法總綱第二條：中華民國之主權屬國民全體），要讓人民自己來管理政事，以謀求人民政治地位的平等。民生主義則是要用平均地權、節制資本的手段來防止貧富不均、共創均富社會的理想，也就是促進人民經濟地位的平等。民族、民權、民生也對應著美國林肯總統民有、民治、民享的政治理想。

中山先生不僅為救中國謀，其一生所揭櫫天下為公、世界大同的理想，就是希望人類能和平共存，共建一個安居樂業、沒有國際武裝衝突、大家都能共存共榮的世界村。同時，中山先生也將儒家、佛家、道家思想融入他的思想體系，希望透過發揚我們固有的優秀傳統文化，且吸收世界優秀文化加以光大，期與世界其他各民族優秀文化並駕齊驅。可以說中山先生心中的政治理想就是《禮記》中〈禮運大同篇〉的具體實現。

2.大亞洲主義的理想：王道霸道之分

中山先生的政治格局極為高遠，不僅關注中國的前途，也關心世

界的發展。1924 年 11 月 28 日在日本神戶就曾發表大亞洲主義宣言，建議日本政府和中國結合其他亞洲國家共同推展大亞洲主義，使亞洲諸國共同擺脫西方殖民統治，走向新興之路，並推展亞洲諸國和平共存、團結合作，成為真正自由、民主、平等、富強的大亞洲主義國家。尤其他對日本當時軍國主義的政府更有一段發人深省的講話：「東方文化是王道，主張仁義道德，西方文化是霸道，主張功利強權。東西文化的優劣顯而易見，我們應該用我們的固有文化做基礎，要講道德、說仁義。仁義道德就是我們大亞洲主義的基礎，日本既然得到了歐美霸權文化，又有亞洲王道文化的本質，從今以後於世界文化的前途，究竟是做西方霸道的鷹犬？還是做東方王道的干城，就在於日本國民去審慎選擇！」。

百年之後的今天，我們重讀這一段經典，一方面固是抱憾於日本軍閥當時完全沒有聽進中山先生這一片苦心的諍言，不僅侵華侵朝，且與國際法西斯唱和，發動了太平洋戰爭，使整個亞洲包括菲、印尼、星馬和中南半島各地都生靈塗炭，而日本帝國主義最終也承受了至今唯一遭到兩枚原子彈毀滅的慘敗命運。日本固然咎由自取，不值得絲毫同情，但日本軍閥在亞洲各地燒、殺、姦、虐禽獸不如的行為，實令人神共憤，不可原諒。

另一方面，我們也感嘆於中山先生的先知先見，當時似已預測到日本軍閥的帝國主義，將對中國和全世界造成巨大的傷害，而選擇在神戶倡導以仁義道德、和平王道為基礎的大亞洲主義。歷史發展雖未能如中山先生所願，但他的遠見與情懷，不僅令人感佩，更令人尊敬。

3. 民族主義第六講：濟弱扶傾 天下為公 世界大同

如上所述，中華文化主張國與國相處是講究王道文化。中山先生的大亞洲主義講詞裡，一再強調要用仁義道德做處理國際關係的基礎。他說：「東方文化是王道，主張用公理道義感化人，西方文化是霸道，主張用強權槍炮去壓迫人，屈服人」。西方文化長於人與物之

間的關係，因求精準，適於發展科學，但可惜發明了好的器物後，卻很快就轉化成武器而變成用之於欺凌壓迫弱小民族的工具。東方文化長於人與人之間的關係，要利用好的器物自達達人，濟弱扶傾。可說西方文化求真，東方文化求善。但「善而未真，尚無大礙；真而不善，遺禍無窮！」筆者認為一個最鮮明的案例就是中國人發明火藥，但卻是用來點炮竹、放煙火，增加節慶和生活的情趣，但西方人卻用火藥製造了紅衣大炮、毛瑟槍，變成了殺人的工具。

中山先生更在三民主義的民族主義第六講中明確指出：「如果中國強盛起來，也要去滅人國家，去學帝國主義走相同的路，便是重蹈他們覆轍，所以我們要先決定一種政策，要濟弱扶傾才是盡我們民族的天職，我們對弱小民族要扶持，對世界列強要抵抗，如果我們都立定這個志願，中華民族才可以發達。如果不立下這個志願，中華民族就沒有希望。我們今日在沒有發達之先，立定濟弱扶傾的目標，將來弱小民族也受這種苦，我們便要把那些帝國主義消滅，那才算是治國平天下。」走筆至此，真是為中山先生悲天憫人的情操，及早在百餘年前就為我中華民族指引復興的道路和方向感到無比的敬佩。證諸今日世界第一武裝強權——美國，整天只會高喊美國第一，把全世界都踐踏在腳下，全然不管別人死活，只會窮兵黷武，不斷發動戰爭、制裁、封鎖，侵略別國土地、搶奪別國資源，動輒以核彈、航母、飛彈威脅別國，身為世界第一大經濟體卻為富不仁，真是「富」到只剩下用於侵略的武裝，是世界許多國家和地區動亂的始作俑者，不禁要為美國立國的精神和理想感到失落、悲哀與迷惘。

今天，中華民族日益強盛壯大，而我們更欣喜地發現兩岸都在依照中山先生濟弱扶傾的理想，在推展國際事務。大陸習近平主席近年來一直在倡導的「人類命運共同體」概念，台灣當年和大陸今日派遣農耕隊、醫療團，不附加條件地援助非洲及其他落後地區國家的做法、以及最近大陸將新冠肺炎疫苗免費提供給世界上 50 多個有需要

的國家使用，且不求任何回報，就是中山思想的具體實踐。也是筆者說為什麼中山思想的博愛精神才是能維持世界永續和平發展的唯一解方。

四、美國唯利是圖的資本主義已走入死胡同

1. 美國的崛起

美國在二戰勝利後，順利取得西方世界盟主地位，憑藉當時美國強大的整體國力，開闊的胸襟、開放的政策、文化和道德的制高點，幾乎是一個「不可被戰勝」的國家，且因為媒體的宣傳、文化的影響、學術界的吹捧使大家誤認美國的一切都是完美無瑕的，甚至對其明顯的缺點也都抱著比較寬容的態度來對待，比方說美國婦女遲至 1920 年才有投票權，而黑人更是直到 1965 年才獲得投票權，其他諸如對黑人的種族歧視隔離政策，對印地安人的種族滅絕行為都在美國是最完美的聲浪中被淹沒。

自二戰結束到 1970 年間，美國雖對外和蘇聯爭霸，並且參與了韓戰與越戰，對內須面對逐漸升級的種族矛盾及越戰造成的財務壓力，但整體言，仍是美國最受國際尊重，且國力最強盛的 25 年，美國當年若真能善自珍攝、量入為出、穩扎穩打、就未必不能持盈保泰個數十年甚至上百年。

2. 美元發行與黃金脫鉤對美國國內的影響

但自 1971 年尼克森宣布美元發行與黃金脫鉤後，美國的政策、思維、社會、財政、經濟各方面都開始產生微妙的變化，因為美元發行不再受到任何限制或約束；政府缺錢、稅收不足等各種財政問題，對別的國家來說，都必須用財政政策本身或經濟發展帶來的財政收入來解決，但對美國政府卻是相對簡單，只要打開印鈔機就解決了。逐漸地，美國政府和菁英層發覺（大量且免費地）印美鈔，再透過華爾街金融市場的包裝和槓桿操作，以及美軍在全世界護盤所能賺的錢，

遠比從事農業、生產、製造、外貿等行業賺得數倍的多且快。所以自1970年代後，美國各種產業逐漸走向空洞化，凡是賠錢的甚或賺得少或慢的產業，都外包或整個轉移給了比較落後的國家、地區，所有最菁英人才都捨理、工、農、文、法不學，而獨鍾財務、金融的操作，逐漸使華爾街坐大，君不見一個華爾街基金操作人，年薪動輒美元數百萬或上千萬，相較於一個工程師，年薪能有10萬美元就偷笑了。

在這樣的大環境下，實體經濟漸被虛擬經濟所取代，而菁英層靠華爾街的操作，賺得不知天高地厚，一方面更迷信於用金融手段收割全球財富的力量，一方面用賺到的錢收買華盛頓的政客使自己的操作更方便，賺得更多。2008年雷曼兄弟破產造成的金融海嘯，就是在這樣的金錢與權力掛勾下發生的。政商菁英層錢賺得又多又快又容易，也就越看不起薪資利潤遠低於他們的其他階層，導致美國社會上下階層嚴重對立、社會貧富不均現象日益嚴重。

據統計數字表示，美國10%收入最高的人，掌握了全國70%的財富；而最富有1%的人居然就掌握了全國40%的財富！相對的，緊急狀況下在銀行能拿出5000美元現金以應急的人，只占總人口的1/3（根據聯準會報告，40%以上的美國人手頭上無法應付500美元的緊急開銷），更不要說那些在銀行根本是零存款，每月靠救濟金度日的社福族甚或遊民。可見貧富不均的嚴重。底層民眾長期生活條件未能改善，卻只看到菁英層官商勾結，吃香喝辣。因此挑戰或反對建制派（Establishment）的民粹思想日益高漲。川普之能意外當選四年總統，就是在這個背景之下應運而生，因為希拉蕊和柯林頓長期居於政府的最高位，正是建制派的代表人物。川普以一個銅臭滿身、家財數十億美元的資本家，居然在選舉時變成勞工階級的代表代言人，其實就是對美國民主制度一個天大的反諷。

3. 華爾街、軍工企業和金權交易已掌控了美國國家機器

上述美國產業的空洞化中，最大的例外就是美國的軍工企業。這

裡面包括了各種武器製造商，及與國防發展有關的航太、通訊、電子、半導體、電腦、人工智能、新材料、生物科技等企業，這些產業不僅沒有被外包，反而一直在興旺地發展，因為僅靠美國每年近八千億美元的國防預算就夠他們吃撐了，更何況美元或美國整體的霸權就是要靠最先進的武器系統來支撐，而軍售給外國，動輒數十億或數百億美元，試問有那一個產業能有如此豐厚的利潤？尤其是政治型的軍購，更是連報廢的武器都可當黃金賣，（最近波蘭要向美國買五架 C130 運輸機，就是到美軍報廢的飛機墳場裡自己去挑選）。但註定要當或是想當冤大頭向美國爸爸繳保護費的（不說是誰了），卻仍把軍購當政績來吹噓，實令人無語。

最嚴重的是美國的華爾街金融勢力和軍工企業，實際上幾乎已經掌控了美國國家機器的運作，尤其是行政體系和參、眾兩院。自美國聯邦最高法院 2014 年 4 月通過取消任何人或任何團體（含公司）對任何政黨或候選人的選舉政治捐獻上限後，無異於把美國的政治變成一場赤裸裸的金錢遊戲和金權利益的交換。2020 年的總統和部分州長、國會參眾議員的選舉，就總共花銷了約 140 億美元（其中總統選舉部分就花了 66 億美元），比 2016 年時的 70 億美元，漲了一倍。現在大家了解的行情是州長、聯邦參議員選舉要花數億美元，聯邦眾議員選舉要花至少數百萬美元。這些錢當然都不是候選人自己口袋裡的，而是財團、大公司、大富豪捐（買）的，大家想這些錢難道都是白捐而不求回報的嗎？所以用這個角度來觀察美國選舉，幾乎可說凡是接受大量特定捐款而當選的官吏和民代都可說是有價碼的商品，一點都不高尚，也一點都不值得尊敬。

總統當選後，就開始封官，這時，下注的多少就看出來了，川普時代的國務卿帝勒森就是大財團美孚石油公司的代表，國防部長馬蒂斯就是軍工企業的代表，這是華府公開的秘密，也沒有人覺得奇怪。而國務院和國防部兩個單位的預算就占了聯邦政府總預算約 1/3，這

種錢權的交易已變成了美國的常態，要指望從這樣的政治體制和結構下產生什麼好的政府，恐怕很難使人相信，就算我們認為所選出的官員和民代本身尚可信賴，但制度已經破敗崩解，豈是一、二政客所可挽回？！

4. 美國好戰成性，富到只剩各種殺人武器

據統計，美國自 1776 年建國至今 245 年的歷史中，只有 17 年是完全和平沒有發動或參與戰爭的年代，在這些戰爭裡，極少數是師出有名的正義之師，一部分是為了擴張自己的領土和確保自身利益的戰爭，而絕大部份（尤其是近代）都是美國要做世界警察或攫取別國利益或維持對自己有利的局勢而發動的不義之師！美國之如此好戰，一則是在絕大部份的戰爭中，都獲得勝利；二則是每次勝利後，都獲得了豐厚的回報，更何況每次戰爭就有軍需、武器、彈藥、設備等的消耗，而這正是軍火商和與軍火商掛勾的政客們最期待的賺錢和收賄的好機會。軍火商最憂慮的莫過於武器、設備、彈藥、零件沒人買，因此，就算是天下太平，他們也要替美國和美軍製造出一些「威脅論」和根本不存在的「敵人」，美國已成為一個沒有假想敵就不知如何過日子的國家。當刻意挑起一些衝突後，就設法讓衝突一方（甚至雙方）都來買美國武器，當真是「死別人的兒女，賺我的錢財」！軍火商和相關政客的無良、無恥、嗜血、冷血的程度令人髮指，但美國至今仍每天在世界各地製作和導演這些醜劇，實在令人悲憤！

美國在最近 30 年來，全世界都在強調和平發展的大環境下，就仍然發動、介入或參與了以下較大規模的戰爭：介入索馬利亞內戰的摩加迪休之戰（1993 至 1995），發動科索沃戰爭（1999），入侵阿富汗戰爭（2001 至 2021），介入菲律賓內戰（2002 至 2015），入侵伊拉克戰爭（2003 至 2011），介入賴比瑞亞內戰（2003），出兵介入海地政變（2004），出兵介入利比亞內戰（2011），出兵介入敘利亞內戰（2011），這些還只是規模較大且國際上耳熟能詳的軍事行動；

另有規模較小的美軍行動數十起，真可謂是罄竹難書！

　　根據瑞典斯德哥爾摩國際和平研究所（Stockholm International Peace Research Institute，SIPRI）近五年來統計全球武器銷售總和每年約 3700 億美元，而美國歷年均居全球第一，且長期均占總額的 50 至 60% 左右，是標準的世界軍火工廠。而美國 2020 年的國防預算高達 7380 億美元，高居世界絕對第一名，比第二到第九名的國家加起來軍費的總和還要多。（2019 年美 6110 億美元、中 2150 億美元、俄 692 億美元、英 542 億美元、沙 480 億美元、印 510 億美元、日 450 億美元、法 448 億美元、德 360 億美元、韓 340 億美元）。

　　最近（2021 年 4 月 18）美國一個名為「美國外交政策聚焦研究計劃網站」的智庫，發表了由名作家 Tom Engelhardt 所撰題為「屠殺中心——美國是一個大規模殺人機器（The United States as a Mass-Killing Machine）」的報告。該報告指出：

　　（1）美國在各種先進武器方面的研發、製造和銷售三方面的能力都舉世無敵。尤其在核武方面，自二戰結束後仍極力研發，歐巴馬時代至今更花費 1.5 兆美元從事陸、海、空三軍核武器的全面更新，目前已擁有 1357 個戰略核彈頭。每個核彈頭的威力都達廣島原子彈的 20 倍，可說是一個可把全人類毀滅 N 次的軍火庫。

　　（2）販賣戰爭。美國五大軍火製造商洛克希德馬丁（Lockheed Martin）、波音（Boeing）、諾斯羅普格魯曼（Northrop Grumman）、雷神（Raytheon）、通用動力（General Dynamics）製造輸出的武器就占全球的 50% 以上。最近在中東和北非、阿拉伯國家，美國武器更是動亂之源。因為許多武器最終都落入（甚或是直接由軍火商賣到）恐怖份子的手中。2020 年美國在全球的軍火銷售即達 1750 億美元以上。

　　（3）軍火商在全世界不惜製造或發動戰爭來消化武器賺取利潤，因而擾亂了世界和平和秩序，並造成大量軍民傷亡及平民流離失所。

然而美國的國防和外交政策就是要「以戰養戰」。因為國防、外交預算只夠美軍國內及海外 800 多個基地及 20 多萬境外駐軍的基本開銷而已，必須透過戰爭的掠奪、搶劫才能幫助政府財政的優化，對造成他國軍民的死傷和流離失所，則完全不在他們關切的範圍之內。

（4.）大量生產銷售各種槍械、彈藥，在美國國內也播下血腥暴力的種子，自 1975 年至今不到 50 年間，美國死於槍擊暴力（含自殺）的人竟高達 150 萬人，超過美國死於所有戰爭中人數的總和，2020 年一年在美槍枝銷售量更達 2300 萬枝，較 2019 年增加了 64%。槍枝、彈藥等武器製造商和包庇他們的政客都賺得盆滿缽滿，但美國無辜百姓卻都成了隨時會面臨無辜死亡的羔羊。該報告根據以上四點分析得到了「美國是武器之王，但也是全球動亂根源」的結論。

美軍如此窮兵黷武、嗜血好殺，造成世界各地生靈遭殃，君不見美軍侵略伊拉克，理由僅是由國防部長包爾拿著一包洗衣粉就誣指伊拉克擁有大規模殺傷性化學武器，就占其地、殺其主，奪其資源，但美軍占領伊拉克七年裡也沒有找到任何「大規模殺傷性武器」，如今伊拉克等於已經亡國。而據美國布朗大學（Brown Univ.）華森國際及公共事務學院（Watson Institute for Internationl and Public Affairs）2018 至 2021 年所作的研究報告指出，自 2000 年至今，美國在世界各地用兵的軍費共花了 6.4 兆美元，造成 80 餘萬人因戰爭而直接死亡（其中 33.5 萬人為平民），另有數倍於此數目的人是間接因戰爭而死亡或傷殘（包括病死、餓死），另造成了 3700 萬人流離失所或成為難民，歐洲難民潮主要就是美軍在中東發起的戰爭所造成。在這些戰爭中還包括了不計其數美軍違反人權、妨礙自由、虐待、不人道行為 等之惡行。美軍真正可說是罪大惡極，是對人類最基本人權中最重要的生存權最大的侵犯者！美國如此頻繁對外用兵，耗費巨大，讓軍工企業和相關政客賺翻，但軍費太高的排擠效用使美國內部各種基礎建設和教育、安養、醫療、社福等所需經費都嚴重不足或滯

後，美國的對外侵略可說是損人又不利己！

在這裡，筆者要提供兩個中國春秋戰國時代的歷史故事給美國政客和軍火商們細細體會：

（1）左傳魯隱公元年「鄭伯克段於鄢」的歷史中，鄭莊公說的一句名言：「多行不義，必自斃。子姑待之！」這最後四個字尤其傳神，那就是說，多行不義者，就算今天不斃，遲早也會斃！所謂「不是不報，時候未到」也。美國戰爭販子和相關政客罪孽深重，滿手血腥，如仍不改過，前途堪憂！

（2）先秦司馬穰苴的《司馬法》仁本第一篇所說「國雖大，好戰必亡，天下雖安，忘戰必危」，古今中外有太多「好戰必亡」的歷史，從亞述帝國、羅馬帝國到拿破崙帝國，教訓比比皆是。值得美國政客們好好思考、檢討，否則總有一天會悔之莫及！綜上所述，美國對外失去了領導世界的道德制高點，所作所為不僅沒有任何大國風範，甚至已形同無賴而淪為國際笑柄，同時整體國力大幅縮水，內部各種矛盾和分裂已嚴重威脅到國家整體意志的實現，雖然尖端科技、學術研究、軍工企業、金融操作、媒體傳播等仍保持領先，但已是外強中乾。前述美元、美軍、美債循環中的任一環節，只要出一點問題，可能就是全盤崩解的導火線，可以說目前這種無道德約束及制度限制的資本主義貪婪，終將會讓美國走到盡頭。

五、中國特色的社會主義具其優越性，且與中山思想相契合

中國大陸自 1978 年鄧小平南巡後開始實施有計畫的、但又是「摸著石頭過河」、走一步看一步的改革開放，到如今四十多年所獲得的成就，不僅可用翻天覆地來形容，也毫無疑問地創造出人類有史以來多項經濟、社會、科技等方面無可挑戰的世界紀錄，成績確實令人刮目相看。

大陸的改革開放所以能成功，原因當然很多，但依筆者淺見至少

可歸納成下列諸點：

　　1.政治穩定，且充分掌握民意、快速應對。官吏選任嚴格

　　（1）政治穩定，且好的政策能得到黨中央和政府的尊重而代代相傳，使政策有一貫性、連續性，讓社會有所依循，在國際上也較可維持信賴。

　　（2）政府宣佈重大政策和計畫前，都做了相當廣泛的調研，對民情的掌握和政策的需要，有充分的把握，往往超過了西方民主國家，徹底落實了「沒有調研，就沒有發言權」的原則。所以政策一旦確定，政府就可放手大膽地推動、執行，不僅少有阻力，反而受到民眾的支持。

　　（3）政府透過各種管道（包括網民意見），對民意走向、政策良窳、官員能力與操守等都有非常充分的掌握，各級官吏基本上確是戰戰兢兢，為民服務，從經濟成長、照顧三農、扶貧、救災、防疫、環保等政策推動的成效，即可見百姓對政府施政放心且有信心。下情絕對可以上達，且有回饋。雖有民怨，但大都能及時有效化解，不致造成重大社會問題。

　　（4）官員選拔任用資格極其完善嚴苛，沒有任何利益集團可以左右，就算有最好的關係背景，基本上也要按部就班，不可能一步登天，要做到行政體系副國級以上的幹部，至少要有治理過兩個省級行政區（上億人民）的經驗才有可能。

　　2.計劃經濟與市場經濟相容互補，效率極高

　　（1）堅持社會主義原則和共產黨領導，但不排斥甚至引用資本主義增加效率和生產的手段，也允許他黨或社會、媒體良性善意的監督，可說是兼取了社會主義和資本主義的優點。

　　（2）連續實施計畫經濟（現在已是第14個五年計畫），但並不是完全的公有經濟，也不是純粹市場經濟，而是透過由中央來調控的混合模式，以確保其靈活度和高效率。

3. 政策規劃制定能力強，透過中央集權領導發揮「舉國」機制，貫徹執行

（1）中央有效集權，政策決定後就集中全國的人力、財力、物力去辦大事，且一方有事或有難，八方支援，絕不允許袖手旁觀、各自為政或令出多門，這就是所謂的「舉國」機制，其成效往往令人驚嘆。

（2）政府有非常高的規劃能力，除了前述的五年計畫外，另尚有針對國家整體戰略和個別產業的規劃，例如一帶一路，就是至少30年的計畫，這種預想、預判、預設的能力讓國家有較強應付各種突發危機的能力。

4. 市場力量強大，自主性高，且有創新驅動能力

（1）中國是世界最大的單一市場，其購買、消費力已居世界第二或第一，且其市場從東南沿海到華中、華北再發展到東北、西南、西北，形成一個階梯式的環境，有助於內循環及資產的再利用，是少數完全靠自我消費就可維持市場運作的國家。

（2）中國往往能將別國發明或發展的技術加以改良運用，而形成一種全新的業態和模式，甚至是透過創新和設計而發展成全新的行為模式。電子商務、線上支付、共享經濟等雖源自西方，但今天大陸在相關軟體產業的運用和創新都已跨入了新的境界，徹底改變了人民的生活方式和習慣，也大大活絡了中國經濟，令人讚嘆！

5. 工業化徹底，基礎設施完善、政府和民間財力相較於他國都相對雄厚

（1）工業化非常徹底，是全球唯一擁有聯合國所有550個產業門類生產能力的國家，製造業的 GDP 穩居世界第一，且總量已超過美、日、德三國的總和，雖仍有若干領域大而不強，比方在半導體、晶片、航空發動機、IC 技術、特殊新材料、工業軟體等方面受制於人，但假以時日應可大幅改善。

（2）基礎設施非常新且完善，舉凡高速公路、公路、鐵路、高鐵、空運、航運、機場、港口、電信、通訊、網絡、電力、電網、水利、煉油、核能都居世界一流先進水平，且許多建設較歐美各國更為先進和新穎。

（3）政府財力雄厚，外匯儲備4兆美元，且握有1.1兆美元的美債，民間亦極富有，財政盈餘，銀行存款和其他儲備共有約八兆人民幣，金融實現能力極強，歷次金融風暴和危機都沒有對中國金融造成過大的衝擊。

6.人民奮發向上，進取心強，有中心思想和目標，願配合大我、犧牲小我

（1）舉國上下一條心，要建設一個富強康樂的國家，人民奮鬥有方向、有目標，不僅為個人生活的改善，也投射到民族整體的復興。

（2）在儒家思想的薰陶下，人民注重群體意識，而不在乎犧牲一些個人的自由和權利，使政府在貫徹行政意志和進行經濟建設時容易推動、溝通，減少不必要的內耗。

7.與中山思想和上李鴻章書的理念完全契合

以上也不過是筆者能觀察、瞭解到改革開放能成功原因中的犖犖大者，還有許多因素尚未包括在內，但從這些原因中，就可看出鄧小平的改革開放，一則是打破了教條主義對生產力和個人的束縛，二則是充分尊重人性化的原則，所以得到百姓的認同與配合，也就形成筆者名之為「有生產力的社會主義」。相較於西方世界正在進行中筆者名之為「無道德規範（貪婪無度）的資本主義」，這次恐怕是前者要戰勝後者。

值得發人深省的是細查的這些原因，其實與中山思想中「人盡其才、地盡其利、物盡其用、貨暢其流（上李鴻章書）」的理想是完全吻合且可相互呼應的。筆者強調，以上所歸納的只是論述改革開放成功的因素，並不表示中國大陸只有優點沒有缺點，更無意為大陸的政

輯五

文

策添妝、抹彩，因為這些歸納的結論是經得起考驗和印證的。更重要的是大陸改革開放後，各方突飛猛進的建設成果是眾所公認、客觀存在的事實，所以我們一定要用客觀公正的角度去看大陸最近四十年各方面發展的結果，而不能像台灣一些特定媒體和官員民代一樣，逢中必反。對大陸一切發展不是造謠抹黑，就是冷嘲熱諷，好像滿足了我們在口舌上的意淫快感後，就真能阻擋大陸進步的腳步，台灣若再這樣自欺欺人的活在自己編造的謊言和謠言世界中，雖然可以自我感覺良好地沉迷於小確幸之中，卻會一天一天被大陸跨步超前而失去追趕的機會，將來會像被溫水煮青蛙一樣，怎麼死的都不知道！想起若干名主持人可以公然在台灣電視上說大陸的高鐵都是假的，老百姓吃不起茶葉蛋……，真不知他（她）們如此愚民，是何居心？筆者更要呼籲台灣的知識分子勇於揭露、反駁若干媒體和官方的謊言，以免台灣民眾繼續受騙。

六、中美競爭的必然

1. 美國與西方為何贏得對蘇聯社會主義集團的冷戰

二戰結束後，美國挾其領導同盟國戰勝德、義、日法西斯軸心國的威望，順利成為西方陣營的領袖，並取得道德上的制高點，揭櫫自由、民主的人旗，與蘇聯領導代表共產極權專制的陣營展開了全球範圍的冷戰，直到 1991 年 12 月 25 日戈巴契夫宣布蘇聯解體，以美國為首的西方資本主義算是贏得了對社會主義的冷戰。

美國和西方世界之所以能夠贏得對蘇聯社會主義集團冷戰的勝利，筆者認為最根本的原因在於蘇聯集團：1. 對人民爭取自由民主的限制太過於嚴苛，違反了人性；2. 太不重視經濟發展及民生福祉，尤其是長期制度化禁錮了個人思想和生產力的釋放，以致於在民生經濟上大幅落後西方世界。加上美國在當時因需與蘇聯競爭世界的主導權，所以在國際上仍然打著仁義道德的招牌，以美國超強的國力且對

別國領土基本上沒有侵占的野心，所以能一直保持著在世界上的道德制高點，並扮演公理道義仲裁者的角色。對內則雖實行資本主義，但對資本家的貪婪仍有宗教的道德規範和體制上的限制，所以當年貧富差距遠不及今天這麼嚴重，社會各階層都可各安其位，雖然美國在世界各地仍有對資源的掌控甚至掠奪，但大體上是在有節制的範圍。期間美軍參與了韓戰與越戰，且都以失敗告終，但自二戰結束至 1991 年與蘇聯冷戰結束前，美國和西方世界經濟發展迅速，民生水準大幅提高，美國成功地將它的軟實力透過無論是好萊塢電影或可口可樂、麥當勞等品牌的包裝將美國文化、生活方式和風尚引領到全世界，使美國標準、美國制度、美國文化影響滲透到全球每一個角落，西方各國成為所有社會主義國家人民拚死也要去投奔的目的地，這段時間是美國的全盛時期，世界也願意接受美國作為世界警察來主持公道。可說是筆者定義為「有道德節制的資本主義」打敗「沒有生產力的社會主義」最明顯的寫照。

　　1991 年 12 月 25 日以後蘇聯終於解體，原有的 15 個聯邦共和國分崩離析，各自為政，沒有任何的規劃和安排，堪稱是歷史上少見一個帝國以最荒謬的形式瓦解，雖然蘇聯的瓦解是蘇聯高層天真地輕信了美國的甜言蜜語，以為蘇聯一旦解體，莫斯科即可得到西方大力的經援，甚至可變成西方世界一員，而主動放棄了與美國冷戰的鬥爭，且是由戈巴契夫主動事先宣布蘇聯解體的。但美國也毫不客氣地認為這是美國的強大和各方面的優越性所造成，美國人一方面為這個從天上掉下來的禮物欣喜不已，更驕傲的認為這證明了西方政治体制和制度是無比的完美與優越，日裔美國學者福山（Francis Fukuyama）甚至寫出《歷史的終結？》（The End of History？）一書，在國際學術界渲染這就是人類社會政治制度和體制的最終依歸。如今看來不禁令人失笑！福山近期對此也絕口不再談論。

　　2. 油元誕生對世界的影響

這期間在世界經濟和財政貨幣上發生最重大的兩件事：一是
1971 年 8 月 15 日尼克森宣布美元不再遵照 1944 年布雷頓森林體系制
定的 35 美元可換一盎司黃金的規定，即美元發行與黃金脫鉤，二是
美國為維持美元的信用，而於 1974 年與沙地阿拉伯及 OPEC 國家約
定美元是全球石油交易唯一可使用的貨幣。美元發行與黃金脫鉤是美
國對國際社會背信欺詐的嚴重罪行，坑走了世界各國共上萬噸的黃金
（布雷頓森林體系制定時，各國把黃金寄存於美國聯儲局，當時美國
黃金儲備連同各國寄存的共有 3 萬噸，至 1970 年，美國只剩一萬噸。
目前：美 8133 噸、德 3391 噸、IMF2814 噸、義 2451 噸、法 2435 噸、
中 1054 噸、瑞 1040 噸、俄 935 噸、日 765 噸、荷蘭 612 噸）。美元
變成油元後更令美國意識到只要花幾分錢把白紙印成美元，就可到世
界各地換回各種商品、物資和服務。而美元變成油元後就真正變成了
世界貨幣，因為很少有國家不需要購買石油。因此，美國雖多印了許
多美元，但不會單獨承擔通膨的結果，反而是讓世界各國幫著美國承
擔，真可說是點「紙」成金，讓全世界替美國佬做苦工而把生產出真
金白銀的原物料、產品、勞務都被老美拿一張紙換走了。可說是人類
有史以來用無形的力量壓榨全世界的資源和勞務最狡猾、最殘酷、又
最殺人不見血的剝削行為，說來令人髮指。

　　3. 美元（油元）、美軍、美債的循環是美帝霸權的基礎

　　更有甚者，美國印美元，各國因須買石油就必須用貨品勞務去換
得美元，美元到了產油國手中後，美國又靠販賣武器及發美債把美元
回籠美國，因而不致造成美國本身的通膨（雖然美國已濫印了 60 萬
億（兆）美元在世界流通）。為了維持這個美元、油元、美債、軍售
的正常循環運作，美國必須維持一支世界性最強大的武力，以確保上
述任何一個環節中所牽涉的所有地區、國家、以及相關各種人、地、
事、物、時的發展不影響上述的循環。任何對上述循環產生絲毫影響
的因素，都會被美國視為對其國家安全和生存最直接且嚴重的威脅和

挑戰，無論是蘇聯、日本、歐盟、伊朗、中國都是因此而變成美國要打擊的對象和原因。也就是說美元、美軍、美債是美國定位一個國家或組織對其是友或敵的最重要因素。以過去數十年歷史觀之，蘇聯是威脅到美國軍力第一的地位，而被長期冷戰封鎖；日本是因為 GDP 到達了美國的 2/3 以上，且自不量力，妄想買下紐約，而被美國透過廣場協議逼迫日元升值四倍（從 1 美元兌 280 日元升到 1：70），導致日本出口崩潰，造成失落的 30 年，且在世界上地位大幅滑落；歐洲則因發行歐元，威脅到美元作為世界唯一流通國際貨幣的地位而被美國發動了科索沃戰爭，把資金趕出了歐洲而令歐元元氣大傷；另如鼓動英國脫歐、加強歐盟（北約）與俄羅斯的矛盾與衝突等，都是在削弱歐盟內部的團結和發展，以確保美國的霸權地位。

4. 中國在各方面對美國構成的潛在威脅

各國的綜合國力若單純以 GDP 值來說，2020 年排名如下：美國 20.8 兆美元、中國 14.8 兆美元、日本 4.9 兆美元、德國 3.8 兆美元、英國 2.6 兆美元、印度 2.6 兆美元、法國 2.6 兆美元、義大利 1.8 兆美元、加拿大 1.6 兆美元、南韓 1.6 兆美元、俄羅斯 1.5 兆美元、巴西 1.4 兆美元、澳洲 1.3 兆美元、西班牙 1.2 兆美元、印尼 1.1 兆美元；全球共 83.2 兆美元。可見中國已超過美國的 2/3，且差距正快速縮小。未來十年內，中國極有可能在 GDP 總量上超越美國，而成為世界第一大經濟體。隨著中國的經濟實力向上發展，美元的國際地位必會受到人民幣和其他數字貨幣的挑戰，一旦此一情形發生，對美國將是極為沉重甚至是致命的打擊。

在軍事上雖然美國軍事力量，尤其是核子武器、海空軍和導彈的力量，仍是無庸置疑的霸主，但中國並不尋求在世界各地與美軍較量，而只是在本身的海域和領空取得自衛自保的能力，這就使美軍除非主動發起攻擊，否則其強大的海、空軍就變得無用武之地了。尤因解放軍的海、空軍和火箭軍等的飛速進步成長，幾已在戰術上可立於不敗

之地；因此，美國最希望的是能挑起其他勢力代替美軍與解放軍發生衝突，以不費自身一兵一卒而達到削弱解放軍的目的，所以中國大陸周遭的日本、台灣、菲律賓、越南、印度等都是美國希望鼓動挑撥，作為與大陸軍事和情報對抗的棋子，希望用一切手段甚至不顧吃相難看，也要達到遏止中國崛起的目標。但中國今天已經可以很有自信的確認在大陸周邊 1000 公里範圍之內，沒有國家可以對中國發動戰爭而能獲勝。

在美債上，中國更是美國第一或第二位的債權國，依 2019 年的概算，中國和日本各約持 1.1 兆美元的美國國債，各占外國持有美國國債的 17%，餘如台灣占 2.7%、香港占 3.2%、巴西占 4.8%、英國 4.7%、愛爾蘭 4.2%、荷比盧占 6% 等，中美貿易戰開始後，坊間即有一說謂美國若逼得中國活不下去，中國也可在市場上全面拋售美債，但這是一把雙刃劍，不到最後關頭玉石俱焚之時應不會出手，但對美國而言這仍是一個潛在的巨大威脅。

從上面簡單的分析就可知道，今天中國已經在美國賴以生存的三大命脈美元、美軍、美債三方面都對美國構成了潛在最嚴重的威脅，也無怪乎美國兩黨一致，全國上下要如此急切地希望在經濟、軍事、科技、貿易、金融、媒體、文化、盟友、網絡 等各方面都要置中國於死地而後已的根本原因。

七、美國和西方抗拒中國崛起更深層的原因

中美競爭除了上述原因及傳統上老大對老二必然的防範與鬥爭，以及所謂修昔底德陷阱（Thucydides Trap）所述新興強國，對老牌強國的威脅所造成必然的衝突乃至戰爭的推論外，其實還有比修昔底德陷阱只看表象更深層的原因：

1. 西方白種人的種族優越感

西方帝國主義者自 15 世紀海權發展興旺後，配合了兩次工業革

命的威力，讓自荷蘭、西班牙、葡萄牙、法國、英國等先後都發展出
他們在世界各地殖民的範圍，美國更集其大成，用金融和軍事手段，
無需擁有任何「殖民地」，也無須面對被殖民者的反抗，但一樣能取
得要攫取的資源。綜觀歷史，近二、三百年來，主導世界發展以及在
世界各地用殖民手段壓榨弱小民族的，除了日本以外，都是白種人。
數百年下來他們養成了習慣，認定這個世界天生就是應該由白人來主
導，國家可以不同，種族可以是日耳曼人、可以是拉丁人、可以是安
格魯薩克遜人，但只要是白人就好！現在可能要換成一個非白種的有
色人種做世界第一的領導國家，先天就是他們所不能或不願接受的
事實。這個心理因素是西方政客絕不敢也不願承認，但事實卻就是如
此的白人種族優越感，川普時代的一大貢獻就是撕破了這個偽裝的面
具，讓世人清楚的看到了所謂白人至上（White Supremacy）的真面
目。

　　2. 對西方文明、體制、思想的過度自信、自大與傲慢

　　由於近數百年來，西方不僅在科技、工業、軍事上領先全球，就
連在文、法、政、商、財、經、金等各領域都全面發展，從制度開創、
規範制定、糾紛處理、仲裁判定都已有了固定的宏規，尤其在政治制
度上，西方從根本上就否定任何一種與其現今發展出來的政治體制不
同者，有什麼存在的價值，更遑論尊重、借鏡、學習、切磋了。而中
國近四十年來的發展，恰恰證明在非西方文明的體制和思想下，一樣
能讓一個國家繁榮進步並邁入現代化，且發展出一套真正可以富國利
民的政治制度，這就是西方無法也不願去研究理解的了。在經濟上，
西方也無法接受一個非資本主義為主的經濟體可以發展出一套經得起
考驗、可持續發展、更能同時解決生產和分配兩大問題的制度，尤其
在美國整垮了代表社會主義經濟的蘇聯後，西方對中國在政治、經濟、
軍事等各方面全方位的崛起，顯得相當意外、驚訝，且不知所措！面
對如此有異於西方思維的文明，如果是貧窮落後且願意接受白種人和

輯五

文

西方文明的「教化」，那他們也許還可以接受容忍，但今天這個文明和其制度居然有可能挑戰到他們主宰世界的地位，這就是他們萬萬不能接受而必須加以摧毀、殲滅的了。

回想1978年時，鄧小平核定第一批50位學員到美國留學取經時，即曾向卡特總統的特使、美國國家科學院院長、白宮科技顧問普來斯博士（Dr.Frank Press）要求，能否開放更多名額，逼得他不得不在美國時間清晨3點打電話問卡特說：「他要求的名額我不敢答應，因為他希望我們開放5000個名額」，卡特的回答倒也乾脆：「你告訴小平先生，他派10萬人來留學都可以」！回顧這段歷史，一方面固然感佩於小平總理眼光的遠大和心胸的開闊，在中國還是一窮二白的時候，就知道一定要虛心學習外國的長處；此門一開，到2018年，中國出國的留學生已達到了60萬之眾，且近年學成回國比例已高達七成，「海歸派」對中國內部各方面的影響和進步絕對有正面的貢獻。

另一方面，我們也要感謝卡特總統的開放態度，這其實是顯示美國當時的自信，不介意對落後國家地區全面開放留學，並藉以吸納全世界的英才；當然，開放的潛在目的，就是希望透過海歸派在未來去影響中國內部政治體制的改變，透過留學生歸國，去引發完成一種柔性的「洗腦」或「政改」，讓中國在政治上走向一人一票的選舉政治；在經濟上逐漸向資本主義市場經濟靠攏，讓西方霸權有掌控操縱的空間！所幸中國當局早有準備和管控，西方這個構想未能實現，所以近年來西方已有不少這方面的檢討出現，認為他們開了大門讓中國全方位地學習西方長處，但一點都沒有引發對中國政治體制和社會的改變，所以認為是他們吃了大虧，而被中國占了便宜，也開始全面誣指中國在科技方面的進步都是偷盜西方的知識才獲得了成就（中國赴美的留美生確以理工、自然科學方面居多數）。在實際操作上，自川普時代起，已逐漸要把這道學習，文教交流的門慢慢關上，也證明了今天美國自信的喪失和心理的焦慮！

3. 對中國人宗教觀的誤會、誤解而產生的錯誤認知

西方的歷史和文明與宗教脫不了關係，尤其是與基督教新舊教派和東正教關係最深，與穆斯林回教和猶太教更有不少歷史的恩怨，但西方所有宗教都有相當強烈的排他性，這種排他性嚴重到經常引發戰爭甚至會導致種族的滅絕，非常令人遺憾。對中國人來說，更是不能理解，因為中國自己發展出來的道教、儒教、天帝教以及由印度傳入的佛教等，基本上都沒有很強的排他性，在中國沒有人會有所謂「異教徒」（Heathens，Pagans）[1] 的觀念，甚至這個名詞對絕大部份的中國人都是陌生的，但在西方被一群人定位為「異教徒」後，就會被這一群人隔絕、歧視、打壓甚至消滅，下場都不會太好。

中國總人口中信奉西方基督教、天主教、東正教和回教的人口加起來不到5%，所以對西方人來說中國人有95%以上都是「異教徒」，潛意識中已經把我們定位為需要教導、開化、救贖的對象，甚至就已有「非我族類，必非善類」的聯想。尤其令人遺憾的是在中國人口中自認為信奉佛教的也只占15.9%，信奉道教的占7.6%，而所謂「無神論」者竟占了73.6%，而西方保守人士對「無神論」者的評價，就不僅是「非善類」，甚至是野蠻、叛逆、自大、無禮的代名詞了！這裡面其實存在著極大的誤會與誤解。因為西方人的「神」是定於一尊的，要信神就是這一位，不管是耶穌基督還是聖母瑪利亞或是穆罕默德，信徒只能選一位來信，對信徒來說，不信我這個神，你就是異教徒了，但中國人的「神」是多元的，玉皇大帝是「神」，關聖帝君、釋迦牟尼、觀世音菩薩、媽祖也都是「神」，歷史人物也可以神格化，比如「關聖帝君」、「岳王」、「開漳聖王」也可以是「神」；甚至自家的祖宗也可以是保佑一宗一族的神，而且各安其位，互不排斥。中國人在家裡的供桌上，同時放著觀音菩薩、關公和祖先牌位的簡直太普遍了。

【註1】這些字的另一意義本身就是壞人、粗俗無禮之人。

輯五

文

另一方面，對絕大部分的中國人來說，「天道文化」中的「天」是很神聖的，也是相當具有「神格」的一個名詞。西洋人常說「Oh My God！」（我的上帝）！就是中國人常說的「我的天」！或「我的老天爺」！所以「天」對中國人來說，絕對具有宗教上「神」的地位，只是中國人對「神」的定位十分多元，而且鬆散，更重要的是相互包容，絕不排他。但因為共產黨是主張無神論，所以民調中，百姓選項有 74% 是無神論者，但這種民調結果，只能說是百姓對西方宗教的沒有接觸和認識，並不代表他們心中沒有一種「神」的信仰和對「神」的敬畏。可以說中國人只要敬「天」的，就絕非無「神」論者，所謂「人在做，天在看」就是最好的寫照。

　　正因對神的多元包容，很多中國人同時可以信仰不只一位神祇，且對其他所有正派的神祇都抱有尊重敬畏之心，所以中國五千年的歷史中，從來沒有因宗教信仰的不同而引發任何武裝衝突，更沒有任何的宗教戰爭，這是中華文化中最珍貴、最偉大的奇蹟之一，也是中華文化多元包容最好的說明，值得我們多向世界宣揚。反觀西方歷史，從古代開始不同部落和民族對不同宗教（神明）的相互不容，甚至是用種族滅絕的殺戮來對待「異教徒」，乃至於中世紀大規模基督教和回教的「十字軍東征」戰爭；近代以色列猶太教徒與回教徒間牽扯到聲個猶太民族與阿拉伯民族的戰爭殺伐；賽爾維亞內戰時，回教徒與基督教、天主教的滅族行為；甚至回教徒內部遜尼派與什葉派之間的矛盾，都引爆你死我活、滅種滅族的戰爭，真讓我們悲憫為了這樣殺人盈野，血流成河的所謂「宗教信仰」還有什麼意義？也讓我們越發感受到中華民族對不同宗教的尊重包容是多麼的幸運和可貴！近年來西歐、北歐經濟較發達的國家，無神論或無強烈宗教信仰者的人數可能已超過了虔誠信仰基督教或天主教的信徒，但在北美和拉丁美洲，在信仰上仍是比較保守虔誠的。在保守派的眼中，對異教徒和無神論者的看法基本上仍是負面居多。因此，我們可以總結來說，絕大部分

的中國人並非西方定義中所謂的「無神論」者,更不應該是被西方偏激保守人士定位成沒有信仰、沒有文化的野蠻人。

4. 殖民主義者潛在罪惡感對中國崛起的抗拒

環顧世界,自西方海權勢力於 16 世紀興起之後,雖對世界各地的開發有功,擴展了人類的視野,開拓了新的生存空間,但可惜只把本身在文明和技術上的進步,轉化成為壓迫甚至奴役落後地區人民,以及掠奪、強占落後地區資源的工具,殖民主義被當時西方宮廷(政府)和輿論視為理所當然,達爾文優勝劣敗的進化論更為這種不義的強盜行為披上了科學的和理論的外衣,而把殖民主義合理化、合法化。所以自 16 世紀直到 20 世紀初四百餘年間,全世界除了南極洲以外,幾乎沒有一寸土地逃過西方殖民主義的蹂躪摧殘,其間還包括了令人髮指的人口(奴隸)買賣,這其中最老牌,地盤最大且獲利最豐的殖民國首推英國,殖民地遍及美、加、印、緬、星、馬、澳、紐等地;法國殖民地包括非洲大部分,中南半島;西班牙殖民地包括中南美洲除巴西以外的幾乎全部;葡萄牙在巴西、安哥拉、莫三比克、東帝汶、佛得角、幾內亞比紹;荷蘭在印尼、中美洲;義大利在非洲東部、北部;比利時在非洲剛果;德國在納米比亞等地殖民,可說殖民主義無所不在。就連東方的日本在明治維新西化以後,也迅速走向殖民之路,而目的地就是中國東北和山東省!全世界人類都在殖民者的壓榨攫取下苟延殘喘。殖民者對外唯一的說詞就是促進了殖民地的社會、經濟發展與進步,但絕口不提對當地資源的掠奪和對殖民地人民的奴役、壓榨與歧視不公。

二戰結束後,殖民主義式微,被殖民國家或地區紛紛覺醒,而掀起一片要求獨立自主的浪潮,世界上獨立國家固然越來越多,但在經濟、政治、軍事、安全、外交乃至於文教各方面鮮少能完全擺脫原宗主國的桎梏或影響,甚至因為原宗主國離開時遺留或佈下許多陷阱和矛盾衝突的因素,而使殖民地獨立後就要面對內部的紛爭和地區關係

的緊張；案例太多，不必列舉。也就是說，當今世界上爭取到獨立的國家，鮮少能擠身於世界上富強康樂的國家之林，甚至是動亂不斷，民不聊生。反而是原來的殖民宗主國均已是所謂已開發國家，繼續維持著他們在世界金字塔頂端的地位。因此，許多原來的殖民國更振振有詞且沾沾自喜地表示：還是他們的統治有效，殖民地人民的水準太差，根本沒有獨立的資格，這些宗主國從不檢討在自己當年統治下究竟對殖民地的教育、文化、基礎建設、公共衛生有多少真心的關切與投入，如今反而倒果為因的在說許多風涼話，行徑實在令人不恥，但這正反映出他們根深蒂固的優越感及驕傲與自大。

　　自有殖民史至今，在經歷了殖民國的統治或壓迫後，唯一能脫穎而出變成當今世界上強國的例外就是中國；回想 120 年前的 1901 年，正是八國聯軍占領北京，清廷不得已簽下最喪權辱國的辛丑條約之時，中國當時被確認是紙老虎，國際形象跌到谷底，世界列強都已知道對中國可以為所欲為、予取予求，因為以當時中國的軍力與列強相較幾已是不設防的國家，隨時即可被瓜分而亡國。但今天的中國，無論在經貿、科技、基礎建設乃至於軍事國防，不僅早已超越當年曾欺侮、霸凌中國的那些與中國簽過不平等條約的殖民主義國家，甚至將與西方第一強權美國在總體國力上都可以競爭了！

　　若沒有意外、或這些殖民國不能聯合起來一起遏制中國的發展，有朝一日，這個昔日被他們騎在頭上撒尿的國家就將可能是世界第一強權。因此，這些曾經霸凌、欺壓中國、甚至在中國有過諸多禽獸不如罪行的國家（尤其是日本），現在都會在下意識裡抗拒中國的崛起，因為他們暗中恐懼，害怕若中國真的強盛了，會不會和他們算起舊帳？！

　　這是一種檯面上絕不能說、不能也絕不願公開承認、但又確實存在於西方有殖民心態的人內心中抹不去的陰影！我們雖然一貫主張儒家的忠恕之道，不為已甚，從沒有把報復當年殖民主義者加諸於我們

的諸多暴行，做為我們追求國家富強和民族復興的誘因，但這些國家所擔心的反而正是他們自身思想的反映；因為對他們來說就是強者為王，勝者通吃，失敗就應被奴役迫害；哪有什麼人道思維的考量？我們不妨想像如果有一天中國真的強大到開著軍艦，兵臨英國城下，逼迫英國要用高價來買海洛因、可卡因和冰毒，且要英國人大量服用，不買就派兵占領英國並要求簽下不平等條約，現在大家都覺得這種行為簡直是太惡質、太離譜、太不人道、禽獸不如，絕不可能發生！

　　但 1842 年時，最講究人道主義、每天在用人權做幌子干涉他國內政的英國人，不就是用這種豬狗不如，逼迫我們吸毒的手段來對待中國政府和中國人民的嗎？對於日本在侵華歷史中所加諸於中國軍民在生命、財產、人權等各方面的傷害及獸行，日本政府和右派軍國主義者雖一再掩蓋事實，但其實他們心中是最清楚他們的長輩，曾經在中國犯下多少滔天的禽獸罪行，極右派雖一再否認，但其實恰是他們對中國崛起有最深罪惡感和恐懼感的寫照。筆者常不解於為什麼一提「中國威脅論」就有那麼多的西方殖民主義國家（包括日本）歇斯底里的大聲應和，因為縱觀近二百年的歷史裡，中華民族除了被打壓、被欺凌、被侵略、被封鎖、被禁運、被孤立以外，我們威脅過誰？侵略過誰？打壓過誰？封鎖過誰？後來才想通，這原來是一種自然的反射行為和思考，正因這些惡行是殖民主義國家祖先在過去幾百年裡一再加諸於弱小民族的，所以今天一旦有一個當年被他們壓迫的對象，居然可以昂然站立起來的時候，就讓他們自然反射式的把自身當年作惡多端，以及如果易位而處，他們必然會做的反應，反射成為中國必然的反應，因而感覺到被無形的威脅甚至壓迫到了！這種害怕中國崛起會清算舊帳的擔心，正是他們今天想要結合起來遏止中國崛起的背景，也是西方動輒要結合起來強調所謂「中國威脅論」的根本原因。這是最近筆者思考這個問題最大的心得，希能與讀者分享。

八、美國內部問題的歸納

1. 政治問題

（1）政黨惡性鬥爭

美國的民主、共和兩黨各有其經濟和社會理念，大體言民主黨較代表勞工及薪水階級，主張加稅來改善民生，以大福利社會的概念來解決分配的問題。共和黨則較代表菁英份子和資本家的利益，主張減稅，先讓資本家賺更多的錢再來改善社會問題，不贊成大社會的主張，而較重視個人的權益；另如民主黨較同情移民，較願接受非裔和少數民族，而共和黨反之；共和黨內富豪較多，與猶太人及以色列關係緊密，民主黨則否等等。兩黨雖在基本理念、政策上有所不同，但過去雙方都能以國家整體利益為重，相互協調尊重，尤其在對外政策上更不會相互扯後腿，所以長期以來美國的兩黨政治一向被認為是美國民主政治的重要基礎，甚或被認為是一種典範。

近年來民粹思想盛行，兩黨也被逼得各走極端，因為愈是譁眾取寵，愈能得到媒體注意，也愈容易出頭。而兩黨為了爭權奪利，鞏固選民地盤，更是不顧形象，不擇手段的相互抹黑毀滅，共和黨內的極端派組建茶黨，走極端保守路線，民主黨內的極端派則希望走社會主義路線。黨爭已將民主政治最醜陋的一面充分顯露，每次選舉都沒人重視政策，而是靠把對手抹黑、抹黃、抹紅取勝，人民的利益反遭忽視或擱置，讓美國民主的品質大幅下滑。2021年1月6日暴民攻占國會，更使民主倒退，顏面丟盡，令人浩嘆！

（2）金權橫行，官商勾結，民主選舉蒙羞

資本主義和市場經濟的理念已滲入政府各部門，一切施政都以錢為考量，失去了政府主動分多潤寡，政策性為民造福的功能。而政策本身往往就是在利益團體發動、護航、立法而成形的，所以政府及議會往往都變成利益團體的幫兇和執行者。政府最不負責和最好的托詞就是把一切都推到是自由主義市場經濟的走向，沒有官員和政客須為

任何錯誤政策負責，以至於美國傳統有責任感的官員愈來愈少，能擺脫金權控制為民謀福的官員和政策更如鳳毛麟角，不貪污受賄就算是最好的官員，百姓對政府官員的做為也沒有過多的期待。就以此次疫情來說，美國政府相關官員從一開始就掉以輕心，至今已導致 55 萬人喪生，3100 萬人染疫，且仍在持續增加中，從總統到聯邦及各州官員都有不可推卸的瀆職責任，但至今我們沒有看到任何一個美國官員為防疫不力而下台，一付好官我自為之的醜陋嘴臉，真為美國官員的麻木不仁感到羞愧。

另一方面官商勾結、貪污收賄、官箴敗壞的情況有越來越向下沉淪的趨勢，小至於地方上的食品、衛生、消防檢查，大則至藥品審核、緝私、緝毒，乃至於金融操作與政策的勾結等都很清楚的可以看到太多黑暗面，更有像 2001 年的安隆（Enron）案、2008 年雷曼兄弟倒閉案，2018 年的惡血 Theranos 案都有高官（甚至直指最高層）和華爾街掛勾包庇非常明顯的證據，但也都被擺平，至於民選的各級官員（包括總統、州長）和各級民意代表是那個大財團，大利益或遊說團體乃至大金主所資助（包養）的，大家也都心知肚明，但都習以為常，見怪不怪。美國人常說的一切都有價碼（Everything has a price）！正是美國許多不肖官員和民代很真實的寫照。透過公正選舉選賢與能和期望各級民代能真正為民謀福的理想已成鏡花水月。

（3）金權介入軍工企業和華爾街，禍延全球

如前所述，美國政治運作的機制裡允許大財團、大企業甚至大金主無限制的金錢捐獻，再透過合法的所謂遊說公司或利益團體，做為政商勾結談價碼、條件、日程、細則、支付方式的白手套，把金錢介入政治的手段，包裝的冠冕堂皇，大義凜然，實則是金錢與權力交易，把政客當豬仔在賣。上焉者是為了推動可福國利民的政策，但也有禍國殃民的政策，如反對槍枝管制，因為美國步槍協會（American Rifle Association）每年均花大量金錢遊說包養許多參、眾議員，讓

槍枝管制法律大多胎死腹中。下焉者則是找議員一起打場高爾夫球、吃頓飯可談許多私房（錢）事的，也都有一定價碼。當然，需要找遊說團體代為操作的都還是散戶小咖，真正大財團、大企業如軍工集團、華爾街大亨，根本在門下就養著現成的聯邦參眾議員隨時待命，甚至科 X 兄弟（Kxch Brother）集團養了個自誇以欺騙、說謊、偷竊為榮的國務卿在手上，辦起事來就更順風順水了。

金權政治如只牽涉內政，則為禍只局限於美國，但金權介入軍工企業和華爾街金融企業就為禍全球了；因為軍工企業除了搶食美國每年 8500 億美元的國防和外交預算外，最希望的就是把軍火推銷到全世界任何有戰亂紛爭的地區，就算在沒有戰亂或矛盾的時間或地區，國防部、國務院、中情局、智庫和軍火商們也要盡一切力量想方設法地炮製一些威脅論，或向可能衝突的各方分別去恐嚇、遊說甚至製造事端，以便銷售軍火武器；對他們來說最不願看到的就是世界和平。

尤其令人驚心的是許多表面上是純民用、民營的公司，但實際上卻都是美國軍工企業的重鎮，比如波音公司，大家熟知的民航客機生產上，只占其業務量的 1/3 都不到；另如 UT（United Technology）、BT（Bechtel）、Honeywell 等大家熟知的公司，其實也都是軍工大戶。金融集團也是希望盡量收割、搜刮別國的財產，如 1981 年高盛集團替希臘做假帳以便加入歐盟，最後讓歐盟慘賠二千多億歐元；另如 1997 年索羅斯製造了泰國、韓國等亞洲金融風暴，最終使泰、韓兩國許多最優質、含公共設施的資產，都被美國以銅板價搜刮而去；雷曼兄弟 2008 年的破產造成全球金融海嘯！其他如在巴西、阿根廷透過美國控制的國際貨幣基金（IMF）和世界銀行（World Bank）在全世界做金融收屍大隊，把金融體質不夠健全國家的財產就這樣名正言順被美國的金融霸權強占，說來令人不寒而慄！

（4）制度積重難返，改革困難

美國政治上許多制度早已不合時代需要，大家也都看出問題，但

就是無法改革。例如今年總統大選發生不少爭議的所謂「選舉人」制度，大家都覺得制度本身非常荒謬，尤其因各州「選舉人」票數與各州人口成正比，但贏者通吃而非按候選人得票比例來分配各州的選舉人票，所以會產生贏了選舉人票當選總統，但卻是在全國全民投票結果的少數（上次川普即是如此而當選），全世界也沒人可以解釋這叫哪門子的「民主」，但這個制度看來也沒人敢於更動，因為要改就得修憲，但修憲大門一開，牛鬼蛇神各種主張都會出現，因此沒有政客想去觸碰，改革也就因此永遠拖延下去。其他諸如各州自主性過高，許多法令規章各異，幾形同國中有國，應由聯邦統籌辦理的業務比如教育、公共衛生又都是各州各自為政，內涵和水準參差不齊。從旁觀者的角度來看，應該都是妨礙美國進步的因素。200 年前形成這些制度時，當然有防止聯邦政府過分中央集權的顧慮，但到今天都已感覺到問題存在和嚴重性，卻又不能改變，就實非美國之福了。

2. 社會矛盾

（1）階級（上層與下層社會）矛盾

一般人認為美國人沒架子，容易相處，這個觀察也不算錯，但到了關鍵時刻，上層、下層或貧富的分野與矛盾就出現了，尤其是住在什麼區？上哪個學校？加入那個社團或俱樂部？其實都界線嚴明，難以逾越。上層社會的人從出生起到上學、就業開始，只要不是自己程度能力太差或自作孽，這一生應該可過得豐衣足食，無憂無慮。值得同情的是在最底層每天只為溫飽而奮鬥的貧苦大眾。這兩種人從出生起就活在兩個完全不同的環境中，所學、所聞、所見、所思、所交、所往，可說都是南轅北轍，毫無交集，各種誤解、矛盾、冷漠、歧視從而產生，最終形成美國社會很難跨越，主要以財富為分野的鴻溝，加上還有其他如種族、宗教、職業等難以解決的矛盾，對美國社會的凝聚力有極為負面的影響。

（2）種族歧視

美國種族問題極為嚴重，已非本文所能討論，但其複雜性已不只偏限於黑白歧視，因為美國人的種族結構現已分成四大塊：

1. 歐洲白人。其中又分為日耳曼、安格魯薩克森、拉丁、斯拉夫、凱爾特、維京等人種，他們互相之間雖都是白人，卻仍有因歷史、宗教、語言、生活習慣等的矛盾。

2. 拉丁裔。主要是指近百年來由中南美各國，尤其是墨西哥、古巴和中美洲及加勒比海湧入的移民，他們中有純白人，但更多的是白人與印第安土著及／或黑人的混種，膚色是所謂的咖啡加牛奶色，深淺不一，信奉天主教，講西班牙語。

3. 非洲裔。絕大部份是當年黑奴的後裔，以及多年來黑人與白人或其他人種混合的後裔。

4. 亞裔及太平洋島國裔。主要以中、日、韓、印度、菲律賓、越、棉、寮為主。

這四大人種中，對有歧視觀念的人來說，大體上是白種人歧視所有非白種人，但最大的歧視對象是針對非洲裔。拉美裔較無歧視觀念。非洲裔歧視亞裔，亞裔歧視非洲裔及拉美裔。自川普就任總統後，撕下了美國沒有種族歧視的假面具，使白人至上主義者更加肆無忌憚地對非洲裔加以迫害，明尼亞波里斯白人警察用腿壓得黑人斷氣死亡事件，終於引起了全羊多個大城市「黑人的命也是命」的大規模群眾運動，至今都未完全平息，最近又因川普在任內時，一再把疫情責任推給中國，使華裔和亞裔成為明顯被歧視的對象，目前情況正在惡化中，美國種族歧視的嚴重性和複雜性都達到了新的高峰，極難解決。

（3）貧富不均

美國貧富不均的現象近年來有愈來愈嚴重的趨勢，各種不同方法或定義的調查，均顯示太多的財富被太少數的寡頭所掌控，知名社會學家、哲學家杭士基教授（Noam Chomsky）在他2006年的名《Failed States——The abuse of power and the assault on democracy》（失敗

之國——權力的濫用及對民主的打擊）中指出，美國 1% 約 300 萬最富有的人（以白人和猶太人為主）掌控了美國 40% 以上的財富與資源，在頂端 1% 人的平均收入是其餘 99% 人平均收入的 26 倍！而在紐約州和佛州更高達 44 倍和 40 倍，連差距最小的阿拉斯加州也有 13 倍之多。這 1% 是美國真正的主人翁；另有 30% 的中產階級士、農、工、商掌握了 20 至 30% 的財富，這些人是稅收和生產力的主要來源，可算是自由人，可憑自身的努力和奮鬥改變自己的命運；另有兩億多人（全國人口的 70% 以上）只能分到約 20 至 30% 的財富，是每天都須努力工作，隨時擔心失業，對明天不敢有太多奢望，甚至全無希望的中下階層。而公司領導層 CEO 的薪資從 1965 年是普通工人的 20 倍瘋漲到 2016 年的 217 倍，所以基層藍領工人相較之下幾可被視為奴工。據美國勞工統計局 2020 年最新資料顯示，美國受薪階級共約 1.5 億人，平均年薪為 5.5 萬美元，只有約 9% 的受薪階級年薪可超過 10 萬美元以上。

再略細分，可將美國人分為八個階層，第一階：是看不見的頂層。美國真正的主人翁。第二階：上層。包括政府高官、大企業主管、老闆階級。有錢、有權，生活優渥且講究品味。第三階：中上層。有錢、生活有趣味和享受，透過專業賺得財富。第四階：中產。謹小慎微，生活無慮，但亦無趣味，隨時怕被替換。第五階：上等貧民。靠手藝吃飯，但缺自由、自尊與保障。第六階：中等貧民。工作中受嚴格監管，失去許多自由，所得僅夠溫飽。第七階：下等貧民。勞動階級的最底層，幾無明日可言。第八階：赤貧、游民。靠救濟渡日，是看不見的底層。第三、四階以上的是自由人，以下的就類似封建社會中的奴隸了！但第三、四階以下的人口占總人口的 2/3，這樣的社會結構焉能使下層民眾無怨無恚？

（4）槍枝遍地犯罪猖獗

美國只有 3 億人口，但估計民間至少有 4 億餘枝各型槍械，無論

比率或總數都穩居世界第一。全世界共有約 10 億枝槍，各國軍中持有的只有 1.33 億枝，警察及執法單位只有 2300 萬枝，也就是說全球 85% 的槍械在平民手中！而美國更是絕對的冠軍。美國民間的槍械不僅數量多，且種類先進繁多，手槍已不足道，重型步槍、自動步槍、衝鋒槍、輕重機槍乃至於火箭炮都一應俱全，常常是罪犯的火力比警察還要強大、先進。正因槍枝生產先進，取得容易，管理鬆散，使用門檻低，且社會不安全感與日俱增，大家都想擁槍自保，尤其是知道別人都有槍，自己沒有就太危險了，所以槍枝銷售（尤其在川普執政的四年）幾成倍數成長，令人怵目驚心。槍擊案幾無日無之，自上世紀 80 年代至今，平均美國每年死於槍擊案的人數（自殺、謀殺、火拼、仇殺、衝突殺、無緣無故無目的之盲目殺戮）高達約 4 萬人，已達失控的地步！拜登總統在最新（2021 年 4 月）的控槍行政令中也承認美國的槍械管理失控，已是美國在國際上的羞恥！

美國每年約有千萬件以上包括兇殺、強姦、搶劫、傷害的重度刑事犯罪（暴力犯罪 100 萬件以上，財產犯罪 800 萬件以上），在已開發國家中比例名列前茅，尤以若干惡名昭彰的都會區如巴爾的摩、底特律、密瓦基、芝加哥、聖路易、孟斐斯 等最為嚴重。服刑人數 800 餘萬人，其中 300 萬人被關押，居世界第一，謀殺案的比例較歐洲發達國家高出三倍（每 10 萬人中有 5 例），但低於中南美洲（宏都拉斯每 10 萬人中有 80 例以上）。在美國一般的經驗就是下午下班後，市中心變成空城，不可隨意前往，否則隨時有被搶劫或無故殺害之險，貧民區更是無論何時都不可經過，以防不測。有這樣高度武裝的社會，一但遇到動亂爆發，其後果實在不堪設想。

（5）毒品氾濫

美國是世界最大的毒品消費國，全世界生產的各種毒品 60% 以上輸往美國，吸毒人口占美國人口的 8 至 10%，同時美國人每年至少花費 1500 至 2000 億美元購買各類毒品吸食，美國也是世界最大的毒

品交易市場，估計美國共有 30 萬個大小販毒組織，每年毒品交易利潤高達 800 億美元，每年至少有 2 萬以上的人死於吸毒過量。而毒品的種類也日新月異，最糟的是許多止痛藥物如芬太尼、阿片藥物，止痛效果是嗎啡的 50 至 100 倍，價錢便宜，又有遠比海洛因更強的毒效，令癮君子趨之若鶩，上癮又比任何毒品都來的快，幾乎試一次就會上癮，但藥效太強，稍一過量就會致命，所以每年美國死於所謂「藥物過量」的人已高達 6 至 8 萬人，非常恐怖。尤其嚴重的是美國藥物濫用的增長率逐年增高，而吸毒或用藥的「傳染」效果又強，長此以往，後果實不堪設想。

毒品問題如此嚴重，但美國不少州反而逐步將毒品合法化或非罪化。2020 年亞利桑那、蒙塔納、新澤西、南達科達等州將大麻合法化，俄勒岡州更把包括可卡因和海洛因在內的一切毒品非罪化。雖然主張非罪化有助於讓吸食者易於戒癮且重回社會，合法化較便於管理，但這種趨勢正顯示了美國數十年禁毒努力的失敗。亦有證據顯示美國一方面有司法部、緝毒局（DEA）在反毒，但有時中情局反而與國際毒販合作，以掌控中南美洲和阿富汗（世界最大海洛因生產國）等國的政治，並進行革命、反革命、顛覆、政變、暗殺、洗錢等行動。每年世界毒品以美元為工具的洗錢量高達五千億至一兆美元，一半以上是透過美國銀行完成交易。而全球毒品總交易額約當世界貿易總額約 10 至 20%，世界毒品和禁藥問題的嚴重和美國在其中扮演的重要角色，令人觸目驚心！

（6）就醫就養天價

美國醫療的技術、研發等方面，水平仍居世界前茅，但一般民眾就醫則是既不方便又極昂貴；做一個最簡單的檢驗甚或是照個 X 光片動輒就要等十天半月，若要做較精密的斷層掃描或其他特殊檢查，動輒一等幾個月才能排到，連動手術都是要等近幾星期或上月，令人覺得錯愕。看病不僅不便，就醫的價錢更是令人咋舌，住院費普通就要

3000至5000美元一天，一般檢查動輒數百美元，斷層掃描1500美元，動手術則以萬元起跳，所以沒有買保險是絕對生不起病的，目前美國仍有約3000萬成年人沒有買健康保險，這些人若請不到社會救濟款，是無法接受到醫療照顧的。此次疫情時，許多染疫者被醫院拒收，有些固然是因病床已滿無法收容，但也有不少因沒有保險，付不了醫藥費而被拒絕，只能在家等死。

　　美國安養中心的費用約每年每人3萬美元起跳，養老院則每年每人10萬美元也很普遍，筆者友人住在舊金山附近高檔的養老院，環境極佳，有醫護人員服務照顧，管吃管住，品質一流，但一對夫婦一年就須付費用10至15萬美元，不是一般人所能負擔。

（7）媒體造謠製造社會混亂

　　過去，媒體一向被視為美國的第四權，是社會道德和價值觀的重要防線，著名的雜誌如《TIME》、《NEWS WEEK》、《US NEWS and WORLD REPORT》、《LIFE》、《NEW YORKER》等，報紙如《Washington Post》、《New York Times》、《Chicago Tribune》以及60年代後的電視媒體CBS、NBC、ABC等都有自己的風格、傳統和規範。當時的新聞從業人員絕大多數都能潔身自愛，對新聞不偏袒、不造假、不拍官方和權貴的馬屁、也絕不參雜記者、編輯和媒體老闆的個人喜惡或意見，所以當時這些主流媒體報導出來的新聞一般都查有實據，言之有物，更能秉持公正立場，為社會及弱小伸張正義，所以廣受大眾的尊敬與信賴。當年（上世紀70至80年代）黃金時段電視新聞主持人如Walter Cronkite，Chet Huntley及David Brinkley，Dan Rather，Tom Brokaw，Peter Jennings等在歷次民調中都是美國社會大眾最信任的人物，公信力遠超過一般政客，甚至超越總統。中立超然、守正不阿的形象深植民心。是美國媒體的黃金時代，令人神往。

　　最近數十年，由於選舉日趨白熱化，政客和政黨乃至於有錢的金

主，都知道媒體對選舉的重要性，所以金錢和政治大規模的介入媒體，以致於今天媒體都已有自家的老闆和政黨或政客的歸屬，報導就難求公正了。更糟的是有時媒體為了自身利益或主子的好惡或需要，還會主動造謠生事，變成製造社會混亂的亂源，所謂的媒體公信力已蕩然無存！

3. 競爭力下滑

（1）財政破產

美國聯邦政府連年入不敷出，完全在靠以債養債，2020 年全年總財政赤字竟高達 3.1 兆美元，占總 GDP 的 18.7%，而公共債務占 GDP 比率更高達 131.2%（財政部統計處財政統計通報第 21 期）創下歷史紀錄，而歷年總負債累計已達 27 兆美元。在這種財政狀況下要求經濟的永續發展是不可能的。美國財政問題的嚴重已到病入膏肓的程度，豈是兩三句話所可描述，問題是沒有解方，最多只能拖延爆發大問題的時間。可預見的是一旦爆發，將是全世界金融和財政重大甚或是毀滅性的大災難！

（2）產業空洞化

自華爾街金融操作賺得讓人眼紅後，美國的製造業就開始逐漸空洞化，資本家的錢都拿去炒金融商品，不再投入產業的研發與升級，導致產品的品質在國際競爭力下滑、滯銷，最終就是將該產業停產或轉至國外，因此導致多種製造業在美消失。疫情時製造不出口罩、呼吸機、最簡單的防護產品 就是明證。製造業的萎縮或消失也使失業率增加，傳統上優秀的技術工人被投閒置散。五大湖工業區各州工廠關閉，人口外移。美國原在世界上享有頂級聲譽的產品和品牌如汽車、家電、精密機械、母機、化工、鋼鐵都漸淪為二、三線產品甚至消失。似乎標誌著一個時代的結束！

（3）虛擬與實體經濟分歧

虛擬資本是在借貸資本（生息資本）和銀行信用的基礎上產生

的，如股票、債券、抵押借貸其本身不具價值，但可透過循環運作產生利潤，虛擬經濟是用虛擬資本等，以金融操作方式來運作的循環經濟活動，說直白些就是用錢去賺錢。實體經濟則是指與實際資本的循環運作有關的經濟運行模式，比如物質原料的生產、分配、交換、消費等行為。

上世紀 90 年代，美國股票市值與 GDP 比值逐漸增加，現已達 166% 以上，公債餘額與 GDP 總量的比亦高達 130%，均已屬過度膨脹，更值得警惕的是加上衍生性金融商品總價值已是實體經濟總值的 50 至 60 倍之多。於此同一時期，實體經濟的投資占 GDP 的份額自 2000 年的 20% 降至現在的約 4%，此一發展是對實體經濟資金供應形成的排擠，而當金融投資收益大大高於實體經濟投資收益時，更多資金會湧入金融和房地產，市場看來欣欣向榮，但大量資金在虛擬經濟中空轉，美國年度 GDP 的生產中，實體經濟的貢獻僅有約 27%，其餘都是虛擬經濟中的金融、服務、互聯網、博彩、體育經濟所貢獻，而就業人口中的 70% 在金融和其他服務業。而農業、工業、製造業、交通運輸業等，則因資金缺乏及高水準人才不足而愈來愈沒有競爭力，此一趨勢現今在美國仍在發生且愈演愈烈。對美國經濟的長遠發展甚至國家安全都絕非吉兆。

（4）左（社會主義）右（資本主義）經濟路線矛盾

資本主義發展所產生的各種弊端也引起美國不少有識之士的憂慮，所以逐漸的也有社會主義的聲浪興起，而這又正好與美國兩大政黨的基本經濟理念：共和黨偏重資本主義，主張減稅增產，讓富人賺更多的錢，才有餘力照顧窮人，基本上是代表富人利益，以共和黨的川普前總統為代表；而民主黨偏重分配的公平，主張加（富人）稅，以實現大規模的社會福利政策目標。基本上是代表勞工、群眾、小民的心聲。以麻州民主黨參議員桑德斯（Bernie Sanders）為代表。

此一經濟政策上的分歧也是美國民主共和兩黨惡鬥的主要原因之

一。事實上，無論左或右單方面的主張都不可能同時解決美國生產力下滑及分配不均（貧富差距不斷擴大）的問題。尤其近年來各種跡象都已證明資本家的貪婪是無止境、無道德底線的。美國的政界、學界卻仍迷信於新自由主義將一切問題都交由市場機制去決定；因而使得資本更如出閘猛虎，一切考量均以利潤、賺錢為目標和前提。甚至在疫情人命關天時，美國仍奉行著「以資為本」的思維，相較於中國「以民為本」的境界，真是有天壤之別。而美國至今仍拿人權問題指責別國，恐怕是嫌自己罔顧五十多萬因疫情死去同胞的人權，教訓還不夠深刻吧！？

（5）地域差距

過去美國確有東西岸與內陸州的分別，兩岸民風較開放，與國際接觸多，內陸則較封閉。但隨著各地區的不同發展，若以年 GDP 排名看，前五名：加州（1.3 兆美元）、德州（0.74 兆）、紐約（0.71 兆）、佛州（0.44 兆）、伊利諾（0.35 兆），與最後五名：佛蒙特（136 億）、外俄明（162 億）、蒙塔拿（212 億）、阿拉斯加（218 億）、北達科達（229 億）來比較，已可見其分配極為不均。本來各州有大有小、有窮有富原很正常，但在聯邦政府要各州一起執行一些政策或將各州上繳稅收做統籌分配運用時，各州看法就很不一致了。這其中又以加州、紐約州和德州的矛盾最為突出，加州由於位居亞、美洲的中間，科技發展（矽谷）世界知名，加上又有農業及文化藝術業做支撐，以其實力若獨立成國，可居世界第七大經濟體；紐約州則是世界金融中心（紐約市），也有相當好的工業、農業基礎；德州則是大油倉，所以聯邦政府有關高科技、金融、能源的任何政策或對外關係，都須分別與以上三州達成默契，否則很難推動。而原五大湖的重工業區已因產業空洞化而變成鐵鏽帶，南部的陽光帶雖享有人口紅利，但因未發展出堅實的產業基礎而無足輕重；中西部的農業帶算是保持了最傳統的面貌，但農業所得相對較低，收入又大受國際價格的影響，所以聯

邦政府的對內政策與對外關係需要照顧的層面可說是既多元又複雜，而各州的法律自主性又極強，這些本是美國很正常的運作模式，在大家都有好日子過時，各州也都能顧全大局，湊合著過，沒有經過大災難的考驗時，也沒有感到它會有什麼問題，但這次疫情發生就使得體制上的缺點一一暴露，聯邦與各州互推責任只打嘴砲，不做實事的低效、分歧、甚至迂腐，簡直令人嘆為觀止！可說是對美國政治、經濟、行政、體制等方面，一次無情的，不及格的評等，說來令人錯愕！

4. 建設落後或不足

（1）傳統基礎建設老舊落後，新基建則相對不足

美國的基礎建設諸如公路、高速公路、橋樑、鐵路、地鐵、航空站、海港、通訊網絡、發電廠、電網、水庫、都市開發，在上世紀 70 年代即已相當完善，以當時的水準幾乎每一項都是世界第一或名列前茅，問題是上述所有建設在之後幾乎就沒有再投資晉級或更新，至今近 50 年的設備看來就相當老舊殘破，甚至根本已不敷使用需要；若只以這一項來比較中美兩國，大家都會認為中國是已開發國家，因為差距已經太大、太明顯了。以高鐵舉例，美國至今為 0 公里，中國已有 3 萬 2000 公里，占世界 3/5 總里程以上，電網的智慧操作美國已落後許多，其他如航空站、海港倉儲作業、網路 都已差距明顯。

有鑑於此，最近三任美國總統都有雄心加強基礎建設，但可惜都是雷大雨小，最近拜登又有 2.1 兆美元的基建計劃，能否開始起而行？我們且拭目以待，但就算真的開始，也不可能是一蹴可及的工程。

（2）教育、公衛、住宅、大眾運輸、都市建設，均極缺資源，品質堪慮

窮兵黷武的結果就是上述最需要花錢的項目都編不出足夠的預算，任其水準降低甚至荒廢，而一切又與貧富不均成正比！以教育來說，好的私立學校當然仍是世界一流水準，但須付出天價才上得起，公立學校則因經費來自當地本身（地價等）稅收，因此，地處貧民區

或中下區內的公立學校本身經費就相對短缺，設備、師資、管理各方面都捉襟見肘，有時不僅教育品質和程度堪憂，甚至根本就成了吸毒、販毒、幫派聚集的淵藪。也就是說富家子弟與窮小子從出生第一天到進小學，命運就幾乎已固定在完全背道而馳的軌道上，愈差愈遠。公衛設施、都市建設等也都是在循類似的模式進行，社會的兩極化就在人的就學、就養、就業、就醫一路發展下去。中產和受薪階級的人越來越少，且覺得受到不公平待遇，因為稅都是他們繳的，因為越有錢的反而越能合法節稅、避稅（川普年繳數百元的稅而已），而中產、受薪階級該繳的稅一毛錢都逃不掉，但繳的稅金卻又被用去養一些好吃懶做的社會寄生蟲，或是照顧一些確有需要的貧苦人士（美國社會對真正貧苦且合乎申請社福條件的人照顧是相當好的，有吃、有住還有零用金），讓他們感到兩頭都對他們不公平，民粹思想和對社會現狀不滿的情緒，可說是其來有自也！

5. 人口質與量的問題

（1）人口占世界總人口比例大幅降低

過去百年來，美國人口占世界總人口之比從 1/17 降到約 1/25，且由於生育率降低，人口老化程度雖在已開發國家中還算中上，目前人口年齡的中位數 38.5 歲，即 3.33 億總人口中一半年齡大於此，一半小於此。人口平均年齡為 37.9 歲（中國 37.1 歲），低於全球平均年齡最大的四個國家（摩納哥 48.9 歲，日本 44.6 歲，義大利 44.3 歲，德國 43.7 歲）。但人口結構中因占 2/3 的白種人生育率僅及拉美裔、非洲裔、亞裔等的一半，所以白種人未來在美國人口占比將持續下滑，引起白人至上者極大的擔憂與恐慌！

（2）移民問題

美國過去曾自詡是人類各民族的大熔爐，且對世界各地開放移民名額，但近年來由於經濟發展不佳，且種族糾紛不斷，尤其過去四年川普執政任內，移民問題躍上檯面。目前美移民人口占總人口的

15%，中南美洲由於是近鄰，經濟又落後，以致大量非法移民經由海路偷渡到佛州，或經陸路先至墨西哥再非法越過邊境線進入加州、亞利桑那州、新墨西哥州和德州。

拉美裔占美國總人口的比例近百年來增速飛快，目前已有 6000 萬人，占美國 3.3 億總人口之比已高達 18%，且持續由於高生育率及移民而快速增加，而非洲裔反而已退居第二名（4700 萬）占 13%。另加上亞裔 2200 萬，及原住民（印地安人、阿拉斯加人、太平洋島國人）約 750 萬，形成美國人口的結構。另一值得注意的則是在 2019 年，中國合法移民人口已居第一位，亦在持續增加中。整體言，美國白人是真正開始擔心有朝一日他們會變成一個「大墨西哥」國，尤因拉美裔和亞裔的家庭觀念和對傳統文化的堅持，未來對美國社會可說從種族、語言、宗教、生活習慣、國家認同度、團結向心力都會產生極重大的影響。行文至此，拜登上任總統還不到三個月，在美、墨邊境已湧入 18 萬拉美裔非法移民，若不加嚴管控，拉美裔移民進入美國每年至少可達百萬以上，問題確實嚴重！

（3）LGBTQ 占美國人口比例偏高

所謂 LGBTQ 即女同志（Lesbian）、男同志（Gay）、雙性人（Bisexual）、變性人（Transsexual）、酷兒（Queer）等人的總稱。這類人對性別的看法與感受都與傳統男女有別的概念是完全不同的，隨著社會愈來愈開放且包容，許多人「出櫃」，甚至法律上也將同性婚姻合法化。據統計，美國上述 LGBTQ 人數已占總人口的 7% 左右，且在增加中，在 15 至 35 歲年齡層中，占比更已高達約 13%。筆者不願對性別取向本身表達任何意見，但有一點可以確定的是性別對所有動物（包括人類）都是一個最重要、最基本的分野指標，性別的模糊必然增加管理的困難和成本，同時亦使團結、凝聚力變得鬆散。對任何一個國家和民族來說，這一類的人口占比過高，對國家和民族的生存和發展都會構成相當的障礙。

（4）大都會遊民充斥

因大都市房價過高，許多人雖有職業，但收入太低租不起房子住，而居無定所，有些則根本是無業遊民或是有吸毒、藥癮等問題而被社福單位拒收的人，最後都只能在路橋下、涵洞裡、無主空地上，甚至就在城區內大馬路邊的人行道上露天而宿或住在暫時或永久性的帳篷裡，就在都市中形成了難民營的景象，好在加州等南部各州冬天也凍不死人，政府也無力收容，也就只能任他們把城市中心的大馬路邊都變成了帳篷區，估計全美這些都市帳篷族已有 60 萬人以上。帳篷區內無水無電，最嚴重的是公廁很少，政府雖增設了一些流動廁所，但又被強橫者據為己有，逼得遊民們不得不就地解決，或在帳篷區外的馬路邊解決，使整個市區屎尿橫流、臭氣沖天，不僅有礙觀瞻，也已造成嚴重的衛生和治安問題。有些帳篷區旁邊就是高樓大廈的辦公室，但他們也只能把自己大樓門前的走道清理乾淨而已。逼得舊金山市政府最新設置並招聘了一批新的工作人員，職務名稱就叫做「巡屎員」（Poop Patrol），工作內容就是用高壓水管沿街蒐集並清洗人屎、人尿，這種在想像中只應見於戰亂區域或難民營的景象，今天卻活生生的在世界第一富強的美國許多大城市中上映，都市的發展是一國的門面，也是進步的象徵，都市的沒落絕非佳兆，也讓人對美國地方政府治理能力的低下感到不可思議。

（5）民眾知識水平低下且嚴重反智、反科學

美國許多較保守地區的人民日出而作，日落而息，對外面世界的一切都孤陋寡聞，也漠不關心，這是大家原就已知道的狀況。但這次疫情暴露出美國居然有這麼多的民眾如此無知識、無常識，反智、反科學，像是仍活在中世紀未開化時代一樣的思維，實令人震驚！例如相信把消毒水打進身體即可免於染疫、相信病毒可藉由電線桿發射傳播等令人啼笑皆非的認知（雖然川普的造謠難辭其咎），另如帶口罩妨礙了人權，違背了神的旨意等的看法，其實與保守與否根本無關，因為已

是徹底的無知和愚昧，不禁讓人對美國民眾的水準有了很大的疑問。又例如調查顯示畫一幅世界地圖，能在圖上指出美國、中國、俄國、英國、日本等國正確位置的美國人只有 1/10，南部若干保守派人士至今不相信地球是圓的，讀過高中的成年人有一半以上不會算數的除法都是讓人難以置信的結果。

（6）人民少有國家民族整體觀念

美國一般民眾對世界局勢的發展並不關心，對美國 CIA、國務院和美軍在海外造下的許多罪孽甚至是一無所知，絕大部份百姓是善良的，只是每天辛勤工作以求溫飽，上焉者當然會不斷上進，為自己的未來奮鬥，但都是以成就自我為中心，很少將自己的未來與社會或國家的未來發展聯繫在一起。正因如此，聯邦政府很難將執政者所定下的國家目標和發展方向傳播出去，做為號召人民遵循或景從的動力。但也正因民眾知識來源管道有限，所謂民意極易受到媒體的影響，所以野心家、資本家和政客莫不致力於收買、影響主流媒體（Main Stream Media，MSM），要透過他們的報導、宣傳以達到遂行國家政策或個人政治收獲的目標。可以說美國民眾對牽涉自身利益以外的事物都十分無知且漠不關心，雖是所謂民主社會，但對美國各種政策能表達的意見和影響可謂微乎其微，反而像是一群已被財團、利益團體收買後的主流媒體所驅使的羔羊！更遑論能有獨立自主的國家民族觀念了。

（7）不能從歷史文化經驗中學習教訓，無從改革進步

美國立國至今不過 245 年，十分短暫 (甚至可說是沒有歷史)。而在這段期間，因條件的得天獨厚及歷史的因緣際會，使美國不斷以武力或其他方式擴張領土領地，並掠奪別國資源而發展成為世界第一強國，正因如此，美國人一般只重視現在，對歷史沒有什麼感覺，甚至對別國的長遠歷史與文化亦不知尊重，更不會從過去數千年人類文明發展的歷史中學習經驗與教訓。好處固然是美國人樂觀進取，活在

當下，但只從自己數百年的歷史中學到勝者為王，強者稱霸，並沉浸在侵略、掠奪的果實中享受的快感；從不尊重他國的歷史文化與感受，以致於在國際上只剩下對美國武力的「畏」，早已喪失了對美國道德上的「敬」！這種霸權地位不可能持久。近年來更由於一再強調美國優先，更讓美國政府和民間都沉醉在這種「美國第一」的傲慢與自戀的迷夢中，而完全喪失了向世界學習、改革和進步的動機。實令人扼腕。杜牧阿房宮賦所寫的「族（滅）秦者，秦也，非天下也」！正會是美國未來的寫照。

筆者寫完這一章時的心情可用無比沈重和失落來形容。筆者的感受其實有兩方面：

1. 這些問題都是客觀存在的事實，不是筆者捏造出來的，只是它們是否嚴重？對美國的影響如何？可能有見仁見智不同的看法。筆者是以一個旁觀者從中國歷史文化的角度，將觀察所得提供大家參考，並無意唱衰美國。舉一個例子來說，新冠疫情爆發至今，尤其在川普任內，給外界的印象就是死多少人，多少人染疫似乎並不是若干華府政客心中掛念的問題，後來才瞭解是因為染疫和死亡的人以老、殘、病、弱及有色人種（非洲裔及拉美裔染疫及死亡比率，遠高於人口占比）為主，以資本主義角度看，這對美國整體國力影響是只好不壞，因為這些已無生產力或生產力低下的人死的越多對美國越有利，所以應把疫情就當作是一種汰弱留強的自然過程。川普在疫情變重後，曾不止一次公開表示「我什麼也不能做！」（I can't do anything！）其實就是這種心態很坦白地表述。可見對同一件事，出發點不同，則所得結論真可有天壤之別。

2. 這些問題加總起來，會給美國帶來的傷害是巨大的，對任何一個別的國家來說都是絕對無法承荷的負擔，但美國至今仍完好無恙，尤其在尖端科技、金融操作、軍武、媒體主導等各方均絕對保持世界第一的地位，這也印證了前述案例，就是美國低端人口產生的許多問

題，並不會撼動其高端人口的生產、創新、研發的能力，大陸現在有許多網民，本著義和團式的「愛國」精神，成天向民眾灌輸中國已經全面超越了美國的假象，其實是非常幼稚且有害的動作，因為美國雖有如此多的問題，卻還能撐到今天，正足以證明美國家底之厚和韌性之強，在即將發生的國際媒體戰和國際金融戰中，更是要以大陸的弱項來抗衡美國的最強項，大陸豈可躊躇自滿，輕敵大意！

九、捍衛中華民國存在的責任和重要性

單從邏輯上來說，辛亥革命成功的結果就是締造了中華民國，拯救了中華民族。今天我們既然要紀念辛亥革命，緬懷革命先烈為中華民族重生而犧牲生命的苦心孤詣，就應責無旁貸的維護中華民國的存在和發展。

不可諱言的是中華民國自 1912 年開國至今百餘年間確是命途多舛，從袁世凱竊國、軍閥割據混戰、日寇侵華、國共內戰、中華民國政府播遷台灣，兩岸僵持至今，可說幾無一日安寧！兩岸經過了 70 餘年的分隔，問題變得非常複雜，亦非本文討論重點，但筆者仍要用最簡明的方式，重點表述一些基本立場。

1. 中華民國 1912 年立國，1949 年雖因國共內戰失敗而播遷到台灣，但中華民國並未滅亡，至今仍體制完備地屹立於台澎金馬地區。依中華民國憲法規定，中華民國的主權仍及於全中國大陸及台澎金馬，但治權目前則僅及於台澎金馬。

2. 中華人民共和國成立於 1949 年，依其憲法，主權也涵蓋中國大陸及台澎金馬地區，但治權目前則亦僅及於中國大陸，未及於台澎金馬。

3. 由上所述可知兩岸主權的主張是相互重疊涵蓋的，治權則分別只及於中國大陸及台澎金馬。尤其重要的是在 1945 年日本二戰戰敗後，將清廷甲午戰敗，割讓給日本的台澎地區歸還給了中華民國政

府，使得 1945 至 1949 年這四年間，中華民國政府確曾在中國大陸及台澎地區有效行使治權；反觀中華人民共和國自 1949 年立國至今，從未有一天在台澎金馬地區行使過有效治權。

4. 綜上所述，兩岸的憲法均為一中憲法，雙方主張的主權範圍相互涵蓋，筆者因此主張在兩岸均認同一中的原則下，應針對兩岸各自在其治理地區的治權展開相互承認的談判，並謀求最終的統一。即一中主權相互涵蓋，治權則分治而不分裂。這是最符合兩岸現狀，整合兩岸改變最少，成本最低，且亦應是解決兩岸僵局具有最大公約數的方案。筆者想要強調，兩岸關係的發展是中華民族偉大復興的頭等關鍵大事，想要順利圓滿解決，確非易事，但筆者認為兩岸當局若都能本著下面四句話的精神去努力，以我們的智慧，必可找到最好的出路。這四句話就是「尊重歷史，承認現實，實事求是，勇於面對」。其內涵就請讀者深深去體會吧！

5. 中華民國的存在，不走台獨或獨台路線，一方面可確保兩岸的和平穩定，二則是與大陸未來進行政治對話和談判的立足點和基石，捨此即是將台灣降格為一地方政府，連與大陸平起平坐談判的地位都不會有，若一定要將台灣獨立，則會立即走向戰爭。美國國務院亦曾明言，台灣人若要台獨，須先做好自身參與戰爭的準備，美國至多只能提供武器和支援，但絕不可能派美軍來用美國大兵的鮮血幫台灣打獨立戰爭。新加坡前總理李光耀在他 2018 年「李光耀觀天下」一書中也很明白的說：「對任何一位中國的領導人和人民言，都不可能讓台灣獨立出去，就算台獨一時能夠成功，這個反台獨的戰爭也會一直延續下去。世界上不可能有哪個國家會為了台灣獨立而持續和中國一代一代的打仗下去支持台獨」！這麼透徹的看法，很值得主張台獨的人好好參考，不容把台灣兩千三百萬人的身家性命，做為少數政客冒險謀利的賭注。

十、中華民族偉大復興的進程中，台灣何以自處

今天吾人紀念辛亥革命 110 週年其實也正是 1900 年庚子年八國聯軍侵華，1901 年清廷被迫簽下辛丑條約的 120 週年國恥紀念！自從小學五、六年級第一次在歷史課本上讀到晚清百年中國遭歐、美、日列強侵凌欺壓的歷史，一直到今天，都會覺得熱血填膺，怒火中燒，要向帝國主義者討回公道！

中山先生橫空出世，領導革命，創立民國，其最大的心願和目標就是要維護中華民族固有地位，促成中華民族的偉大復興。筆者雖是信奉三民主義的國民黨員，但目睹今日在台灣的國民黨逐漸喪失了中心思想，而中華民國已被借殼上市，可謂國之不國，心中實有無限悲憤。反觀大陸自鄧小平改革開放至今四十餘年，在各方面取得的成就，實在令人刮目相看，也有人曾質疑筆者以過去國民黨高幹的身份，為何今天認同共產黨的成就？對此筆者的回應是「成功不必在我，功成不必為我」。國民黨當年在大陸的未竟事業，由共產黨完成了，同樣是遵照中山先生「以民為本」的理念來造福人民，我們為何要唱反調？另一方面，中共在摸石頭過河的經驗中，好不容易摒棄了文革違反人性的極左路線而走上改革開放的康莊大道，我們不給予掌聲，難道是希望他們重回過去清算鬥爭的失敗老路去？有人在台灣成天唱衰中共，好像大陸一切都失敗了，社會亂了，中共要垮了，台灣就得救了！對這些人筆者只有八個字來形容就是「愚蠢無腦，不知死活」！殊不知大陸不論什麼時候、什麼原因、只要一旦發生變亂，第一個倒楣的就是台灣！細節不必多表，用膝蓋都能想到台灣的下場。

大陸改革開放四十餘年，忍辱負重、韜光養晦、認真學習、埋頭建設，好不容易取得的今天的一些成就，可謂得之不易，尤其在今天當美國帝國主義真面目在入侵阿富汗、伊拉克、敘利亞；發起轟炸南聯；制裁委內瑞拉、伊朗、俄羅斯後慢慢完全顯露出來的時候，我們回顧過去 70 年的歷史，就可發現中國能在美帝的眼皮底下生存、發

展乃至茁壯，除了美國早期的大意，並希望藉由開放交流改變大陸政體的意圖完全失敗外，早期中共領導人在許多重大的國內及國際政策上所做的正確決定，對今天的局面仍有決定性的影響。筆者願舉兩個實例來做說明：

1. 參加韓戰

中共 1949 年方才建政，1950 年韓戰就爆發了，韓戰原本是北韓金日成把李承晚的南韓軍幾乎要消滅了，美國才糾集所謂的聯合國軍參與韓戰扭轉了戰局。當時中國內戰才剛結束，百廢待興，解放軍的裝備比起美軍根本是以卵擊石，甚至包括中共高層的林彪、高崗等也都反對出兵，所以美國當時評估中共一定不會參戰。中共雖曾明確表示南韓軍可越過 38 線向北，但如美（聯）軍越線，解放軍一定會有動作，但美軍當時完全不把解放軍的警告當一回事，中共方面最終在美軍越過38線、金日成一再要求及史大林的慫恿下，由毛澤東、朱德、周恩來、彭德懷等決定用志願軍抗美援朝的名義於 1950 年 10 月入朝參戰，雖在武器裝備及後勤補給極端落後或不足，且無空軍支援的極端惡劣條件下，仍給美（聯）軍造成重大傷亡，戰爭持續到 1953 年 7 月簽訂板門店協定暫時中止，名為打成平手，實則志願軍是以一個軍事弱國獨力對抗美（聯）軍，在國際上打出英勇善戰、指揮靈活的美譽，誰勝誰負可受公評，但重要的是參戰的影響至今猶存。我們撫今追昔，如果當年志願軍沒有入朝，則整個朝鮮半島今天就完全由美軍所掌控，這對中共當前的國家安全和國防、外交各方面將會造成多大的威脅與危險？！雖然當年是艱苦卓絕地參戰，今天回想則是奠定立國基礎、絕對正確的戰略決策。

2. 建國之初就全力發展重工業及軍工產業

筆者記憶猶新，60 多年前，中共當局全力發展原子彈、氫彈、導彈、人造衛星等國防工業和重工業時，台灣從上到下都傳頌著媒體製作的台詞「寧要核子，不要褲子」來譴責中共不顧民生。當時大陸

輕工業發展確比不上台灣，百姓物質生活也的確困苦到難以想像，但當時大陸正遭美國和西方經濟上嚴格的制裁和封鎖，即使想發展民生工業亦沒有設備與資金，而唯一能提供援助的蘇聯本身亦是以發展國防和重工業為主，加上中共建國之初及韓戰期間乃至於自力發展導彈的過程中，的確曾多次經歷過西方和蘇聯先後的核子訛詐，讓中共高層痛定思痛地瞭解到在國際強權面前，沒有核武及導彈是沒有資格和強權在平等基礎上談條件的。所以要求全民都要勒緊褲帶、勤儉克難的推動兩彈一星計劃，終在 1964 年成功試爆第一顆原子彈，1966 年成功試射核子彈頭的地對地飛彈，1967 年成功試爆第一枚氫彈、1970 年成功發射第一顆人造衛星。值得一提的是這些成果都是大陸科研人員自力更生，在西方和蘇聯完全的封鎖、制裁下獨立自主研發出來的，應向他們致敬，也要向當年大陸同胞吃苦耐勞，為國家民族整體發展的前途而犧牲自身的福祉與享受表示慰問。但也正是有了兩彈一星的基礎，中國在國際社會才沒有再被欺凌壓迫，列強也才以平等的態度對待中國。

我們再一次撫今追昔，如果當年中共沒有發展兩彈一星，到近年來才想發展核武，大家想還有可能嗎？不要說真幹，恐怕只要有這樣的想法，就會被美帝和西方動用一切力量制裁、封鎖、打壓來禁止中國在這些方面的發展了！看看北韓、委內瑞拉、尤其是伊朗今天被美國欺凌和不人道制裁的處境就可知道答案，也再次證明鄧小平的名言：（在國際上）「落後就要挨打」的現實！過去中國人對美國人有好感、敬佩、羨慕的心情較多，但這些年來由於資訊愈來愈多，尤其川普任內四年，把美國過去偽善的假面具摘下後，帝國主義的本質和野心就充分的暴露，也使中國人看清了美帝的面貌。而自新冠疫情爆發後，美國政府和民間面對疫情許多令人瞠目結舌，無法置信的糟糕表現，使美國把自己原在神壇上的地位摔下來，而且摔得不輕！也更堅定了中國人對自身制度、文化、政府治理能力及「以民為本」政策

的信心。

　　中華民族歷經磨難，自清末至今可說是風雲變幻，好不容易在中共實施改革開放政策後，露出民族復興的曙光，但也正因大陸過去四十多年發展太快，致使美國無法適應，也不願接受。因此從歐巴馬時代就要重返亞太，川普時代更是不顧形象，不擇手段地對中國在貿易、經濟、科技、媒體、網絡、金融等領域中處處打壓、制裁、封鎖甚至不能排除未來想用武裝衝突來遏止中國崛起的意圖，處在這樣一個令人憂心但又令人振奮的大時代，所有中華兒女都應盡自己一份力量來維護並促成我們民族的偉大復興，因為這既是當年中山先生領導國民革命的最終目標，也是今天紀念辛亥革命最重要的意義。我們已愈來愈清楚地觀察到，美國和日本是兩個最不願意看到中華民族復興的國家，原因不必贅述，大家心裡都有一本很清楚的帳。

　　本文之所以從紀念辛亥革命談到中美競爭，就是因為美國是中華民族復興最大的障礙，日本則是甘做美國馬前卒的小丑。希望透過此文讓大家了解到美國霸權形成的機制及其內在的問題，而不要妄自菲薄，被美國強大的軍事和科技力量所阻嚇。美國今天其實已是外強中乾，仍沉迷於用戰爭、航母、美軍去解決問題，其實就已看出他們在心態上的落伍。除非有特殊的意外，否則中美之爭的時間天秤絕對是站在中方。台灣在這個風雲際會的大棋局中，是幸也是不幸的正處在風暴中心，野心家們企圖把台灣當成一顆非常容易激怒中共的棋子，而頻頻打所謂「台灣牌」，希望透過大量軍售，一方面大賺台灣人民的血汗錢，一方面要把台灣武裝得像一隻刺蝟，然後鼓動台灣當局挺而走險去引爆台海戰爭，把台灣人當作炮灰替美國和日本帝國主義陰謀家打仗送死，用台灣子弟的鮮血性命去削弱解放軍的力量，再把破壞台海和平穩定的屎盆扣在中共頭上，用心極其卑鄙、惡毒且自私。最近一期英國的《經濟學人》（The Economist）雜誌已把台灣列為全世界最危險的地方，且是用封面頭條的方式來報導，警示意味極為

輯五

文

濃厚。台灣當局若不能省察個中厲害和風險，而甘做美日野心家和軍火商的鷹犬，則將來的下場只有用「國亡無日，死無葬身之地」來形容！行文至此，真為兩千三百萬台灣同胞的身家性命，可能被美日帝國主義在台灣當局的愚昧和私心下，步入險境而感到憂心和悲憤！也要呼籲有志之士團結一致，堅決反對台灣成為美日的棋子，更不能成為阻礙中華民族偉大復興的歷史罪人。

在本文結束前筆者願引錄梁啟超任公於 1894 甲午所填的水調歌頭詞，並將詞中倒數第二句改為「願為民族興」。蓋以任公當時因甲午戰敗，悲憤莫名，在憂國憂民的心境下，寫出較消極的「願替眾生病」。筆者則認為今天中華兒女處在民族復興的前夕，悲憤之情仍應保有，以時刻自惕自勵，但更應樂觀進取，故將之改為「願為民族興」。另，亦將南宋愛國詩人陸游的示兒詩略為修改如下，與讀者諸君共勉之！

輯五

文

水調歌頭

梁啟超 1894 甲午年作

甲午

拍碎雙玉斗，慷慨一何多。

滿腔都是血淚，無處著悲歌。

三百年來王氣，滿目山河依舊，人事竟如何？

百戶尚牛酒，四塞已干戈。

千金劍，萬言策，兩蹉跎。

醉中呵壁自語，醒後一滂沱。

不恨年華去也，只恐少年心事，強半為銷磨。

願為民族興 [1]，稽首禮維摩。

示兒

改寫南宋陸游詩

死去原知萬事空，但悲不見大一統，

中華民族復興日 [2]，家祭勿忘告乃翁。

【註 1】梁任公原文為「願替眾生病」
【註 2】陸放翁原詩為「死去原知萬事空，但悲不見九州同。 王師北定中原日，
家祭無忘告乃翁！」

後記

　　首先要感謝中華戰略學會邀請筆者做紀念辛亥革命的演講，原也只想針對本題略作說明，畢竟只是一場 30 分鐘的演講，但行文之後卻愈來愈有要借題發揮的衝動，因為中山先生領導革命的最終目的，就是要求中國的自由平等及中華民族的復興。自辛亥革命成功至今匆匆已過了 110 年，這期間中華民族歷經磨難，1949 年後更由於國共內戰，使兩岸分治，但分治並不影響我們民族整體仍應依照中山思想和精神繼續奮鬥。

　　筆者多年來也一再主張民族的利益大於國家利益，國家利益大於政黨利益，所以首先要闡明的是本文立論的基礎就是以中華民族整體的發展和利益為依歸，雖然今天台灣的當政者並不認為是中華民族的一份子，但他們並不能強迫所有台灣同胞都自外於中華民族！

　　兩岸近六年來相互敵意甚濃，當政者又動輒要給異議份子戴上紅帽子，但筆者堅信台灣至少還有最起碼的言論自由，所以就不計毀譽將眼下所見、耳中所聞、內心所思形諸於文字，提供有心人士作為參考，希望能有一些作用與價值。

　　筆者今年已 75 高齡，前半生與美國關係極深，猶記自讀初中有英文課程起，先嚴爾康公即不止一次耳提面命，告之學好英文的重要性，因為他已看出英文必將成為世界語文，他自己也以身作則，買了黑膠唱片，對著留聲機和我一起學 Dixon Idioms、Dixon English Lessons，至今記憶猶新；高中起，基隆海洋大學英文系黃教授英烈伯父（先嚴同學）借每週來台北住在我們家中度週末之便，為我指導英文文法及作文；亦曾師從當時極富盛名的沈亦珍、葉雲珍教授等名師學習英文，所以基礎打的不錯，大學時更因大、二姐已在美、加留學，三姐夫就是美國人，並住在台灣，常常來家中盤桓，所以使用英文已是筆者生活習慣的一部分；赴美留學前，筆者又有機會在教育部語言中心受訓三個月，由美籍老師用視聽設備糾正發音、斷句、音調、

閱讀……，所以筆者在美國普渡大學（Purdue Univ.）留學期間，不少教授和同學都以為筆者是從小在美長大的 ABC。

除了英文可以應付，對美國的狀況也尚耳熟能詳，因為從小家中就訂有美國新聞處出版的《今日世界》雜誌，對美國的外交政策、國內政治、文化、科學、藝術、甚至美軍的發展和動向都有很詳盡的報導，當時每期都看，後來才瞭解那是美國國務院於 1952 年在遠東出版的中文宣傳刊物，一直到 1980 年才停刊，在台發行量曾高達 17 萬份，居中文刊物之冠，且因報導多元，不著痕跡地向台灣各界灌輸美國開明、進步、民主、繁榮的形象，收效極高。

在這樣知美、親美的環境下長大，後又留美，且在普渡攻讀碩士、博士期間就被遴選參與由（有高機密等級分類的）美國國家太空中心（NASA）和國家海洋氣象總署（NOAA）等聯邦單位所舉辦的各種海洋氣象實驗，1974 年又膺選為國際研究生代表（共 32 名）奉派至美國商務部所屬的海洋氣象船 RESEARCHER 號及 OCEANOGRAPHER 號上，參與國際熱帶氣象實驗，遠赴加勒比海大小安第列斯群島，及非洲塞內加爾、甘比亞等地進行實驗，這些都是一個普通在美的留學生獨一無二、極為罕有的經歷。也讓筆者有機會多接觸瞭解了美國社會各階層及各地區的狀況。

筆者不厭其煩將前半生與美國的淵源做一說明，就是因為當時美國給我的印象是一個自由民主、樂觀進取、開明向上、公平正義、大度包容、機會平等的國度，到實際留美生活了六年後，雖亦發現一些缺點，但並未影響對美國整體正面的觀感。

直到 2000 年 911 之後，美國倉皇應變，開始不顧形象地進行所謂反恐戰爭，入侵阿富汗、伊拉克。至川普時代可說集美國第一、美國優先，順我昌，逆我亡等霸權主義思想之大成，加上網路資訊和自媒體發達後，各種原來看不到的新聞和訊息，透過網路都大白於天下，讓筆者深深感受到原有對美國美好憧憬的幻滅。像筆者這樣一個與美

國有千絲萬縷關係的人，今天卻感嘆甚至不恥於美國在世界的形象與作為，這箇中的變化，實在值得美國朋友能多加理解與檢討。

筆者曾和多位亦有在美求學、生活、就業經驗的知美好友交換意見，大家都共同有一種非常令人遺憾且傷感的失落感。因為我們原來認得的那個美國和美國人好像突然在過去的 20 年間消失不見了！現在的美國除了基礎建設和四五十年前一樣之外，其他在國際上表現出來的形象都讓我們不認識了！

筆者至今也並不反美，包括草成本文的目的也不是為了反美，只是想以一個曾與美國有如此深厚關係、曾在美國學習、工作、生活過相當時間，且自信對美國有一些瞭解的知識份子身份，對美國做很坦白誠懇的觀察與建言。筆者希望美國要更好，但這個更好是要跟自己的過去比，而不是要靠打倒或把那個國家比下去來證明或突顯自己的好！

在查看資料書寫美國內部問題一章時，其實筆者心中一直在淌血，因為筆者悲痛於那個美好的、筆者曾嚮往的、認同的美國怎麼會變成今天這個樣子？！一般國家有上述問題中的幾項就夠亡國了，美國算是得天獨厚，還能撐到今天，但若不改變軍事侵略、窮兵黷武、長臂管轄的國策，則很快會民窮財盡，帝國衰亡的一天很快就會到來，切望美國能懸崖勒馬，改弦易轍，否則危矣！

另外筆者要聲明這篇文章並非學術論文，但筆者有信心對所有內容均經過嚴格的審視和體察，若干心得是筆者思考所得，尚未見諸學術討論，但欣見許多觀點也漸被其他學者專家和媒體從不同的角度有所報導，也證明筆者的觀察和論點是有共鳴的。最後要再強調，筆者是以中華民族一份子的身份撰文，希望拋磚引玉，讓更多的學者專家能針對本文所論及的內容，作更多的研究與論證，是所至盼！民族復興是大義千秋的事，知我者必不罪我，是為記。

紀念廢除不平條約暨開羅宣言八十週年

中華民族抗日戰爭紀念協會專文 2023.8.7

一、前言

晚清積弱，固步自封，不僅未能趕上工業革命及其他各方面的改革，且因帝國主義和殖民思想的狼子野心，橫行霸道，使中華民族蒙受了歷史上從未經歷過的奇恥大辱，被國際強權欺淩壓迫以致喪權辱國，是每一位稍有血性的中國人都會熱血沸騰，擲筆三嘆，油然產生定要奮發向上，雪恥圖強的民族自強原動力。

溯自 1840 年北歐海盜後代盎格魯薩克遜的英國帝國主義強盜對中華民族發動了鴉片戰爭開始，百餘年間，帝國主義列強共逼迫清政府簽訂了 700 多個不平等條約，使中華民族喪失了 200 多萬平方公里的土地，敲詐了我們 13 億兩以上的白銀（居然叫做賠償），另喪失了內河航行權、司法管轄權等權益，使中華民族變成了次殖民地；列強且已在中國領土上劃分了所謂各自的勢力範圍，中國行將被瓜分而亡國滅種。在如此眾多列強環伺及各式各類不平等條約的壓迫、桎梏之下，中華民族幾已沒有任何生存發展甚至喘息的空間。所幸國父孫中山先生領導國民革命，推翻帝制、締造共和、革新改造、救亡圖存，使中華民族於命懸一線之際重獲生機，且奮鬥到最後一分鐘仍在遺囑中諄諄告誡全國軍民同胞「最近主張開國民會議及廢除不平等條約，尤須最短期間促其實現，是所至囑」！時為 1925 年 3 月 12 日。

二、不平等條約的廢除

中山先生雖可說是壯志未酬，但千千萬萬的有志之士在此感召之下，自 1931 年日本帝國主義軍閥發動九一八事變開始侵華起，到七七事變全面抗戰爆發，蔣委員長於 1937 年 7 月 7 日晚間 22 時在江西廬山發表「地無分南北，人無分老幼，無論何人皆有守土抗戰之責任，皆抱定犧牲一切之決心」的宣言！全國軍民團結奮發，英勇抗戰；

從地方武裝第 29 軍的大刀隊在長城古北口殺敵，到中央軍在淞滬會戰堅守三個月餘，都徹底粉碎了日寇「三月亡華」的美夢，在此期間自 1937 年 8 月淞滬會戰開始，歷經 1937 年 10 月的忻口會戰、1938 年 3 月的徐州會戰、1938 年 7 月的武漢會戰、1939 年 3 月的南昌會戰、1939 年 5 月的隨棗會戰、1939 年 9 月的第一次長沙會戰、1939 年 11 月的桂南會戰、1940 年 5 月的棗宜會戰、1941 年 1 月的豫南會戰、1941 年 3 月的上高會戰、1941 年 5 月的晉南會戰、1941 年 9 月的第二次長沙會戰、1941 年 12 月的第三次長沙會戰，1942 年 5 月的浙贛會戰、1943 年 5 月的鄂西會戰、到 1944 年 11 月的桂柳會戰結束，國府動員了十萬人以上兵力，大型有組織的會戰就有 16 次之多[1]。

　　國府雖以極劣勢的武器裝備和後勤補給，但鬥志卻非常高昂，當然也得到了包括八路軍、地方武裝和各路軍民同胞的全力配合，使抗戰形勢不僅挺過了日軍三月亡華的鬼話，且在戰略上逼使日軍從所希望的由北向南進攻，不得不改成沿長江由東溯江而上向西緩進，因而成功完成了以空間換取時間的戰略目標。所以自 1942 年 1 月 15 日第三次長沙會戰結束後，長期抗戰的態勢趨於穩定，到 1943 年 6 月鄂西會戰結束，國軍守住石牌要塞，更確定日軍無法進入四川大後方。中國軍民的英勇抗戰不僅是自身的保疆衛國，也極有效的牽制了日本軍閥的百萬大軍，使之無法投入自 1941 年 12 月 8 日珍珠港事變後的太平洋侵略戰爭，大大減輕了盟軍在太平洋諸島戰役的負擔，也決定性地加速了日本帝國主義軍閥的覆亡。中國軍民同胞同仇敵愾，團結抗日的堅定信心和拯救民族危亡的犧牲精神，可說令全世界愛好和平的朋友們為之動容，尤其相較於歐洲和亞非若干國家面對德義日的侵略，只能做象徵性的抵抗就豎起了白旗，不僅大相逕庭，更且廣受世

【註 1】共有 24 次會戰，鄂西會戰後仍有 1943 年 11 月的常德會戰、1944 年 4 月的豫中會戰、1943 年 10 月到 1945 年 3 月的滇西、緬北會戰、1944 年 5 月的長衡會戰、1944 年 8 月的桂柳會戰、1945 年 3 月的豫西鄂北會戰、1945 年 4 月的湘西會戰、1945 年 5 月的桂柳反攻等。

人的尊重和敬佩。

中國軍民艱苦抗戰 12 年後，中華民國政府在蔣介石委員長的領導下，終於與美國和英國在重慶分別簽訂了平等新約，並廢除了過去簽訂的不平等條約，擺脫了中國百年來的國恥，恢復了我們與各國間平等、公平、互惠的關係。時為 1943 年 1 月 11 日。所以說洗雪百年國恥，廢除不平等條約的勝利果實，絕不是從天下掉下來的，而是靠我們中華民族所有軍民同胞堅忍不屈，英勇犧牲，從日本軍閥的尖刀、槍口、炮膛下努力爭取而來的！而這其中犧牲最大、貢獻最多、發揮了最高大無畏精神的，當推國軍所有英勇奮戰的將士們，可說中華民族能有今天的昂首闊步、康莊坦途，真是要向他們致上最誠摯的謝意與敬意。

我們緬懷廢除不平等條約的歷史意義，是因為這是每一位中國人都應深切記憶的偉大重生日，也是每一位中國人都要深切引以為戒的洗雪國恥紀念日，不可或忘！尤以今天中華民國的國際處境而言，中美、中英 1943 年 1 月的平等新約，可說是近百年來西方列強第一次以「正眼」承認了中華民國與他們的平等地位，也才有同年 11 月 23 至 27 日在埃及開羅，由中美英蘇四國領袖蔣介石、羅斯福、邱吉爾、史大林共同發表的開羅宣言，不僅規劃了二戰之後的世界秩序，也確定了台澎同歸中華民國版圖的依據。事實上，開羅宣言，波茨坦公告及日本的投降書就是中華民國光復台灣澎湖最重要的法律基礎，無可置疑。

三、檢討與感想

1. 用實事求是的正確史觀看待歷史真相

今年是 2023 年，距廢除不平等條約和開羅宣言不過 80 年的時間，在歷史長河中這不過是一瞬間的事，但這麼短的時間裡，我卻遺憾於大概 99% 的中國人，都早已忘記關乎中國近代史非常重大發展這兩件事的存在。這其中當然牽涉到許多歷史的轉折，政權的更迭，甚至成

王敗寇思維的影響。但筆者站在民族大義的制高點來看問題，總覺面對這麼重大且關乎我們民族生存發展的歷史事件，我們觀察歷史的眼光、格局和視野更應超越一黨一國的局面，而是要以民族的發展和復興為著眼。尤其越看歷史發展的軌跡，就越能體會古人說「欲亡其國，先亡其史」的教訓，這個教訓是所有中國人都不能不認真記取和對待的啊！

2.認清一切帝國主義、殖民主義、軍國主義的本質和真面目

讓我感觸最多的是翻開一頁頁百年來帝國主義對我們強盜土匪一般的欺壓搶劫和殺戮，讓我們從英、法、俄、美、日、義、德、奧、瑞典、丹麥、西、葡、荷、比一路數下來，不是帝國主義，就是殖民主義，就是軍國主義，說穿了可以說沒有一個是好東西！試想如果今天是中國開著航母或駕著潛艦，兵臨泰晤士河口，逼著英國一定要花大錢買中國要推銷的冰毒、可卡因和嗎啡以賺取暴利，不聽從就狂轟濫炸，或用東風飛彈打到倫敦去！大家一定會說這太不人道、太暴力倡狂、太不講民主法治、太……，但想想百年前，一再標榜最講「人權」、「法治」、「道德」的英國「紳士」們，不就是用這種手段逼迫我們買英國的鴉片菸嗎？！我們要禁菸，英國「紳士」們就要砲轟還要逼我們簽訂對我們侵略迫害的中英鴉片條約嗎?!所以雖然時過境遷，但我們一定要有非常清楚的認知，一定要看透這些海盜搶匪後裔們的強盜本質和無恥的真面目！對他們經過百年進化、演變、包裝而成為名義上非常高大尚，說的天花亂墜的一些所謂理想、人權、道德等等的說詞，或是倡導蠱惑的一些「學術」理論、詭辯、顛倒黑白的價值觀，其實至今都仍是他們對自己霸權的各種利益，以及各種心懷不軌行為的遮羞布而已；其本質仍是百年前帝國主義、殖民主義、軍國主義借屍還魂經過包裝所留下來的遺毒。尤其最近包裝得最好的一大批打著NGO（非國家組織）名義，用極好聽的名稱諸如xx民主基金會，xx自由促進會，xx人權發展會名號的團體，其實都是暗中拿

了某國情報、特務、國安、外交、國防等相關單位或團體的大量金錢，掛羊頭賣狗肉，好話說盡、壞事做絕的人類公敵。世界各地的社會動亂、顛覆活動、仇恨對立、種族和宗教衝突等等，都與他們在幕後的策動或規劃有關，尤因成本低，收效大，一年花幾億美元，比美軍駐阿富汗開銷零頭都不到的經費，就可透過媒體、網軍、假輿論、無知青年達到顛覆或毀滅一個政權甚至一個國家的目的，可說是花錢少，收效大，且在國際宣傳上站在自由、民主、法治等美名的制高點上，真可說是一本萬利。

經過在非洲、中南美、阿拉伯世界和亞歐一些國家顏色革命的實驗後，讓這批野心家和他們的主子都認為用這個方式來掌控統治世界，實在遠比派兵攻占或／和武裝衝突來得划算太多了，所以未來世界的動亂不安和他們都絕對脫不了關係。這是一個由某國情治單位和野心政客所領導統治的一群殺人不見血的恐怖組織劊子手集團，而所有這些組織幕後的主子，正是那個滿口仁義道德，滿紙自由民主，卻滿肚子包藏禍心，男盜女娼，有史以來最大最暗黑的帝國主義戰爭販子集團。我們務必要認清他們百年來並未改變的侵略、剝削、壓迫本質，和妄圖統治支配全人類的野心，所以我們必須提高警覺，嚴加防範，以免死的不明不白，那就真的是太冤枉了！

3. 建立對我們自身主張、理想、治理方式等的自信和對實現中山先生世界大同理想的堅持。

最近幾年在國際上很流行的一句話就是美國和西方要維護「以規則為基礎的國際秩序」。在 2021.3.18 至 19 中美阿拉斯加對話中，中方的楊潔篪、王毅就很直白的告訴美國的沙利文和布林肯說「美國沒有資格在中國面前說你們從實力的地位出發，居高臨下地對中國說話」，更說「中國人不吃這一套」。這是百年來中國第一次在正式國際外交場合對美國最高的外交當局做如此強硬且露骨的教訓。最主要的原因就是美國到底要維護什麼樣的規則？是誰立的所謂基礎？又是

什麼樣的國際秩序呢？其實說穿了就是美國人仍活在 70 年代之前，美國要維護的就是美國立的規矩、基礎和秩序，且一切都是按美國的好惡來定，而所有的規則和秩序都是訂給別國去遵守的，美國不僅是例外，而且可以隨意退群，隨時修改規則來符合美國的利益，完全不受任何的約束和限制，也就是要全世界都遵守百分之百美國的霸權思想和行為準則。在今天已趨多元的世界，這絕對只是完全與現實脫節的夢想而已。

今天我們既然對美國開了第一槍，也就是表明我們對發展的道路、世界觀、價值觀有我們的看法和主張；對全世界、全人類整體的發展有我們的理想和目標，而對治國理政、服務人民更有我們的做法和模式，這些在體制、系統、理念等各方面與西方的差異和我們的高效率、優越性都慢慢地顯露出來，尤以新冠疫情時表現得最為徹底，我們必須在相關的理論研究，實際經驗及成果驗收等方面建立信心，做好充分的準備和對外宣傳，隨時應對挑戰。

另一方面我們最高的戰略指導原則仍應是中山先生所主張的王道精神和民族主義第六講中所揭櫫的：「中國就算是強盛起來，也不去走帝國主義的霸權老路，而是要濟弱扶傾，抵抗列強，扶持弱小，這才是我們民族的天職，才算是治國平天下。」這些想法和作為與帝國主義弱肉強食、窮兵黷武，侵略別國土地，搶奪別國資源，動輒發動戰爭或以核彈、航母、飛彈和海外上千個軍事基地威脅別國的做法是完全不同的。

短時間看雖然似乎比不上船堅炮利，但長此以往，世界總會看得明白也可親身感受到：一方面是合作共贏，提高生活水準，發展經濟，改善人民生活；另一方面則是發展軍備，買槍買炮，搞得民窮財盡，每天為一些不存在的假想敵去整軍備武，結果錢都被軍工和政客複合體賺得盆滿缽滿，百姓卻只能拿火藥當飯吃，這個對比非常明顯，相信不久全世界都會看清楚誰是世界和平的締造者？誰是世界動亂的根源？

輯五

文

四、結語

翻開百年來的中國近代史，幾乎可說就是中華民族被列強欺凌壓迫的血淚史，直到孫中山先生推翻帝制建立共和，蔣介石先生領導全國軍民對日抗戰勝利，到毛澤東先生領導工農革命，建立新中國，乃至於鄧小平先生破除文革枷鎖，全面改革開放，釋放出中國社會力，才算慢慢讓中國走上了康莊大道。中間經歷了不知多少挫折、走了多少彎路和冤枉路，但總算摸索著一步一步地向前邁進，如今雖仍有不少艱難險阻，但較之於廢除不平等條約之前，我們真的是已經大步向前迎向坦途。我們一方面感念先知先覺和為中國現代化作出貢獻的所有前輩，但另一方面卻讓我們深切體會到這個世界的現實功利和殘酷無情。小平先生說的「落後就會挨打」，仍是當今世界叢林法則的鐵律。如前所述：帝國主義、殖民主義、軍國主義的陰魂是不會散去的，我們必須和他們作戰到底。

但一切爭議，一切糾紛最終還是要看誰的拳頭強才是硬道理！什麼國際法？國際規範 等等，到真的碰到硬拳頭時，也只能向旁邊閃避。我們不鼓勵這種想法和做法，但也不得不做好準備面對可能的挑戰！面對國際上掌握了媒體話語權的帝國主義和金權主義，有時真會被一系列的假消息、惡意的顛倒黑白、無事生非唯恐天下不亂的誣蔑，而懷疑這個世界的公理正義究竟是否還有存在的空間？但轉念一想，真正最重要的是打鐵要靠自身硬，我們不畏橫逆、莊敬自強、按部就班、腳踏實地的把該做的事做好，則橫逆雖來，但卻絲毫無法動搖我們的根基。「學史以明智，鑒往而知來」讓我們自立、自強、自重、自愛，則中華民族的偉大復興必會早日到來，願互勉之！

菲律賓和統會第七屆亞洲論壇專題演講

反對外部勢力干涉堅定推進反獨促統進程

簡漢生 2023.10.21

一、外部勢力干涉中國內政及台灣內部事務，並以此製造輿論，在國際上圍堵打壓中國，使中國在國際關係、經濟（外來投資、合作、進出口貿易⋯⋯）、金融（匯率、利率、制裁、關稅⋯⋯）、科技發展（封鎖華為、中興⋯⋯）、國際輿論⋯⋯等各方面受阻、受困、甚至受挫，是以美國為首的西方帝國主義者對華鬥爭中最廉價、且相當有效的鬥爭方式。

他們更深知台灣問題是所有中國對外問題裏「核心中的核心」，也可說台灣問題是中國的軟肋。加上目前台灣的執政者親美媚日，多方配合美、日帝國主義的野心，因此這些外部勢力一旦與中國進行戰略鬥爭時，都會不約而同地打「台灣牌」。因為他們深知台灣統獨之爭的結局會大幅影響中國未來發展的前途與走向，加上台灣不僅地緣政治上的戰略地位極其重要，是第一島鏈中，東海與南海的連接點，更是中國海權要向太平洋進發的必經之路。而且近年台灣在電子產業發展快速，尤其在半導體製程的產業上更居世界牛耳的地位，可說台灣無論從戰略、軍事、經濟、科技諸多方面都是要衝。

戰略方向就是美國和西方用各種手段對中國進行抹黑、造謠、無事生非，在各方面製造中國的困擾，希望能遏制、削弱或消滅中國的崛起。而在地緣政治上，最主要製造事端的重點地區就是新疆、西藏、中印邊界、香港、台灣、東海和南海。目前，最大可能的引爆點就在台灣和南海。藉由美國和西方（包括日、韓、菲、越）大力干涉中國內政及台灣內部事務，配合島內台獨勢力，希望使台灣逐漸在內政上完全去中國化，視大陸為頭號敵人，外交上完全變成美國甚至日本的附庸走狗，進而完成台灣雖無台獨之名，但完全有獨立之實的目標。

如果中國開始進行干預甚或產生武衝突，則美、日將大力軍援台灣，把台灣變成第二個烏克蘭，而台灣青年就被驅使為替美帝霸權利益去犧牲送死的炮灰，甚至把台灣人打到最後一兵一卒都在所不惜，但還要打著為台灣的自由民主人權而奮戰到底的招牌，真是喪盡天良狼子野心的大陰謀。

在此同時，美、日兩方會設法將台灣的資金、科技人才、先進設備儀器在台灣政權的配合下，全部轉移到美國和日本，(大家可以看看台積電最終的下場)。台灣的青壯人口全部打到死光光，戰至最後一人。美帝希望臺海兩岸死的人愈多愈好，因為就以 1 比 0.5 計算，死兩個台灣人，大陸也要死一個，所以台灣死愈多，大陸中國人也死更多。(這些話都是美國人自己講的，口口聲聲希望台灣為「自由」、「民主」打巷戰也要打到最後一兵一卒啊!) 台灣所有高科技人才全部移民美國、日本，台灣所有外匯、黃金、資金全部轉到美國，台灣被打得人打光了、錢打完了、科學技術打沒了或是都被美國搶走了，只剩下老弱殘兵和一片廢墟。美帝就成功地也徹底地複製出第二個烏克蘭。

結論就是如果台獨成功 (並不需要名義上宣布台獨，而是實質台獨實現了)，中國就必會在與美西方鬥爭中失敗，中華民族偉大復興也就成為幻影。如果台獨失敗，中國統一，則美帝必然會快速衰敗甚至滅亡。這就是為什麼外部勢力 (以美帝為首的帝國主義集團) 一定要來干涉中國的內政以及希望遏制我們反獨促統努力的根本原因。

二、美帝為首的西方依此邏輯發展下來，一方面是依以上的整體戰略，他們可以不出一兵一卒，甚至沒有聞到煙硝味也許就能達到遏華、制華的目地。所以近年來他們對這個戰略是樂此不疲的，他們即使是殺敵一千，自損八百，甚至有時自損更多，也想飲鴆止渴，希望能先把中國大陸逼死或拖死，這就是他們的願望和中心思想。必須承認的是在這方面拜登的合縱連橫達到的效果，確實比川普的蠻幹有系

統、有實效，造成我們不少困擾。但大家放心，這樣耗下去，美帝絕對比我們先死而且會死的很慘。

三、美帝為了達到以上目的，因此在全世界豢養了一批走狗為其衝鋒陷陣，狂吠亂咬，現已看得很清楚在世界範圍內最聽美帝使喚的就是盎撒集團（盎格魯撒克遜民族），其次就是北約、歐盟加上亞洲的日、韓、菲這些小弟，他們常常吠得響，跳的高，但卻沒有牙，想要用他們自己的力量去咬我們，他們是萬萬不敢的，但要努力表演、表功，期能得美帝主子的關心和讚賞，或是一些口惠而實不至的安全保障、援助或支援。

四、我要用一句成語來解釋今天西方世界的現實國際狀況。我們都聽過「打狗還得看主人的面」這句名言。因此必須從美帝的戰略意圖出發看問題，那就是美國想要做全世界豢養這批惡犬的主人，自己操弄指揮棒，到處煽風點火，製造矛盾甚至戰爭。若能有走狗賣命上陣，製造出代理人的戰爭，替美國人打到最後一個活人，那就是上上策的最高目標！

君不見烏克蘭就已經替美帝打到年輕人都打光，要靠女兵和不滿20歲或50歲以上的男丁上戰場（在前線存活率平均時間只有四天）。美帝不出一兵一卒就達到徹底消耗俄羅斯的目標，更使美國軍火商和一批豬仔政客和議員賺得盆滿缽滿，發足了戰爭和軍火的血腥財。就算沒能製造出戰爭的傀儡和代理人，也仍可達到消耗對手的目的。

如前所述，美國絕對有意把台灣製造成第二個烏克蘭，台灣人的死活豈會是美帝所關心的？他們的目的就是（1）消耗中國大陸（2）掌控媒體發言權，從道德和輿論上批判中國大陸以強凌弱（3）台灣一亂，就會使台灣的科技業和資金都盡快盡量搬到美國（4）讓美國軍火商對台灣予取予求，賺死戰爭和軍火財。但這一切目的都是靠美國豢養的一群代理人替他們完成的。

五、既然了解了美國的戰略意圖，中國就要有戰略定力，一定不

要陷入像俄羅斯一樣去打一場面對的只是代理人烏克蘭的戰爭，這是以上駟對下駟，且打的讓自己原形畢露，太不划算。

中國就應步步為營，一方面厚植實力，做好各方面的防禦和準備，不給美國任何可乘之機；另方面用最大的忍耐，不去陷入打代理人戰爭的陷阱，因此面對無論是台灣、印度、越南、菲律賓、日本、韓國的挑釁，我們都應盡量鬥而不破，除非是對方正式的軍事進攻、宣戰……超越絕對底線的行為，我們都在固守底線範圍內保持和平，用政治和外交手段解決爭端。當然同時要在國際上爭取各國，尤其是第三世界各國和國際組織的友誼，以誠待人交友，爭取國際友誼和信任，則一切謠言和抹黑就不攻自破。

金磚國家擴容、上合組織的成效、中亞五國的協議、一帶一路的發展等都是這方面政策的具體實踐。另一方面，我們要在第二島鏈內確保我們的軍事優勢，尤其在中國周邊區域內，隨時能戰，戰必能勝，讓敵人不敢輕舉妄動。

六、最重要的一點就是我們一定要放棄可以與西方和好的幻想，一刻都不可鬆懈，因為帝國主義謀我之心只會愈來愈盛，且是長期你死我活的鬥爭，因此我們必須全力在軍事、經濟、科技……各方面充實自己，一旦到逼不得已必得一戰時，我們仍堅決不打代理人戰爭，而是先打狗的主人，而且要好好打給一群小狗看，就是絕不陷入被敵人消耗的泥淖中，而是要擒賊先擒王，「打主人給一群狗看」！

七、有此認知，我們就要在各方面強化戰略定力，向僑居國堅定表示我們反獨促統的決心，並堅決反對把台灣人當成戰爭代理人，把台灣變成戰場，這就是反對外部勢力干擾反獨促統進程最重要的做法。因為只要台灣不搞獨立，大陸就沒有理由主動進攻台灣，台灣就有和平。

保持海峽兩岸和平就是反對外部勢力介入反獨促統最有利的抓手，也是台灣絕大多數民眾的願望。「要戰爭還是要和平？」會是

2024台灣大選的主軸，希望台灣所有非綠陣營結合海外華人華僑能儘快整合成功，達到勝選目標，消弭台海戰爭的陰霾，則兩岸同胞甚幸！中華民族偉大復興甚幸！

詩情話義：簡漢生詩文集

作　　者／簡漢生

主　　編／林正文

封面與內頁設計／沈家音　許文齡

校　　對／許炳炎

封面畫作／簡賴淑惠

詩情話義：簡漢生詩文集／簡漢生著 .
-- 一版 . -- 臺北市：時報文化出版企業
股份有限公司 , 2024.06
　　面；　公分 . -- (人生顧；528)
ISBN 978-626-396-395-5(平裝)

863.51　　　　　　　　　　113007897

董 事 長／趙政岷

出 版 者／時報文化出版企業股份有限公司

　　　　　108019 台北市和平西路三段 240 號 7 樓

發行專線／ (02)23066842

讀者服務專線／0800231705

讀者服務傳真／ (02)23046858

郵　　撥／19344724 時報文化出版公司

信　　箱／10899 台北華江橋郵局第 99 信箱

時報悅讀網／http://www.readingtimes.com.tw

法律顧問／理律法律事務所　陳長文律師、李念祖律師

印　　刷／勁達印刷有限公司

一版一刷／2024 年 6 月 28 日

定　　價／新台幣 400 元

缺頁或破損的書，請寄回更換

時報文化出版公司成立於一九七五年，
並於一九九九年股票上櫃公開發行，於二〇〇八年脫離中時集團非屬旺中，
以「尊重智慧與創意的文化事業」為信念。